기억 전달자

THE GIVER
by Lois Lowry

기억 전달자

THE
GIVER

로이스 로리 글 | 장은수 옮김

LOIS LOWRY

비룡소

우리 미래를 책임질
아이들에게 이 책을 드립니다.

1

12월이 다가올수록 조너스는 점점 겁이 나기 시작했다.

'아니야, 이 말이 아니야.'

'겁'은 무언가 끔찍한 일이 벌어지려고 할 때 마음속에서 솟아나는 강렬하고 불쾌한 느낌을 말한다. 일 년 전쯤에 미확인 비행기가 두 번이나 마을 하늘 위를 날아갔을 때 느낀 것과 비슷하다.

조너스는 비행기가 날아가는 것을 두 번 다 보았다. 무언가에 홀린 듯 흘끗 하늘을 올려다보았을 때 반짝이는 제트기 한 대가 눈에 들어왔다. 제트기는 거의 흐릿하게 보일 만큼 엄청나게 빠른 속도로 마을 하늘 위를 가로질러 사라져 버렸다. 곧이어 엄청난 굉음이 귓속을 때렸다. 잠시 후에 한 번 더, 이번에는 반대 방향에서 같은 비행기가 나타났다 사라졌다.

처음에는 그저 홀린 것 같은 기분이었다. 그전엔 한 번도 그렇게 가까이에서 비행기를 본 적이 없었다. 마을 상공을 비행하는 건 중대한 규칙 위반이기 때문이었다.

물론 비행기를 처음 본 건 아니었다. 때때로 강 건너에 있는 착륙장에 생필품을 가득 실은 수송기가 착륙하곤 했다. 그럴 때면 아이들은 자전거를 타고 강둑까지 나가서는, 비행사들이 화물을 부리고 나서 이륙하여 서쪽으로 날아 마을로부터 멀어지는 것을 호기심 어린 눈으로 지켜보곤 했다.

그러나 일 년 전에 보았던 비행기는 수송기와는 아주 다르게 생겼다. 그 비행기는 높이가 낮고 폭이 넓은 데다 가운데가 불룩 튀어나온 수송기가 아니라 앞부분이 바늘처럼 날카롭게 튀어나온 일 인승 제트기였다. 제트기를 본 직후 조너스는 조마조마한 마음으로 주변을 둘러보았다. 아이들은 물론이고 어른들까지도 하던 일을 멈추고 당혹감에 휩싸여 누군가가 이 무시무시한 사건을 해명해 주기만을 멍하니 기다리고 있었다.

곧 마을 사람들은 가장 가까운 건물로 들어가 대피하라는 명령을 받았다. 귀에 거슬리는 급박한 목소리가 스피커들을 통해 계속해서 흘러나왔다.

"주민 여러분, 자전거를 버려두고 지금 바로 대피하십시오."

조너스는 즉시 그 말에 복종하여 그의 가족이 사는 집 뒤편으로 난 길 한쪽에 자전거를 뉘어 놓았다. 그러고는 재빠르게 집 안으로 달려 들어갔다. 집에는 아무도 없었다. 부모님은 두 분 다 직장에 있고 여동생 릴리는 방과 후에 어린이의 집에 있을 시간이었다.

집 앞쪽 창문으로 내다보니 거리에는 단 한 사람도 보이지 않았다. 이 시간이면 마을에서 가장 흔히 볼 수 있는 사람들, 그러니까 거리 청소부들, 조경 노동자들, 음식 배달부들 등 바쁜 오후 인파가 하나도 눈에 띄지 않았다. 눈에 보이는 것은 여기저기에 버려진 자전거들뿐이었다. 그중 한 대는 뒤집힌 채 바퀴가 아직도 천천히 돌고 있었다.

그 순간 조너스는 겁이 덜컥 났다. 마을이 온통 침묵에 빠져 무언가를 기다린다는 느낌이 들자 속이 울렁거리기 시작했다. 온몸이 부들부들 떨렸다.

하지만 아무 일도 일어나지 않았다. 몇 분이 흐르자 스피커들이 다시 지지직거리더니 마음을 누그러뜨리는 목소리가 천천히 흘러나왔다. 견습 비행사가 운항 지침을 잘못 읽어서 방향을 잘못 틀었다, 비행사는 자신의 실수가 드러나기 전에 되돌아가려고 필사적으로 애썼다고 했다.

"두말할 것 없이 그 비행사는 임무 해제될 것입니다."

목소리가 전했다. 그러고는 정적이 뒤를 이었다. 아나운서가 그게 재미있다고 생각했던 듯 '임무 해제'라는 말에서 빈정대는 분위기가 느껴졌다. 그 말이 얼마나 준엄한 것인지 알았지만 조너스는 조금 웃음이 났다. 마을에 속한 주민이 '임무 해제' 명령을 받는다는 건 최종 판결이자 끔찍한 처벌이며 되돌릴 수 없는 실패를 선고받는 것이었다.

심지어 야구 경기 중에 공을 놓치거나 달리다 넘어진 또래 친구를 놀리느라고 아이들이 장난처럼 가볍게 그 말을 입에 올릴 때조차도 엄하게 혼이 났다. 조너스도 한 번 그런 적이 있었다. 가장 친한 친구인 애셔가 어이없는 실책을 저질러 팀이 졌을 때 조너스는 애셔에게 이렇게 소리쳤다.

"이 멍청아! 애셔, 넌 임무 해제야!"

그 직후 코치에게 불려 가서 짧지만 호되게 꾸중을 들었다. 그리고 죄의식과 미안함으로 고개를 푹 숙인 채 경기가 끝난 후 애셔에게 사과했다.

조너스는 자전거를 타고 강가를 따라서 집으로 돌아가고 있었다. 가는 도중 내내 두려움에 대해 이런저런 생각을 하며, 비행기가 항로를 이탈해 마을 위를 날아갔을 때 느꼈던 선연하고 속이 뒤틀리는 듯한 순간을 되새기려고 애썼다. 그런 식으로 지금 자기가 느끼는 것을 콕 집어 나타낼 적절한 단어를 찾는 중이었다.

조너스는 단어를 조심스럽게 가려 썼다. 엄청나게 빠른 속도로 단어와 구절들을 뒤죽박죽 섞어서 말하는 탓에 거의 알아들을 수 없는 데다 상황에 적절하지 못한 말을 써서 때때로 폭소를 불러일으키는 애셔와는 아주 달랐다.

애셔를 떠올리자 조너스의 입가에 웃음이 번져 나왔다.

어느 날 아침이었다. 평소와 마찬가지로 애셔는 아침 성가 시간이 되어서야 교실로 헐레벌떡 뛰어 들어왔다. 아이들이 애국 성가를 끝마치고 자리에 앉았지만 규칙에 따라 애셔는 공식 사과를 하기 위해 일어서 있었다.

"우리 학습 공동체에 폐를 끼친 점을 사과드립니다."

애셔는 여전히 숨을 헐떡이면서 공식 사과문을 빠른 속도로 읽어 갔다. 선생님과 학급 친구들은 애셔가 변명을 끝내기를 참을성 있게 기다렸다. 그러나 애셔의 입에서 목소리가 흘러나올수록 아이들은 점차 키득거리기 시작했다. 그와 똑같은 변명을 전에도 여러 번 들었기 때문이었다.

"저는 제시간에 집에서 나왔습니다. 하지만 자전거를 타고 물고기 양식장 근처를 달리고 있는데 양식장 직원들이 나와서 연어를 나누고 있었습니다. 그걸 보자마자 그냥 정신이 돌아 버린 것 같습니다."

애셔는 "학급 친구들의 용서를 바랍니다."라는 말로 끝을 맺고는 구겨진 제복 상의를 매만진 다음 자리에 앉았다.

"네 사과를 받아들인다, 애셔."

아이들이 일제히 입 모아 공식 답변을 외쳤다. 하지만

많은 아이들이 웃음을 참느라고 입술을 깨물고 있었다.

"네 사과를 받아들인다, 애셔."

선생님이 말했다. 선생님 역시 웃고 있었다. 그가 이어서 말했다.

"그리고 네가 다시 언어 연습을 할 기회를 준 것에 대해서도 고맙게 생각한다. '정신이 돌아 버린'이라는 말은 연어 구경에 쓰기에는 뜻이 지나치게 강한 말이다."

그 말과 함께 선생님은 몸을 돌려 칠판에 '정신이 돌아 버린'이라고 썼다. 그리고 그 옆에다 '정신이 팔린'이라고 썼다.

집 가까이에 온 조너스는 그때 생각을 하며 웃었다. 그러면서도 문 옆에 있는 좁은 보관소 안으로 자전거를 밀어 넣을 때까지 자신의 느낌에 대해 계속해서 생각했다. 그 순간 갑자기 '겁'이라는 말은, 12월이 다가올수록 그의 마음속에서 요동치는 미묘한 느낌을 설명하는 데 부적합함을 깨달았다. 한마디로 그건 지나치게 강한 표현이었다.

조너스는 이 특별한 12월을 오랫동안 기다려 왔다. 그리고 마침내 그날이 다가오고 있었다.

'겁나는 건 아니야. 음…… 오히려 이런 날이 오기만을 애타게 기다렸잖아.'

조너스는 그렇게 결론 내렸다. 그는 이때가 오기를 갈

망해 왔다. 기분은 확실히 들떠 있었다. 열한 살 아이들 모두가 곧 다가올 행사 때문에 흥분하고 있었다.

그러나 앞으로 일어날 일에 대해 생각할 때마다 조너스는 조금씩 신경이 거슬려 떨리곤 했다.

'걱정'이라는 말로 조너스는 자신의 감정을 정리했다.

'걱정스럽다, 그게 바로 지금 내 상태야.'

＊＊＊

"오늘 저녁에는 누가 먼저 느낌을 얘기할까?"

아버지가 저녁 식사를 마친 자리에서 물었다.

저녁 식사 후에는 가족이 모두 모여서 그날 받은 특별한 느낌을 서로 이야기하는 시간을 보내야 한다. 이 시간이 되면 조너스와 릴리는 누가 먼저 이야기할 것인지를 두고 가끔 다투곤 했다. 어머니와 아버지도 그날그날 느낀 바를 매일 저녁 이야기했다. 물론 다른 부모들과 마찬가지로 그들도 누가 먼저 말할지를 놓고 싸우거나 수를 쓰지는 않았다.

오늘은 조너스 역시 그러지 않았다. 하루 종일 조너스가 겪었던 느낌은 너무나 복잡했다. 물론 조너스는 그 느낌을 함께 나누고 싶었다. 일단 말을 꺼내기만 하면 아버지 어머니가 도움을 주리라는 걸 이미 알고 있었다. 하지만 이 기묘한 감정을 파헤쳐 달라고 먼저 나서고 싶지는 않았다.

"네가 먼저 해, 릴리."

아직 어린애에 지나지 않는 일곱 살짜리 여동생이 자리에 앉아 참지 못하고 몸을 흔드는 걸 보면서 조너스가 말했다.

"오늘 오후에 굉장히 화가 났어요. 우리 모둠 애들은 놀이터에 있었어요. 그때 일곱 살짜리 애들 모둠이 찾아왔는데 도무지 규칙을 지키지 않는 거예요. 그 애들 중에 한 남자애가, 이름은 잘 모르겠고, 미끄럼틀 줄을 자꾸 새치기하는 거예요. 애들이 다 줄을 서서 기다리는데 말예요. 그 애 때문에 정말 화가 났어요. 그래서 주먹을 쥐어 보였어요. 이렇게."

릴리는 주먹을 들어 보였다. 가족들은 그 도전적인 작은 몸짓을 보고 웃었다.

어머니가 물었다.

"찾아온 아이들이 규칙을 지키지 않는다는 생각이 어째서 들었니?"

릴리는 잠시 생각하더니 고개를 저었다.

"몰라요. 그 애들은 마치…… 마치……."

"동물처럼?"

조너스가 거들었다. 그러면서 웃었다.

"맞아. 동물 같았어."

릴리도 웃으며 말했다.

두 아이 모두 '동물'이라는 말이 정확하게 무얼 뜻하는지 알지 못했다. 하지만 이 단어는 제대로 교육받지 못했거나 일에 서투르거나 다른 사람과 어울리지 않는 사람을 설명하는 데 종종 사용되었다.

아버지가 물었다.

"어디서 온 애들인데?"

릴리는 기억해 내려고 애쓰면서 얼굴을 찌푸렸다.

"우리 반 반장이 환영사 때 말했는데 잘 생각나지 않아요. 잠시 딴생각을 했나 봐요. 다른 마을에서 왔다고 했어요. 걔들은 아주 일찍 떠나야 해서 버스 안에서 점심을 먹는댔어요."

어머니가 고개를 끄덕였다.

"걔들은 규칙이 달랐을지도 모른다고 생각하지 않니? 아니면 단지 너희 놀이터 규칙을 몰랐을 뿐일 거라고 말이야."

릴리는 어깨를 으쓱하고는 고개를 끄덕였다.

"그럴 수도 있겠네요."

조너스가 물었다.

"너 다른 마을에 가 본 적 있지? 우리 때는 종종 그랬는데."

릴리가 다시 고개를 끄덕였다.

"여섯 살 때 다른 마을로 가서 거기 여섯 살 모둠과 함께 하루 종일 같이 배운 적이 있어."

"그때 어떤 느낌이 들었니?"

릴리는 얼굴을 찌푸렸다.

"걔들이 공부하는 방식이 우리랑 달라서 무척 이상한 느낌이 들었어. 우리 모둠이 아직 배우지 않은 말들을 쓰고 있어서 꼭 바보가 된 느낌이었어."

아버지는 무척 주의 깊게 듣고 있었다.

"릴리, 네 말을 들으면서 나는 너희 놀이터 규칙을 지키지 않은 그 아이에 대해 곰곰이 생각해 보았단다. 넌 그 아이가 알지도 못하는 규칙이 있는 새로운 곳에서 낯설고 어색하게 느꼈을지 모른다고 생각하지 않니?"

한참 생각하더니 릴리가 대답했다.

"저도 그렇게 생각해요."

조너스가 말했다.

"난 그 애한테 약간 미안한 생각이 들어. 그 앨 알지는 못하지만 말이야. 낯설고 어색한 느낌이 드는 곳에 있게 될 모든 이들에게 미안해."

아버지가 물었다.

"이제 기분이 어떠니, 릴리? 아직도 화가 나니?"

릴리가 방글방글 웃으면서 대답했다.

"아뇨, 오히려 개한테 조금 미안한 느낌이 들어요. 주먹을 쥐어 보여서 미안해요."

조너스는 그런 여동생을 보고 미소를 지었다. 릴리의 느낌은 늘 솔직하고 단순하며 쉽게 바뀌었다. 조너스는 아마 자신도 일곱 살이었을 때는 마찬가지였을 것이라고 생각했다.

이제 아버지 차례였다. 아버지는 그날 잘 지내지 못하는 어떤 아기 때문에 걱정스러웠던 느낌을 말했다. 조너스는 아버지가 묘사하는 것을 아주 주의 깊게는 아니지만 예의 바르게 귀 기울여 들었다. 조너스의 아버지는 보육사였다. 보육사들은 마을 안 모든 아기의 신체적, 정서적 발달 상황을 책임졌다. 그건 아주 중요한 일이었지만 조너스가 크게 관심을 두는 일은 아니었다.

릴리가 물었다.

"남자예요, 여자예요?"

"남자야. 예쁘고 귀여운 남자아이지. 하지만 성장이 더딘 데다 깊이 잠들지 못하고 자다 깨다 해. 우리는 그 애한테 신경을 더 많이 쓰려고 특별 보호 구역에 두었지. 그런데 위원회에서는 벌써 임무 해제 이야기를 꺼내고 있어."

어머니가 동정하는 목소리로 말했다.

"저런, 맙소사! 그럴 수가. 당신 마음이 지금 얼마나 쓰릴지 이해해."

조너스와 릴리도 아기를 동정하며 고개를 끄덕였다. 아기를 임무 해제하는 건 언제나 슬픈 일이었다. 그러면 마을 안에서 평범한 삶을 누릴 기회조차 아예 주어지지 않기 때문이다. 사실 아기들은 나쁜 짓을 한 게 하나도 없지 않은가.

형벌이 아닌 임무 해제는 두 가지 경우뿐이었다. 노인들의 임무 해제와 아기들의 임무 해제. 앞의 임무 해제는 지금까지 잘 살아왔고 오랫동안 장수해 온 노인들에 대한 축복의 시간이었다. 하지만 뒤의 임무 해제는 도대체 우리가 그런 아기들을 위하여 무엇을 할 수 있겠는가 하는 좌절감마저 들게 했다. 그럴 때면 아버지와 같은 보육사들은 특히 더 고통받았으며, 아기를 기르는 데 실패했다는 느낌 때문에 아주 괴로워했다. 하지만 그런 경우는 매우 드물었다.

아버지가 말했다.

"계속 노력해 봐야지. 우리 식구만 괜찮다면 그 아기를 우리 집으로 데려오게 허가해 달라고 위원회 측에 요청할까 해. 야간에 일하는 보육사들이 어떤지 잘 알지? 이 아기는 무언가 더 특별한 걸 필요로 한다는 생각이 들어."

"당연히 괜찮지."

어머니가 말했다. 조너스와 릴리 역시 고개를 끄덕였다. 둘은 야간 작업자들에 대해 아버지가 불평하는 걸 전에 여러 번 들은 적이 있었다. 야간 작업은 낮에 해야 하는 더 중요한 업무를 위한 기술이나 주의력 또는 통찰력이 없는 사람들에게 주어졌다. 야간 작업자들은 대부분 기초 가족을 구성하는 데 필요한, 다른 사람과 좋은 관계를 맺는 필수 능력이 부족해서 배우자도 없었다.

"어쩌면 우리가 그 아기를 키울 수도 있을 거예요."

릴리가 순수한 표정을 지으려고 애쓰면서 인심 좋게 제안했다. 하지만 그 표정이 거짓이라는 것쯤은 모두가 알고 있었다.

어머니가 미소를 지으며 릴리에게 상기시켰다.

"릴리, 너도 규칙을 알고 있잖니."

기초 가족마다 남자 하나, 여자 하나 이렇게 두 아이만을 맡도록 되어 있었다. 이는 규칙에 매우 분명히 나와 있었다.

릴리가 깔깔거리면서 말했다.

"어쩌면 이번 한 번쯤은 괜찮을 거라고 생각했어요."

＊＊＊

다음으로, 법무부의 중요한 자리에 있는 어머니가 오

늘 받은 느낌을 이야기하기 시작했다. 오후에 범법자 하나를 넘겨받았는데 그는 과거에도 규칙을 위반한 적이 있었다. 어머니는 그때 그에게 적당하고 공평한 처벌을 내렸다. 그래서 그는 다시 자기 직장과 집과 가족에게 돌아갈 수 있었다. 그랬던 그가 다시 범죄를 저지르고 잡혀 온 것에 대해 어머니는 극도의 당혹감과 분노를 느꼈다. 아마도 그 느낌은 그가 저지른 죄 때문이 아니라 어머니가 그의 인생에 아무 변화도 가져오지 못했다는 사실 때문일 것이었다.

어머니가 계속해서 고백했다.

"난 그 사람이 무섭다고도 느꼈어. 세 번째 기회란 없다는 걸 알 텐데 말이야. 이제 한 번 더 규칙을 위반하면 그는 임무 해제될 수밖에 없어."

조너스는 흠칫 몸을 떨었다. 정말 그랬다. 열한 살 모둠에 같이 있는 조너스의 친구 아버지가 몇 해 전에 임무 해제된 적이 있었다. 그때부터 아무도 그 일을 입에 올리지 않았다. 그 불명예는 말로 다하지 못할 정도였다. 상상하기조차 싫었다.

릴리는 자리에서 일어나 어머니에게 다가가 상냥하게 팔을 주물렀다. 아버지도 식탁 위로 팔을 뻗어 어머니의 한쪽 손을 잡았다. 조너스는 다른 쪽 손을 잡았다.

가족들이 한 사람씩 차례로 어머니를 위로했다. 어머

니는 곧 웃음 지으며 가족들에게 감사를 표하고는 이제 마음이 좀 진정되었다고 나직이 말했다.

고백 의식은 계속되었다. 아버지가 말했다.

"조너스! 오늘 밤엔 네가 맨 마지막이구나."

조너스는 가볍게 한숨을 쉬었다. 오늘 저녁에는 느낌을 감추고 싶었다. 하지만 그것은 규칙 위반이었다.

"저는 걱정돼요."

조너스는 마침내 적절한 말이 생각난 걸 기뻐하면서 느낌을 털어놓았다.

"무슨 일이니, 아들아?"

아버지가 걱정스러운 눈길로 그를 바라보았다.

"사실 아무것도 걱정할 게 없다는 걸 알고 있어요. 어른이 되려면 반드시 그걸 치러야 하죠. 어머니 아버지도 그러셨다는 것도 알아요. 하지만 저는 12월 기념식이 걱정돼요. 벌써 12월이 다 되어 가잖아요."

릴리가 두 눈을 동그랗게 뜬 채 오빠를 올려다보고는 경외심이 깃든 목소리로 가만히 속삭였다.

"열두 살 기념식 말이구나."

릴리 또래나 그보다 더 어린 아이들도 모두 미래에 그들 역시 치르게 될 그 기념식에 대해 잘 알고 있었다.

아버지가 말했다.

"네 감정에 대해 우리에게 말해 줘서 기쁘다."

어린 딸에게 일어나라고 손짓하면서 어머니가 말했다.

"릴리, 이제 이리 와서 잠옷을 입으렴. 아버지랑 나는 여기서 잠깐 오빠하고 할 얘기가 있단다."

릴리는 한숨을 내쉬었지만 자리에서 얌전히 일어서면서 물었다.

"비밀이에요?"

어머니가 고개를 끄덕였다.

"그래, 비밀이야."

2

조너스는 아버지가 커피를 잔에 새로 따르는 걸 바라보 았다. 그리고 아버지가 먼저 말을 꺼낼 때까지 기다렸다.

"조너스, 어릴 때 나는 12월만 되면 신이 났지. 너랑 릴 리도 그랬으리라고 생각한다. 해마다 12월은 우리 마을 에 많은 변화를 가져다주지."

조너스는 고개를 끄덕였다. 네 살 때 맞았던 12월이 첫 기억이었다. 그 이전에 맞았던 12월은 기억에 전혀 남아 있지 않았다. 하지만 매년 12월을 맞았을 것이다. 조너스 의 기억에 분명히 남아 있는 것은 릴리가 처음으로 맞았 던 12월이었다. 그날은 조너스의 가족이 릴리를 받아들 인 날이었다. 그리고 그 애가 릴리라는 이름을 받은 날이 자 한 살이 되는 날이었다.

한 살배기 아기들을 위한 기념식은 늘 소란스럽고 재 미있었다. 해마다 12월이면 그해에 태어난 아기들은 모두 한 살이 되었다. 동시에 한 살이 된 아기들은 날 때부터 계속 그들을 돌보아 온 보육사들 손에 이끌려 무대 위로 올라갔다. 아무도 임무 해제되지 않았다면 그 수는 항상 쉰 명으로 정해져 있었다. 그중에는 벌써 걸음마를 시작해 뒤뚱거리며 걷는 아기들도 있고 태어난 지 며칠밖에 되지 않아 강보에 싸인 아기들도 있었다.

조너스가 말했다.

"아기 이름 받기 기념식은 무척 재미있어요."

어머니도 미소로 동감을 나타냈다.

"릴리를 받아들일 때 물론 우리 집엔 여자 아기가 배정될 걸 이미 알고 있었어. 둘째 아이인 데다 미리 낸 신청서가 통과되었기 때문이지. 하지만 난 아기 이름이 궁금해서 안달이 났어."

아버지가 비밀을 털어놓았다.

"기념식이 있기 전에 명단을 훔쳐볼 수 있었단다. 위원회는 항상 미리 명단을 작성해 두는데 그 명단은 아기의 집 사무실에 있었지."

아버지가 계속해서 말을 이었다.

"사실 난 이런 행동에 약간 죄의식을 느끼고 있어. 하지만 오늘 오후에 사무실에 들어가 올해의 아기 명단이 와 있는지 확인했지. 명단은 사무실에 있었고 난 아까 말한 36번 아기의 이름을 찾아보았어. 이름을 부를 수 있다면 그 아기를 더 잘 보살필 수 있을 거라는 생각이 들어서 였단다. 물론 주위에 아무도 없을 때만 불러야 하겠지만 말이야."

"그래서 이름을 알아냈어요?"

조너스는 아버지 이야기에 매료되었다. 중요한 규칙은 아니지만 아버지가 규칙을 위반했다는 사실이 놀라웠다. 규칙 준수를 담당하는 어머니를 흘깃 보았는데 어머니가 웃고 있어서 마음이 놓였다.

아버지는 고개를 끄덕였다.

"아기 이름은, 물론 임무 해제되지 않고 이름 받기 기 념식 때까지 버틸 수만 있다면 말이야, 가브리엘이 될 거 야. 네 시간마다 우유를 먹일 때, 운동을 시킬 때 그리고 함께 놀아 줄 때 난 아기에게 그 이름을 속삭여 주지. 비 록 아무도 알지 못하겠지만 말이야."

아버지가 미소를 지으면서 덧붙였다.

"사실 나는 그 아기를 게이브라고 부른단다."

"게이브."

조너스도 그 이름을 한번 불러 보았다. 아주 좋은 이름 이라고 생각했다. 조너스의 가족이 릴리를 받아들이고 그 이름을 알게 되었을 때 조너스는 겨우 다섯 살이었다. 하 지만 그는 아기에 대해 궁금해하며 셋이서 흥분해 주고 받던 대화들을 또렷하게 기억했다.

'아기가 어떻게 생겼을까, 이름은 뭘까, 아기가 우리 가족에 어떻게 적응할까.'

조너스의 머릿속으로 부모님과 함께 계단을 딛고 무대에 올라가던 순간들이 하나하나 스쳐 지나갔다. 조너스 옆에는 보육사 대신에 아버지가 있었다. 그해에 아기를 배정받을 사람이 아버지 자신이기 때문이었다.

조너스는 어머니가 여동생이 될 아기를 두 팔에 안던 광경을 기억했다. 무대에 모인 기초 가족들을 향해 차례로 문서가 낭독되었다. 이름 짓는 사람이 외쳤다.

"23번 아기! 릴리!"

아버지가 기뻐하던 모습이 생각났다. 아버지는 이렇게 속삭였다.

"이 아기는 내가 좋아하는 아기 가운데 하나야. 이 아기가 한 살이 되기를 바라고 있었어."

사람들이 박수를 쳤다. 조너스는 빙그레 웃었다. 여동생 이름이 마음에 들었다. 릴리는 겨우 잠에서 깨어나 자그마한 주먹을 흔들어 보였다. 그런 다음 조너스네 가족은 다른 기초 가족에게 자리를 내주기 위해 무대를 내려왔다.

아버지가 말했다.

"열한 살 때 나 역시 조너스 너와 마찬가지로 열두 살 기념식을 기다리면서 마음이 조마조마했단다. 아주 긴 이

틀이었어. 또래 아이들이 보통 그렇듯이 나 역시 한 살 기념식은 아주 즐거웠지만 다른 기념식에는 그다지 관심이 없었지. 여동생이 맞은 기념식을 빼고는 말이야. 여동생은 그해 아홉 살이 되었고 자전거를 받을 차례였어. 물론 내 자전거로 이미 동생에게 자전거 타는 법을 가르쳐 두었지. 비록 내 기술은 형편없었지만 말이야."

조너스는 웃음을 터뜨렸다. 그건 거의 언제나 위반되는 몇몇 규칙들 가운데 하나였다. 아이들은 모두 아홉 살에 자전거를 받았으며 그전에는 자전거를 타는 게 허용되지 않았다. 하지만 형이나 누나 또는 언니나 오빠 들이 늘 몰래 동생을 가르쳤다. 벌써부터 조너스도 릴리에게 자전거 타는 법을 가르치려고 생각하고 있었다. 사태가 이 정도에 이르자 규칙을 바꾸어 아이들에게 더 일찍 자전거를 주자는 얘기도 나왔다. 위원회에서는 이미 그 의견을 검토하고 있었다. 어떤 문제가 위원회에 상정될 때마다 사람들은 규칙이 바뀔 때쯤 위원회 위원들은 이미 노인의 집에 가 있을 거라고 농담을 하곤 했다.

규칙을 변경하기는 아주 힘들었다. 자전거 받을 나이를 결정하는 것같이 사소한 규칙과는 달리 아주 중요한 규칙일 경우에는 최종 결정권이 기억 보유자에게 넘어갔다. 기억 보유자는 원로 중의 원로였다. 조너스는 한 번도 기억 보유자를 본 적이 없었다. 다만 그는 매우 중요한 인물로서 혼자 살며 묵묵히 일하는 사람이라는 것만을 알 뿐이었다. 물론 위원회가 자전거 문제 따위로 기억 보유자를 성가시게 하지는 않을 것이다. 위원들은 아마도 몇 년이나 그 문제에 대해 자기들끼리 떠들고 토론할 것이며 그러는 동안 주민들은 그 문제가 위원회에 상정되었다는 사실조차도 까맣게 잊을 터였다.

아버지가 계속해서 말했다.

"난 여동생 캐티아가 아홉 살이 되어 머리 리본을 떼고 자전거를 받는 것을 보면서 절로 흥이 났지. 그다음 열렸던 열 살과 열한 살 기념식에는 별 관심이 없었어. 그리고 영원히 계속될 것만 같던 둘째 날이 끝날 무렵 내 차례가 왔지. 열두 살 기념식이 시작된 거야."

조너스는 흥분하여 몸을 떨었다. 아마 아버지는 지금과 마찬가지로 당시에도 수줍고 조용한 성격이었을 것이다. 조너스는 그 수줍은 소년이 학급 친구들과 자리에 나란히 앉아서 이름이 불려 무대로 올라가기를 기다리는 모습을 상상해 보았다. 열두 살 기념식은 늘 12월 행사 마지막에 거행되었으며 행사의 가장 중요한 기념식이었다.

"부모님과 여동생이 나를 얼마나 자랑스러워했는지 생각이 나. 캐티아는 한시라도 빨리 자전거를 타고 밖에 나가 사람들에게 뽐내고 싶어 했지만 내 차례가 올 때까지 조바심 내지 않고 조용히 기다려 주었지. 하지만 솔직히 말하면, 조너스, 나는 너와 달리 별로 긴장하고 있지 않았어. 내 직위가 무엇이 될지 이미 알고 있었기 때문이야."

조너스는 깜짝 놀랐다. 아무도 그것을 미리 알 수 없도록 정해져 있었기 때문이다. 개인의 직위는 마을 지도자들이 모인 원로 위원회가 결정했다. 위원들은 회의 후에 철저하게 비밀을 지켰으며 심지어 그와 관련해서는 농담조차 하지 않았다.

어머니도 놀란 것처럼 보였다. 어머니가 물었다.

"어떻게 알았지?"

아버지는 부드럽게 미소를 지었다.

"글쎄, 나는 내 적성을 정확하게 알고 있었어. 부모님도 알았다고 나중에 말씀해 주셨지. 어린 시절부터 난 아기들이랑 있는 걸 가장 좋아했어. 또래들이 자전거를 타고 경주를 할 때나 조립 세트로 자동차나 다리를 만들 때나……."

"저랑 제 친구들이 늘 하는 일들 말이죠."

조너스가 끼어들었다. 어머니가 조너스의 말이 맞다는 뜻으로 고개를 끄덕였다.

"물론 난 그런 놀이에도 빠지지 않았어. 아이들은 그 모든 것을 체험하도록 되어 있으니까 말이다. 조너스 너처럼 공부도 열심히 했지. 하지만 자유 시간이 될 때면 난 항상 아기들한테 마음이 끌렸어. 그래서 자원봉사 시간마다 아기의 집에 가서 거기 일을 거들었단다. 물론 원로들도 나를 관찰하면서 그 사실을 알게 되었지."

조너스가 고개를 끄덕였다. 지난 일 년 동안 자신에 대한 관찰 수위가 높아지는 걸 느낄 수 있었다. 오락 시간과 자원봉사 시간마다 원로들은 조너스를 비롯한 열한 살 아이들을 면밀히 살펴보고 서류에 무언가를 기록하곤 했다. 입학할 때부터 줄곧 아이들을 가르쳐 온 교사들 모두가 원로들과 함께 오랫동안 회의를 하기도 했다.

"어쨌든 난 내가 받을 직위를 미리 알 수 있었어. 그래서 내 직위가 보육사라고 했을 때도 기뻤을 뿐이지 조금도 놀라지 않았단다."

"모두 박수를 보내 주었나요, 아버지?"

아버지가 웃으면서 말했다.

"물론이지. 내가 그토록 원하던 직위를 받아서 잘됐다고 사람들이 축하해 주었단다. 나는 운이 좋다고 느꼈어."

"아버지 친구 가운데 누군가는 혹시 직위를 받고 실망하지 않았나요?"

아버지와 달리 조너스는 무슨 직위를 받을지 알지 못했다. 어떤 직위는 틀림없이 조너스를 실망시킬 것이었다. 비록 아버지가 하는 일을 존경하긴 했지만 보육사가 되고 싶은 마음은 없었다. 또 육체 노동자가 되고 싶지도 않았다.

아버지는 잠시 생각한 다음 말했다.

"몇몇 친구들은 실망하기도 했지. 하지만 원로들은 관찰과 선택에 매우 신중해서 크게 잘못되는 법은 없어."

어머니가 끼어들면서 조너스에게 말했다.

"난 그 일이 우리 마을에서 가장 중요한 일일 수도 있다고 생각해."

"내 친구 요시코는 의사 직위를 받고 아주 놀랐어. 하지만 감격스러워했지. 또 안드레이라는 친구도 있었는데 그 애는 한 번도 육체노동을 하고 싶어 하지 않았어. 오락 시간 내내 건축 세트를 가지고 놀았고 자원봉사 시간은 언제나 건설 현장에서 보내곤 했지. 물론 원로들도 그런 사실을 알고 있었고. 안드레이는 건축사 직위를 받았고 무척 기뻐했어."

어머니가 말했다.

"나중에 안드레이는 마을 서쪽에 있는 강을 가로지르는 다리를 설계했지. 우리가 어릴 땐 그 다리가 없었단다."

아버지가 조너스를 안심시켰다.

"그러니까 직위를 받고 실망하는 경우는 매우 드물단다, 조너스. 네가 염려할 필요가 하나도 없다고 생각해. 만일 최악의 경우에는 진정서를 낼 수 있다는 걸 너도 알잖니."

하지만 진정서를 내면 검토를 위해 위원회에 상정되는 걸 다들 아는지라 모두 웃음을 터뜨렸다. 조너스가 솔직히 털어놓았다.

"애셔가 어떤 직위를 받을지 조금 걱정돼요. 애셔는 재미있는 친구예요. 하지만 그 녀석은 진지하게 하는 게 하나도 없어요. 모든 걸 장난으로 바꾸어 놓죠."

아버지가 싱긋 웃으며 말했다.

"애셔가 이름을 받기 전에 아기의 집에 있었을 때가 생각난다. 애셔는 단 한 번도 울지 않았어. 무슨 일이 있어도 웃음을 터뜨렸지. 그래서 보육사들 모두가 애셔를 돌보는 걸 아주 좋아했어."

어머니가 말했다.

"나는 원로들도 애셔를 잘 알고 있다고 생각한다. 아마 애셔에게 꼭 맞는 직위를 발견해 낼 거야. 그러니까 네가 애셔를 걱정할 필요는 전혀 없어. 하지만 조너스, 네가 미처 생각하지 못한 게 있는 것 같아 한마디만 해 두마. 나도 열두 살 기념식이 끝나기 전까지는 그걸 전혀 몰랐지."

"뭔데요?"

"음, 열두 살 기념식은 인생에서 마지막으로 맞는 기념식이야. 열두 살 이후에는 나이가 별로 중요하지 않아. 심지어 시간이 흘러감에 따라 사람들 대부분이 자기 나이를 잊어버리지. 비록 우리에 대한 모든 것이 공개 기록 보관소에 있고 누구라도 원하면 가서 자기 자료를 찾아볼 수도 있지만 말이야. 이제 중요한 건 바로 성인으로서 살아갈 준비를 하고 직위에 따라 받을 훈련을 잘 치르는 거란다."

"저도 알아요. 그건 누구나 아는 사실인걸요."

"하지만 내가 말하고 싶은 건 열두 살이 지나면 네가 새로운 모둠으로 옮겨갈 거라는 사실이야. 네 친구들 역시 마찬가지고. 너는 그때부터 더 이상 열한 살 모둠의 친구들과 함께 보낼 시간이 없어. 열두 살 기념식 이후 너는 직위 모둠으로 가게 되고 거기서 만난 사람들과 함께 훈련을 받게 되지. 자원봉사 시간도 없어. 오락 시간도 없지. 지금 네 친구들을 더 이상 가까이 할 수 없단다."

조너스는 고개를 저으면서 확고한 태도로 말했다.

"애셔와 전 언제나 친구일 거예요. 그리고 학교도 언제나 거기 있을 거고요."

아버지가 끼어들었다.

"그래, 네 말이 맞다. 하지만 네 어머니가 한 말도 맞단다. 무언가 네 인생에 변화가 있을 거야."

어머니가 말했다.

"아주 좋은 변화일 거야. 열두 살 기념식이 지난 후 난 어린 시절 마음껏 놀았던 때를 그리워했단다. 하지만 법과 정의에 관해 이해하는 훈련이 시작되자 나와 관심사가 같은 사람들과 함께 있게 되었어. 그때부터 나는 새로운 친구들, 모든 연령대의 친구들을 사귀게 되었지."

"열두 살 이후에도 놀 수 있었나요?"

"가끔씩……. 하지만 그건 그리 중요하지 않았단다."

"나는 놀 수 있었지. 아직도 놀이를 하지. 날마다 아기의 집에서 까꿍 놀이도 하고 곤지곤지 놀이도 하고 도리도리 놀이도 하지."

아버지는 손을 내밀어 단정하게 손질된 조너스의 머리를 어루만지면서 계속 말했다.

"네가 열두 살이 되어도 즐거움은 결코 끝나지 않는단다."

그때 릴리가 잠옷을 입은 채 식당 문 앞에 나타났다. 릴리는 더 이상 참을 수 없다는 듯 숨을 폭폭 내쉬었다. 릴리가 말했다.

"비밀 얘기가 너무너무 길어요. 위안물이 오기만을 기다리는 사람도 하나 있다고요."

어머니가 다정하게 말했다.

"릴리, 너는 이제 곧 여덟 살이 될 거야. 그러면 규칙에 따라 네 위안물은 치워야 해. 네 것은 너보다 더 어린 아이들한테 보내 재활용할 거야. 이제 넌 위안물 없이 잘 때가 됐어."

하지만 아버지는 벌써 선반으로 다가가 천으로 속을 채운 코끼리 위안물을 끄집어 내렸다. 그 코끼리 위안물처럼 아이들의 위안물은 대부분 상상 속의 생물을 본뜬 위안물이었다. 예전에 조너스가 받았던 위안물은 곰이라는 것이었다.

아버지가 말했다.

"여기 있다, 릴리, 이 귀염둥이야. 내가 네 머리 리본을 벗겨 줄게."

릴리는 태어나자마자 받았던 코끼리 위안물을 가지고 아버지와 함께 침실로 향했다. 조너스와 어머니는 그 모습을 사랑이 담긴 눈으로 바라보았다. 이제 어머니는 커다란 자기 책상에 가서 앉아 서류 가방을 열었다. 사무실 일이 아직 끝나지 않은 듯했다. 조너스도 자기 책상으로 가서 숙제인 학교 신문을 뒤적이기 시작했다. 하지만 마음은 여전히 12월과 열두 살 기념식에 가 있었다.

조너스는 부모님과 이야기하면서 다소 마음이 놓였다. 하지만 원로들이 자신에게 어떤 직위를 정해 줄지, 그날이 되면 어떤 기분이 들지 전혀 감을 잡을 수 없었다.

3

"애 좀 봐! 귀엽지 않아? 굉장히 작네! 어, 애 눈동자 색이 오빠랑 똑같아!"

릴리가 기쁨에 차서 소리를 질렀다.

조너스는 릴리를 째려보았다. 누가 자기 눈 색깔에 대해 애기하는 게 싫었다. 릴리를 혼내 주었으면 하고 아버지 쪽을 바라보았지만 아버지는 자전거 뒤에 매달아 둔 바구니의 끈을 푸느라고 바빴다. 조너스는 아기를 보려고 그쪽으로 다가갔다.

바구니에 담겨서 신기한 듯 주변을 둘러보는 아기를 보자마자 가장 먼저 눈에 들어온 것은 엷은 색 눈동자였다.

마을 주민들은 거의 대부분 눈동자가 까맸다. 아버지도, 어머니도, 릴리도, 선생님도, 모둠 친구들도 모두 까만 눈동자였다. 하지만 예외도 더러 있었다. 조너스 자신도, 언젠가 본 적이 있는 다섯 살짜리 여자애도 달랐다.

물론 아무도 그런 걸 입에 올리지 않았다. 규칙으로 정해진 것은 아니었지만 마음에 거슬리거나 차이 나는 것을 드러내는 일은 무례한 짓으로 여겨졌다. 조너스는 릴리도 그걸 곧 알게 될 것이고 어쩌면 다른 사람 마음을 전혀 배려하지 않는 그 수다 때문에 혼이 날 거라 생각했다.

아버지는 자전거를 보관소에 세우고 나서 바구니를 들어 집 안으로 가지고 들어갔다. 릴리가 아버지 뒤를 따르면서 어깨 너머로 조너스를 보며 놀렸다.

"어쩌면 얘랑 오빠는 같은 산모에게서 태어났을지도 몰라."

조너스는 릴리의 말을 무시하고 어깨를 한 번 으쓱해 보였다. 하지만 조너스도 아기의 눈동자 색 때문에 무척이나 놀란 참이었다.

마을에는 거울이 있는 곳이 거의 없었다. 거울이 금지된 것은 아니었지만 사실 별로 필요가 없기도 했다. 어쩌다 거울이 있는 곳에 갔을 때도 조너스는 거울에 자신을 비춰 보려고 하지 않았다. 하지만 지금 아기 얼굴을 보니, 엷은 색 눈은 드물 뿐만 아니라 그런 눈을 가진 사람을 보면 어떤 느낌이 들게 만든다는 생각이 들었다.

'뭐지? 어떤 느낌이지?'

곰곰이 생각한 끝에 조너스는 '깊이'라고 결론 내렸다. 지금까지 한 번도 발견되지 않은 것들이 숨어 있는, 바닥까지 들여다보일 만큼 맑은 강물 같은 깊이……. 조너스는 자신 역시 다른 사람에게 그런 느낌을 주리라는 걸 깨닫고 부끄러운 생각이 들었다.

조너스는 책상으로 가서 앉으며 아기에게는 별 관심이 없는 것처럼 보이려고 애썼다. 아버지가 아기를 싼 담요를 걷어 내자 어머니와 릴리가 몸을 구부려 아기를 보았다.

"이 위안물은 이름이 뭐예요?"

릴리가 아기 옆에 놓인 위안물을 집어 들면서 물었다.

아버지가 그것을 힐끗 보더니 "하마."라고 대답했다.

"하마?"

릴리가 그 이상한 말을 낄낄거리면서 따라 하더니 위안물을 다시 내려놓고는 아기를 요모조모 살피기 시작했다. 아기는 팔을 자꾸 흔들어 댔다.

릴리가 계속 감탄하면서 말했다.

"무지 귀여워. 난 나중에 산모 직위를 받았으면 좋겠다."

그러자 어머니가 몹시 날카로운 목소리로 소리 질렀다.

"릴리! 다시는 그런 말 하지 마. 산모는 명예로운 직위가 절대로 아니야."

릴리가 대들면서 말했다.

"하지만 나타샤 언니가 얘기해 주었어요. 저기 길모퉁이에 사는 열 살짜리 언니 알죠? 그 언니가 산모의 집에서 자원봉사를 조금씩 해요. 그런데 산모들은 굉장히 좋은 음식을 먹고, 임신해 있는 동안 아주 편안히 지내고, 아기를 낳을 때까지 게임을 하면서 즐겁게 시간을 보낸다고 했어요. 저도 그런 게 좋아요."

어머니가 매우 엄한 태도로 릴리에게 말했다.

"삼 년이야. 세 명을 낳고 끝이란다. 그런 다음에는 노인의 집에 들어갈 때까지 육체 노동자로 살아야 해. 릴리, 삼 년 동안 게으르게 보낸 다음에 늙어 죽을 때까지 힘든 노동을 해야 하는데도 산모가 되고 싶니?"

"글쎄요. 아니, 안 그래요."

릴리는 마지못해 고개를 끄덕였다.

아버지는 아기를 뒤집어 눕히고 나서 바구니 옆에 앉아 아기의 조그마한 등을 부드럽고 활기차게 문질렀다.

"산모들은 절대로 아기를 볼 수 없어. 아기들이 그렇게 예쁘면 나처럼 보육사 직위가 좋겠구나."

어머니가 재빨리 제안했다.

"여덟 살이 되면 너도 자원봉사를 할 수 있어. 그러면 아기의 집에서 얼마간 시간을 보낼 수 있단다."

"좋아요. 그렇게 할래요."

릴리는 고개를 끄덕인 후 바구니 옆에 무릎을 꿇고 앉았다.

"아기 이름이 뭐라고요? 참, 가브리엘이라고 했죠? 안녕, 가브리엘."

릴리가 노래 부르듯이 말하고 나서 깔깔 웃었다. 그러더니 속삭였다.

"아이고, 아기가 잠든 것 같아요. 이제 조용히 하는 게 좋겠어요."

조너스는 책상에 펼쳐 놓은 숙제에 다시 눈길을 주면서 생각했다.

'그럴 때가 있을까? 릴리, 넌 항상 입을 나불거리잖아. 어쩌면 넌 아나운서를 희망해야 할지도 몰라. 그럼 하루 종일 마이크에 대고 사무실에 앉아 떠들 수 있잖아.'

조너스는 소리 없이 혼자 웃으며 여동생이 다른 아나운서들처럼 자부심 가득한 단조로운 목소리로 이렇게 말하는 걸 상상해 보았다.

'알려 드립니다. 아홉 살보다 어린 여자아이들은 항상 머리 리본이 단정하게 묶여 있어야 한다고 주의드리는 바입니다.'

조너스는 릴리 쪽으로 몸을 돌렸다. 릴리의 머리에는 평소처럼 머리 리본이 제멋대로 매달려 있었다. 조너스는 그럼 그렇지 하는 눈으로 그 모습을 바라보았다. 머지않아 그런 방송이 나올 것이다. 물론 사람 이름이 직접 언급되지는 않겠지만 틀림없이 릴리를 두고 하는 방송일 것이다.

'분명히 모든 사람이 알아차릴 거야.'

"알려 드립니다. 열한 살 남자아이들에게 당부합니다. 놀이 공간 물건들은 없어지면 안 되며, 간식은 그 자리에서 먹어야지 몰래 집으로 가져가면 안 됩니다."

한 달 전쯤에 간식으로 준 사과를 집으로 가져왔을 때 이런 방송이 흘러나왔다. 조너스는 마을 사람 모두가 이게 자신을 두고 한 특별 방송이란 걸 안다고 생각하자 창피했다. 아무도, 심지어 아버지 어머니도 그 사실을 입에 올리지는 않았다. 공개 방송만으로도 양심의 가책을 느끼게 하기에 충분했기 때문이다. 물론 조너스는 그 사과를 처리했다. 그리고 그다음 날 아침 수업이 시작되기 전에 놀이 지도자에게 용서를 구했다.

조너스는 그 사건에 대해 다시 생각해 보았다. 물론 그 일만 떠올리면 아직도 부끄러웠다. 경고 방송이나 반드시 용서를 빌어야 했던 것 때문이 아니었다. 그건 공식 절차였고 마땅히 그래야 할 일이었다. 조너스가 부끄러운 건 바로 사건 그 자체 때문이었다.

어쩌면 그날 저녁 가족들에게 그 느낌에 대해 말했어야 했는지도 몰랐다. 하지만 조너스는 그가 느꼈던 것을 설명할 적절한 단어를 찾을 수 없었기 때문에 다른 이야기를 말하고 그냥 지나갔다.

그 일은 오락 시간에 일어났다.

그때 조너스는 애셔와 놀고 있다가 간식 바구니에서

사과 하나를 집어 들어 아무 생각 없이 애셔에게 던졌다. 애셔가 조너스에게 사과를 다시 던졌다. 그렇게 두 사람은 단순히 던지고 받기 놀이를 시작했다.

아무것도 특별한 게 없었다. 그때까지 수없이 해 온 놀이였다. 던지고 잡고, 다시 던지고 잡고. 그건 조너스에겐 너무 쉬운 일이었다. 가끔 지루하기도 했다. 하지만 애셔는 그 놀이를 아주 좋아했다. 게다가 이 놀이는 애셔에게 꼭 필요한 활동이었다. 다른 아이들과는 달리 애셔는 눈과 손이 따로 놀기 때문에 정상에 못 미치는 그 능력을 끌어올리기 위해서였다.

하지만 놀이 도중에 조너스는 날아오는 사과를 눈으로 좇다가 갑자기 그 일부가 변한 걸(이게 바로 조너스가 이해하기 어려웠던 부분이었다.) 알아챘다. 눈 깜짝할 사이에 사과가 공중에서 바뀌었다고 생각했다. 사과를 받아 들고 주의 깊게 살폈지만 똑같은 사과였다. 바뀐 게 하나도 없었다. 크기도 모양도 똑같았다. 완벽하게 둥글었다. 그림자조차 변하지 않았다. 그가 입은 튜닉과 그 그림자가 똑같듯이 말이다.

사과에는 눈에 띌 만큼 이상한 곳도 전혀 없었다. 조너스는 사과를 양손으로 왔다 갔다 몇 번 던져 본 다음 다시 애셔에게 던졌다. 그러자 공중에서 다시 사과가 순간적으로 바뀌었다.

그런 일이 네 번이나 일어났다. 조너스는 눈을 깜박이며 주위를 한 번 둘러보았다. 그러고서 이름표에 적힌 작은 글자를 확인하며 혹시나 자기 눈에 이상이 있는지 확인해 보았다. 하지만 이름이 또렷하게 눈에 들어왔다. 조금 떨어진 곳에 있는 애셔도 분명하게 보였다. 애셔가 던진 사과를 잡는 데도 아무 문제가 없었다. 그저 어리둥절할 뿐이었다.

조너스가 소리쳤다.

"애셔, 네 눈에는 혹시 이상한 게 보이지 않니? 사과에 이상한 거 없어?"

애셔가 웃으면서 소리쳤다.

"있어. 사과가 손에서 튀어나와 땅에 떨어졌어!"

그러고 나서 애셔는 다시 사과를 떨어뜨렸다. 할 수 없이 조너스도 따라 웃었다. 그렇게 해서 사과에 분명히 무슨 일인가가 일어났다는 걸 애써 무시하려고 했다. 하지만 결국 사과를 집으로 가지고 왔다. 그것은 놀이 공간의 규칙을 위반하는 행동이었다.

그날 저녁 아버지 어머니와 릴리가 집에 도착하기 전에 조너스는 사과를 두 손에 쥐고 주의 깊게 살펴보았다. 사과는 애셔가 몇 번 떨어뜨린 탓에 약간 멍들어 있었다. 하지만 그것 말고는 별로 이상한 점이 없었다.

조너스는 사과에 돋보기를 가져다 대기도 하고, 방 안

을 가로지르며 사과를 몇 차례 던져 본 다음, 책상 위에서 이리저리 굴리면서 그 일이 또 일어나기를 기다렸다.

하지만 그 일은 다시 일어나지 않았다. 일어난 일은 그 날 저녁 늦게 스피커를 통해 경고 방송이 나온 것이었다. 그 방송은 이름을 직접 말하지는 않았지만 명백하게 조 너스를 겨냥하고 있었다. 방송이 나오는 동안 아버지 어 머니는 여전히 사과가 놓여 있는 조너스의 책상을 의미 심장하게 바라보았다.

가족들이 바구니에 담긴 아기를 들여다볼 때 조너스는 책상에 앉아서 숙제를 뚫어지게 바라보았다. 그는 고개를 저으면서 그 이상한 사건을 잊어버리려고 애썼다. 글쓰기 숙제를 마저 정리한 후 저녁 식사 전에 공부를 좀 해 보려 고 노력했다. 아기 가브리엘이 몸을 뒤척이면서 큰 소리 로 울기 시작했다. 아버지는 분유와 젖 먹이는 도구가 담 긴 상자를 열면서 조용한 목소리로 릴리에게 아기 젖 먹 이는 과정을 설명했다.

마을 안 다른 기초 가족들의 저녁과 마찬가지로 이날 저녁 역시 조용히 하루를 돌이켜 보는, 내일을 위한 재생 과 준비의 시간으로 흘러가고 있었다. 단지 엷은 색 눈동 자에, 진지하고 지혜로운 눈빛을 가진 아기가 같이 있게 된 것 말고는 변한 점이 전혀 없었다.

4

자전거를 타고 천천히 달리면서 조너스는 건물 옆 자전거 보관소에 애셔의 자전거가 놓여 있는지부터 살폈다. 그동안 조너스는 애셔랑 같이 자원봉사를 하는 걸 가능한 한 피해 왔다. 애셔는 자원봉사를 할 때도 바보 같은 짓을 자주 저질러 진지한 일을 망쳐 놓곤 했기 때문이다. 하지만 이제 곧 열두 살이 되면 자원봉사 시간 역시 없어질 테니까 그런 건 더 이상 문제가 아니었다.

조너스는 자원봉사 시간에 어디서 어떻게 보낼 것인가 선택할 자유를 늘 굉장히 소중하게 여겼다. 그 시간을 뺀 나머지 시간들은 마을 위원회에서 미리 정해 놓은 대로 살아야 했기 때문이다.

여덟 살이 되어 처음으로 선택할 자유를 얻었을 때가 생각났다. 곧 여덟 살이 될 릴리 역시 별다르지 않겠지만, 아이들은 대개 처음에는 열에 들뜬 채 친구들과 함께 우르르 몰려다니면서 시시덕거리는 데 자원봉사 시간을 써 버리곤 했다. 보통 아이들은 그 시간을 오락 시간으로 여기고, 아직까지는 최고로 재미있는 장소인 놀이터로 몰려가 동생들과 놀아 줬다. 하지만 시간이 흘러가면서 마을 어른들의 지도에 따라 자기 확신이 생기고 정신이 성숙해지면 점차 능력이 닿고 관심이 생기는 일을 위해 더 많은 시간을 쓰기 시작했다.

친구 벤저민은 재활의 집에서 사 년 내내 지내면서 다친 주민들과 함께 일했다. 이미 재활 전문 치료사들만큼이나 솜씨가 좋다는 소리를 듣고 있었다. 심지어 재활을 돕는 기계 장치를 발명했으며 새로운 치료 방식을 제안하기도 했다. 벤저민은 당연히 그쪽 직위를 받게 될 것이었다. 어쩌면 그와 관련한 훈련을 면제받을지도 몰랐다.

조너스는 벤저민이 이룬 일에 큰 감동을 받았다. 조너스와 벤저민은 태어날 때부터 친구였고 서로를 잘 알았지만, 조너스는 단 한 번도 벤저민에게 그런 마음을 이야기한 적이 없었다. 말을 꺼내면 벤저민이 거북해할 게 틀림없기 때문이었다. 자랑을 금지하는 규칙을 깨지 않고 누군가가 거둔 성공에 대해 말을 건네거나 함께 이야기할 수 있는 쉬운 방법은 없었다. 설사 본인이 자랑할 의도가 없었더라도, 무례함에 관한 규칙들과 마찬가지로 누구나 따라야 할 사소한 규칙이었기에 가벼운 꾸중이라도 처벌을 피할 길이 없었다. 그러니 차라리 규칙을 어기기 쉬운 상황을 아예 피하는 게 상책이었다.

주거 지역을 등진 채 조너스는 자전거를 타고 마을 전체 표지판 앞을 지나 내달렸다. 작은 공장들이 있는 공단 지역이나 사무용 건물들이 있는 업무 지역에 혹시 애셔의 자전거가 있는지 찾아보기 위해서였다. 조너스는 릴리가 방과 후에 머무르는 어린이의 집과 그 주변 놀이터를 지났다. 그러고는 다시 페달을 밟아 마을 중앙 광장을 통과해 공공 집회가 열리는 대규모 회관을 지났다.

속도를 늦춘 조너스는 아기의 집 바깥에 한 줄로 늘어선 자전거에 달린 이름표를 살폈다. 그런 다음 식품 배급소 밖에 놓인 자전거들을 일일이 확인했다. 배급을 돕는 일은 언제나 재미있었다. 그래서 조너스는 거기에서 애셔를 발견해 같이 마을을 한 바퀴 돌며 집집마다 식량을 배달할 수 있었으면 하고 바랐다. 하지만 거기에도 애셔의 자전거는 없었다. 애셔의 자전거는 응당 그래야 하듯이 보관소에 똑바로 서 있는 게 아니라 늘 그렇듯 비스듬히 쓰러진 채 노인의 집 앞에 있었다.

거기엔 다른 자전거 한 대가 더 있을 뿐이었다. 열한 살짜리 여자애 피오나의 자전거였다. 피오나는 조용하고 예의 바른 모범생이었지만 유머 감각도 아주 뛰어났다. 그러니 피오나가 오늘 애셔와 함께 자원봉사를 하는 건 그

리 놀라운 일이 아니었다. 조너스는 두 사람 자전거 옆에
다 자기 자전거를 단정하게 세운 다음 건물 안으로 들어
갔다.

"안녕, 조너스."

현관 안내소에 있던 여자 안내원이 인사했다. 조너스
가 등록 용지에 서명을 한 후 내밀자 안내원은 그 옆에 사
무용 도장을 찍어 주었다. 이런 식으로 해서 자원봉사 시
간은 모두 표로 만들어져 공개 기록 보관소에 보관된다.
아이들 사이에 전해 오는 오래된 이야기가 있다. 예전에
열한 살짜리 아이 하나가 자원봉사 시간을 다 채우지 못
한 채 열두 살 기념식을 맞았고 그리하여 기념식에서 아
무 직위도 받을 수 없다는 선언을 들었다. 그 아이는 한
달 동안 추가로 자원봉사를 한 후 따로 직위를 받았지만
환호도 축하도 없었다. 결국 그 일은 그 아이 인생 전체에
그늘을 드리운 불명예가 되었다는 것이다.

안내원이 인쇄된 용지를 이리저리 들여다보면서 말했다.
"오늘은 자원봉사자가 좀 있어서 다행이구나. 아침에
임무 해제 기념식이 있어서 시간표가 밀렸기 때문에 일
이 많이 남았단다. 자, 어디 볼까. 애셔와 피오나가 지금
욕실에서 봉사하고 있구나. 거기 가서 걔들을 돕지 않겠
니? 어디인지는 너도 알지?"

고개를 끄덕인 조너스는 안내원에게 감사를 표하고 나

서 기다란 복도를 걸어 내려갔다. 복도 양쪽 방에 있는 노인들이 눈에 들어왔다. 가만히 아무 소리 없이 앉아 있는 노인, 찾아온 다른 방 노인들과 서로 이야기하는 노인, 나무를 조각하거나 수예를 하는 노인, 자는 노인……. 모든 방은 노인들이 편히 지낼 수 있도록 최대한 안락하게 설비되었고 바닥에는 두꺼운 카펫이 깔려 있었다. 이곳은 마을의 일상적인 일이 일어나는, 그러니까 생산과 분배가 이루어지는 분주한 장소들과 달리 평온하고 느린 장소였다.

지난 몇 해 동안 아주 다양한 곳에서 자원봉사를 하면서 조너스는 사람들이 무척 다르게 살아가는 것을 보았다. 그건 멋진 경험이었다. 하지만 한 곳에서만 자원봉사를 하지 않았기 때문에 조너스는 자신이 어떤 직위를 받게 될지 전혀 알 수 없었다. 심지어는 짐작하기조차 어려웠다.

순간, 조너스는 작게 웃음을 터트렸다.

'조너스! 또 기념식 생각을 하는 거니?'

조너스는 그러는 자신이 싫었다. 그렇지만 기념식 날짜가 가까이 다가왔기 때문에 아마 친구들 모두가 자신과 비슷한 상태일 것이라고 생각했다.

그때 한 복지사가 노인 한 사람과 함께 복도를 천천히 걸어오고 있었다.

"안녕, 조너스."

유니폼을 입은 젊은 복지사가 기분 좋게 웃으며 인사를 건넸다. 그 곁에서 팔을 부축받고 있는 여자 노인은 푹신푹신한 슬리퍼를 질질 끌면서 걸었다. 여자 노인은 조너스 쪽을 바라보고 살짝 웃었지만 그 눈빛은 흐릿하고 초점이 맞지 않았다. 조너스는 그 여자 노인이 장님이라는 걸 깨달았다.

조너스는 덥고 축축한 공기로 가득하고 비누 냄새가 코를 찌르는 욕실 안으로 들어갔다. 제복 윗도리를 벗어서 벽에 붙은 옷걸이에 조심스럽게 건 다음 조너스는 선반 위에 개켜져 있는 자원봉사자용 작업복을 입었다.

"안녕, 조너스!"

구석에 있는 목욕통 옆에서 무릎을 굽힌 채 애셔가 소리쳤다. 조너스는 그 근처 다른 목욕통 옆에 있는 피오나도 발견했다. 피오나는 고개를 들고 조너스에게 미소를 건넸다. 하지만 손은 여전히 따뜻한 물 속에 누운 남자 노인 한 명을 조심스럽게 씻기느라고 바빴다.

조너스는 두 사람과 욕실 곳곳에서 일하는 복지사들에게 차례로 인사했다. 그다음 푹신한 안락의자에 앉아 기다리는 다른 노인들에게 다가갔다. 전에도 여기에서 일한 적이 있어서 무엇을 해야 할지 잘 알고 있었다.

"라리사, 차례가 되셨어요. 물 먼저 틀고 나서, 일어서시게 도와드릴게요."

조너스는 여자 노인의 옷에 달린 이름표를 보며 말했다. 가까이에 있는 빈 목욕통에 달린 버튼을 누르자 옆쪽에 난 작은 구멍들을 통해 따뜻한 물이 흘러내렸다. 몇 분후 목욕통이 가득 차면 물은 자동으로 멈출 것이다.

조너스는 라리사가 의자에서 일어서는 걸 부축해 목욕통으로 안내했다. 그러고 나서 옷을 벗긴 다음 손으로 팔을 부축해서 목욕통에 들어가 앉도록 도왔다. 라리사는 뒤로 기대며 기분 좋게 숨을 내쉬었고 부드러운 베개에 머리를 댔다.

"편안하세요?"

조너스가 묻자 라리사는 고개를 끄덕이며 눈을 감았다. 조너스는 목욕통 가장자리에 놓여 있던 깨끗한 스펀지에 비누 거품을 짠 다음 그 연약한 몸을 씻기기 시작했다.

어젯밤 조너스는 아버지가 아기를 목욕시키는 걸 보았다. 이 일과 별로 다르지 않았다. 연약한 피부, 편안히 느껴지는 물, 미끌미끌한 비누, 부드러운 손의 움직임. 긴장이 풀린 채 평화로운 미소를 띤 라리사의 얼굴은 가브리엘을 떠올리게 했다.

벌거벗은 것도 가브리엘과 같았다. 원래 다른 사람의 벌거벗은 몸을 보는 건 규칙 위반이었지만 아기나 노인의 몸은 예외였다. 조너스는 기뻤다. 체육 시간 같은 때마다 옷을 갈아입는 동안 몸을 가리는 일은 성가셨고, 실수로 다른 사람 몸을 보았을 때 하는 공식 사과는 언제나 거북살스러웠다. 왜 그래야 하는지 전혀 알 수 없었다. 조너스는 따뜻하고 조용한 욕실에서 느껴지는 편안한 느낌이 좋았다. 무방비 상태로 벌거벗은 채 자유롭게 물속에 누워 있는 라리사의 얼굴에 떠오른 신뢰감도 기분 좋았다.

조너스는 곁눈질로 친구 피오나를 보았다. 피오나는 남자 노인이 목욕통에서 나오는 걸 돕고 그 비쩍 마른 몸을 수건으로 닦아 준 후 옷 입는 걸 돕고 있었다.

노인들이 종종 그렇듯이 라리사가 잠들었다고 생각한 조너스는 그녀를 깨우지 않도록 조심하면서 천천히 부드럽게 그 몸을 씻겨 나갔다. 하지만 라리사가 눈을 감은 채로 말을 꺼내자 조너스는 깜짝 놀랐다.

"오늘 아침에 우린 로베르토의 임무 해제를 축하했지. 멋있었어."

"저도 그 노인을 알아요! 지난번 이곳에 왔을 때 식사를 도와드린 적이 있어요. 몇 주도 안 되었을 거예요. 굉장히 재미있는 분이었죠."

라리사는 행복한 표정으로 눈을 뜨고 이야기했다.

"임무 해제 전에 사람들이 모두 모여서 로베르토의 일생에 대해 이야기를 나누었지. 늘 그러듯이 말이야. 하지만 솔직히 말하면……."

라리사는 갑자기 장난기 어린 표정으로 속삭였다.

"그 이야기가 항상 멋진 것만은 아니야. 난 몇몇 늙은
이들이 이야기를 듣는 동안 조는 걸 본 적도 있어. 최근에
에드나를 임무 해제할 때는 더 그랬지. 혹시 에드나를 아
니?"

조너스는 고개를 저었다. '에드나'라는 이름은 도무지
생각나지 않았다. 라리사는 말을 계속 이어 나갔다.

"사람들은 에드나의 일생을 건전하고 의미 있게 만들
려고 애썼지. 물론 모든 인생은 의미가 있어. 절대로 에드
나의 일생이 의미가 없었다는 말이 아니야. 알아들었지?
하지만 에드나는, 아이고 맙소사, 산모였어. 아이를 낳은
후엔 오랫동안 식품 생산 공장에서 일했지. 여기 오기 전
까지 말이야. 불쌍하게도 가족조차 없었지."

거기까지 말하고 나서 라리사는 고개를 들어 누가 듣
는지 확인하며 주위를 둘러본 다음 살짝 털어놓았다.

"물론 나는 에드나가 그다지 영리하진 않았다고 생각
해."

조너스는 그 모습이 우스꽝스러워서 웃음을 터뜨렸다.
그리고 라리사의 왼팔을 씻긴 다음 물속에 다시 넣어 주
고 나서 발을 닦아 주었다. 조너스가 스펀지로 발을 마사
지하자 라리사는 만족해하면서 중얼거렸다.

"하지만 로베르토는 대단한 인생을 살아왔지."

잠시 멈추었다가 라리사가 말을 이었다.

"로베르토는 열한 살 모둠을 가르치는 교사였어. 그 직위가 얼마나 중요한지는 너도 잘 알 거야. 한때 계획 위원회에도 있었지. 게다가 글쎄, 어떻게 그럴 수 있었는지 모르겠지만, 아이를 둘씩이나 성공적으로 키워 냈고 마을 중앙 광장의 조경도 했지. 물론 로베르토가 직접 노동을 한 건 아니지만 말이야."

"이제 등을 씻으셔야 해요. 몸을 앞쪽으로 기울이시면 일어나실 수 있도록 제가 도와드릴게요."

조너스는 팔로 감싸서 라리사가 앉을 수 있도록 부축했다. 그리고 스펀지를 등에 대고 짠 다음 앙상하게 뼈가 드러난 어깨를 문지르기 시작했다.

"임무 해제 축하식에 대해 이야기해 주세요."

"음, 로베르토의 일생에 대한 이야기가 있었지. 그게 언제나 맨 먼저야. 그다음으로는 축배를 들었지. 모두 잔을 들고 환호했어. 축가를 불렀지. 로베르토는 멋진 이별 연설을 했어. 행복을 비느라고 우리 가운데 몇 명은 거의 말이 없었어. 나도 아무 말도 하지 않았어. 난 공식 발언을 절대 좋아하지 않아. 로베르토는 흥분하고 있었어. 떠나가면서 로베르토가 지었던 표정을 너도 봤으면 좋았을 텐데."

조너스는 생각을 하느라고, 라리사의 등에 가 있던 손길을 늦추었다.

"임무 해제 때 실제로 무슨 일이 일어나는 거죠? 로베르토는 어디로 가신 건가요?"

라리사는 축축하게 젖은 어깨를 가볍게 으쓱했다.

"몰라. 그걸 아는 사람은 아무도 없어. 위원회 사람들이나 알 거야. 로베르토는 우리 모두에게 인사를 한 후 걸어갔지. 모두가 그러듯이 특수 문을 통해 임무 해제실 안으로 말이야. 너도 그 표정을 봤어야 했는데. 난 그걸 순수한 행복감이라고 부르고 싶어."

조너스가 히죽 웃었다.

"저도 그 장면을 봤다면 얼마나 좋았을까요."

라리사가 얼굴을 찌푸렸다.

"위원회에서 왜 임무 해제 기념식 때 아이들을 못 오게 하는지 모르겠어. 어쩌면 공간이 좁기 때문일지도 모르지. 그렇다면 임무 해제실을 넓혀야 해."

"위원회에 그 의견을 올려야 할 거예요. 아마 진지하게 검토하겠죠."

조너스가 장난스럽게 말하자 라리사는 깔깔거리며 웃었다.

"맞아!"

조너스는 라리사가 목욕통에서 나오는 것을 도왔다. 한번 웃음보가 터진 라리사는 그러는 동안에도 웃음을 멈출 줄 몰랐다.

5

가족들이 모여서 간밤에 꾼 꿈을 이야기하는 아침 의식 시간에 대개 조너스는 그다지 말할 것이 없었다. 조너스는 거의 꿈을 꾸지 않았다. 때때로 밤사이에 꿈을 꾼 것만 같은 단편적인 느낌들이 떠다니는 채로 잠에서 깬 적도 있기는 했다. 하지만 그 모든 걸 이어서 아침 의식에서 이 야기할 만한 무언가로 만들어 내는 건 거의 불가능했다.

하지만 오늘 아침에는 달랐다. 전날 밤에 아주 생생한 꿈을 꾸었던 것이다.

늘 그렇듯이 조너스는 릴리가 긴 꿈에 대해 이야기하는 동안 딴 데 정신을 팔았다. 간밤에 릴리는 규칙을 어기는 끔찍한 꿈을 꾸었다. 어머니 자전거를 타다가 보안 요원들에게 붙잡히는 내용이었다.

주의 깊게 귀 기울여 들은 다음, 가족들은 릴리와 함께 그 꿈이 암시하는 것을 이야기했다.

"네 꿈에 대해 감사한다, 릴리."

조너스는 별생각 없이 형식적으로 말했다. 그리고 나서 다음 차례인 어머니의 꿈 이야기를 좀 더 신경 써서 들으려 무진 애를 썼다. 어머니는 어떤 점에서 규칙을 어겼다는 건지 전혀 납득이 안 가는데도 밤새 질책당하는 꿈을 꾸었다고 했다. 그 꿈은 두 번이나 중요한 규칙을 어긴 주민을 마지못해 처벌했을 때 어머니가 품었던 느낌 때문일 거라고 가족 모두가 입을 모아 말했다.

아버지는 아무런 꿈도 꾸지 않았다고 말했다.

"가브리엘?"

우유를 먹은 후 바구니 안에 기분 좋게 누워 있는 아기를 내려다보며 아버지가 물었다. 가브리엘은 그날 낮에 아기의 집으로 돌아갈 예정이었다.

모두가 웃음을 터뜨렸다. 꿈 이야기는 세 살 때부터 하는 거였다. 사실 아기가 꿈을 꾸더라도 그걸 알 수 있는 사람은 아무도 없었다.

"조너스?"

어머니가 물었다. 가족들은 언제나 묻곤 했다. 조너스는 이야기할 만한 꿈을 꾸는 경우가 드물다는 사실을 아는데도 말이다.

조너스가 자세를 고쳐 앉으며 얼굴을 찌푸린 채 말했다.

"지난밤에 꿈을 꿨어요."

아버지가 말했다.

"그럼 말해 보렴."

"정확하게 기억나지는 않아요. 전 노인의 집에 있는 욕실에 있다고 생각했어요."

머릿속에 남은 그 괴상한 꿈을 떠올리려고 애쓰며 조너스가 설명했다.

"거긴 네가 어제 갔던 곳이로구나."

조너스가 고개를 끄덕였다.

"하지만 같은 곳은 아니었어요. 물론 꿈에서도 목욕통이 있었어요. 하지만 한 개밖에 없었어요. 실제로 욕실에는 목욕통이 아주 많잖아요. 꿈속에서도 욕실은 덥고 축축했어요. 제복 웃옷을 벗었는데 작업복을 걸치지 않아서 제 가슴이 드러났어요. 땀을 흘리고 있었어요. 너무 더워서요. 그리고 피오나도 있었어요. 어제처럼요."

어머니가 물었다.

"애셔도 있었니?"

조너스는 고개를 저었다.

"아뇨, 저하고 피오나만 목욕통 옆에 있었어요. 피오나는 웃고 있었지만 전 웃지 않았어요. 꿈속에서 피오나에게 조금 화가 나 있었어요. 피오나가 저를 진지하게 받아들이지 않았기 때문이었어요."

릴리가 물었다.

"무슨 뜻이야?"

조너스는 자신의 접시를 바라보았다. 꿈속의 일들이 납득이 가지 않아서 좀 당황하고 있었다.

"전 피오나가 물이 가득 찬 목욕통 안으로 들어가야 한다고 설득하느라 애쓰고 있었어요."

조너스는 잠시 말을 그쳤다. 꿈에서 일어난 일은 전부 다 말해야 한다는 걸 알고 있었다. 그게 옳은 일일 뿐 아니라 필수 의무이기도 했다. 그래서 조너스는 자신을 불쾌하게 만든 부분을 억지로 입에 올렸다.

"전 피오나가 옷을 벗고 목욕통으로 들어가길 원했어요. 그 애를 씻기고 싶었어요. 제 손에 스펀지를 들고 있었는데 피오나는 제 말을 듣지 않았어요. 계속 웃으면서 싫다고 했어요."

조너스는 아버지 어머니를 쳐다보다가 한 마디 더 던졌다.

"끝이에요."

아버지가 물었다.

"꿈속에서 제일 강렬했던 느낌을 말해 줄 수 있겠니?"

조너스는 아무 말 없이 잠시 생각했다. 애매하고 확실치 않았다. 하지만 분명 어떤 느낌이 있었다. 지금 꿈을 되새기자 다시 그 느낌들이 홍수처럼 밀려들었다.

"갈망이었어요. 피오나가 거부할 거라는 걸 알았어요.

그리고 피오나가 목욕통에 들어가면 안 된다는 것도 알고 있었던 듯해요. 하지만 전 피오나가 들어가 주기를 한없이 갈망했어요. 머리끝에서 발끝까지 그 갈망이 제 몸을 꿰뚫고 가는 걸 느낄 수 있었어요."

"네 꿈에 대해 감사한다, 조너스."

잠시 후에 어머니가 말하고는 아버지를 흘깃 보았다.

아버지가 말했다.

"릴리, 학교 갈 시간이다. 오늘 아침엔 내 옆에서 걸으면서 아기 바구니를 봐 주지 않겠니? 아기가 뒤척이다가 끈이 헐거워지지 않도록 잘 지켜봐야 해."

조너스는 가방에 교과서를 넣으려고 일어났다. 감사 인사를 하기 전에 가족들이 자신의 꿈에 대해 자세하게 이야기하지 않은 게 이상하다는 생각이 들었다. 아마 가족들도 조너스와 마찬가지로 혼란스러운 모양이었다.

그때 어머니가 다정하게 말했다.

"기다려라, 조너스. 네가 지각해서 사과할 필요가 없도록 선생님께 편지를 써 줄게."

어리둥절해진 조너스는 다시 자리에 앉았다. 아버지와 릴리가 가브리엘을 데리고 집을 나서는 걸 보고 손을 흔들었다. 어머니가 식탁을 정리하고, 수거원이 가져가기 쉽도록 음식물 접시를 현관문 앞에 놓는 게 보였다.

드디어 어머니가 조너스 옆자리에 앉았다. 얼굴에는

부드러운 웃음을 띠고 있었다.

"조너스, 넌 그 느낌을 갈망이라고 했지? 사실 그건 네 첫 번째 성욕이었단다. 네 아버지와 난 언젠가 네게 그 일이 일어날 거란 걸 알고 있었지. 모든 사람들이 겪는 일이야. 아버지가 네 나이였을 때도 그런 일을 겪으셨어. 나도 그랬고. 언젠가 릴리도 그럴 거야."

잠시 말을 멈춘 다음 어머니가 덧붙였다.

"이제부터는 그런 꿈을 아주 자주 꿀 거야. 보통은 꿈에서 시작되곤 하지."

성욕.

전에 그런 말을 들은 적이 있었다. 규칙 책에도 성욕에 관한 언급이 있었던 게 기억났지만 무슨 말이 씌어 있었는지는 잘 생각나지 않았다.

"알려 드립니다. 제때 치료를 받으려면 성욕은 반드시 보고해야 한다는 걸 다시 한 번 주의 드리는 바입니다."

'성욕'이라는 말을 이해할 수 없었기 때문에, 그리고 그게 자신에게는 결코 일어나지 않을 것처럼 보였기 때문에 조너스는 언제나 그 방송을 무시해 왔다. 마을 주민 대다수와 마찬가지로 조너스 역시 아나운서가 읽어 내리는 지시나 주의를 대부분 무시했다.

"성욕을 보고해야 하나요?"

어머니는 웃음을 터뜨렸다.

"이미 보고했어. 꿈 이야기를 했으니까. 그걸로 충분해."

"하지만 치료는 어떻게 하죠? 방송에선 치료를 받아야 한다던데요."

비참한 기분이 들었다. 곧 기념식이다. 열두 살 기념식을 막 앞두고 치료를 위해 어떤 곳으로 가야 한다는 말인가? 단지 바보 같은 꿈 때문에?

하지만 어머니는 조너스를 안심시키며 애정이 담긴 태도로 웃음을 터뜨렸다.

"아냐, 아냐. 치료는 단지 약뿐이야. 이제 너도 약을 먹을 때가 됐어. 그게 전부야. 약만 먹으면 성욕 치료는 끝이란다."

조너스는 얼굴이 밝아졌다. 약이라면 잘 알았다. 아버지 어머니도 아침마다 복용하고 있었다. 친구 가운데 몇 명도 마찬가지였다. 언젠가 애셔와 함께 자전거를 타고 학교로 가려는데 애셔의 아버지가 집 현관에서 소리쳤다.

"약 먹는 걸 잊어버렸어, 애셔!"

애셔는 나직이 투덜대며 자전거를 돌려 집으로 돌아갔고 조너스는 친구를 기다렸다.

그건 친구에게 묻지 않는 그런 종류의 일이었다. 서로 '다르다'라는 불편한 기분에 빠질 수 있기 때문이었다. 애셔는 매일 아침 약을 먹었고 조너스는 약을 먹지 않았다. 그런 일보다는 두 사람에게 똑같이 해당되는 일에 대해 이야기하는 게 훨씬 더 낫고 덜 무례한 일이었다.

조너스는 어머니가 건네준 작은 알약을 삼켰다.

"이걸로 된 거예요?"

어머니가 약병을 다시 찬장에 올려놓으며 대답했다.

"그래. 하지만 잊지 마라. 처음 몇 주 동안엔 내가 이야기하겠지만 그다음부턴 스스로 챙겨야 해. 약을 먹는 걸 잊어버리면 성욕이 다시 생길 거야. 성욕에 젖은 꿈을 다시 꾸게 될지도 몰라. 때론 복용량을 늘려야 할 거야."

"애셔도 약을 먹어요."

어머니가 고개를 끄덕였다. 그리 놀라지 않는 기색이었다.

"네 모둠 친구들 중에서 많은 아이들이 약을 먹고 있을 거야. 적어도 남자애들은 말이야. 그리고 곧 모두가 약을 먹게 될 거야. 여자애들도 마찬가지야."

"얼마나 오랫동안 약을 먹어야 하나요?"

"노인의 집에 들어갈 때까지. 하지만 너무 귀찮게 생각하지 마라. 곧 일상이 되고 얼마 후면 별로 신경도 쓰이지 않게 될 거야."

어머니는 손목시계를 보았다.

"지금 바로 출발하면 학교에 늦지 않겠구나. 서둘러라."

조너스가 현관으로 향해 갈 때 뒤에서 어머니가 덧붙

여 말했다.

"그리고 다시 한 번 네게 감사한다, 조너스. 네 꿈에 대해서 말이다."

빠르게 페달을 밟으며 조너스는 약을 먹은 일이 이상하게 자랑스러워졌다. 잠시 꿈을 다시 기억해 냈다. 꿈에서 내내 기분 좋은 느낌이 들었다. 다소 당황스럽긴 했지만 조너스는 어머니가 성욕이라고 말한 그 느낌이 좋았다. 잠에서 깼을 때 다시 성욕을 느꼈으면 하고 바랐다.

자전거를 타고 모퉁이를 돌아 집 앞을 벗어나자마자 간밤의 꿈도 조너스의 머릿속에서 사라졌다. 조너스는 가책을 느끼면서도 잠깐이나마 그 느낌을 되살리려고 애썼다. 하지만 그건 이미 사라지고 없었다. 성욕이 감쪽같이 사라진 것이다.

6

어머니가 또 주의를 주었다.

"릴리, 가만 좀 있어라."

릴리는 어머니 앞에 서서 안달하며 투덜거렸다.

"저도 묶을 수 있단 말이에요. 항상 제가 묶었는데."

릴리의 땋은 머리 위에 있는 리본을 매만지면서 어머니가 대꾸했다.

"그래, 그랬지. 하지만 네가 묶으면 리본이 느슨해져서 오후가 되면 네 등에서 달랑거리잖니. 하루 종일 계속 단정하게 묶여 있어야 해."

릴리는 도저히 못 참겠다는 듯 푸념했다.

"전 머리 리본 싫어요. 일 년만 더 하면 돼서 아주 기뻐요."

그러고는 쾌활한 목소리로 덧붙였다.

"내년엔 저도 자전거가 생겨요."

조너스가 말했다.

"매년 좋은 일이 생기지. 너도 올해부터는 자원봉사를 시작할 거야. 일곱 살이 되었던 작년을 생각해 봐. 앞단추가 달린 재킷을 받아서 무척 좋았지?"

어린 릴리는 고개를 끄덕이며 일곱 살임을 나타내는, 커다란 단추들이 달린 재킷을 내려다보았다. 네 살에서 여섯 살까지는 모두 등에서 잠그는 재킷을 입었다. 그 애들은 서로 옷 입는 걸 도움으로써 서로 도와 가며 살아야 한다는 걸 배웠다.

앞단추가 달린 재킷은 독립을 나타내는 첫 신호이자 그 아이가 아무 문제 없이 자라고 있음을 다른 이들에게 보여 주는 중요한 상징이었다. 아홉 살 때 받는 자전거 역시 어린이를 보호하려고 서로 짝을 이룬 기초 가족에서 떨어져 나와 점차 마을 공동체로 들어가고 있음을 뜻하는 강력한 상징이었다.

릴리는 배시시 웃으며 어머니에게서 빠져나갔다. 그리고 흥분한 목소리로 조너스에게 말했다.

"올해 오빠는 직위를 받잖아. 난 오빠가 조종사가 됐으면 좋겠어. 그럼 나를 태우고 하늘을 날 수 있잖아!"

"물론 널 비행기에 태울 거야. 너한테 꼭 맞는 특수 낙하산도 가지고 타겠지. 비행기가 6000미터 높이에 올라가면 문을 열고……."

"조너스."

어머니가 경고했다.

"농담이었어요. 어쨌든 난 조종사는 싫어. 조종사의 직위를 받으면 항소할 거야."

"릴리, 이리 와라."

어머니는 릴리의 리본을 마지막으로 힘껏 묶었다.

"조너스? 준비됐니? 약은 먹었니? 회관에서 좋은 자리에 앉아야 할 텐데……."

어머니는 릴리를 현관으로 급히 이끌었다. 조너스가 그 뒤를 따랐다.

회관은 그리 멀지 않았다. 릴리는 어머니 자전거 뒤에 앉아 친구들에게 손을 흔들었다. 회관에 도착하자 조너스는 어머니 자전거 옆에 자기 자전거를 대고서 모둠 친구들을 찾아 군중을 헤치고 나아갔다.

마을 사람 모두가 기념식에 참가했다. 거대한 회관 안에 함께 앉은 부모들에게 이 행사는 직장 일에서 놓여날 수 있는 이틀간의 휴일에 해당했다. 아이들 역시 이름을 듣고 한 명씩 무대 위로 올라갈 때까지 자기 모둠과 함께 자리에 앉아 있었다.

하지만 아버지는 지금 어머니와 함께 있지 않을 것이었다. 가장 먼저 치를 이름 받기 기념식을 위해 보육사들은 아기들을 무대로 데리고 가야 했다. 열한 살 친구들과 함께 발코니 좌석에 앉은 조너스는 아버지가 어디 있는지 보려고 회관 안을 두리번거렸다. 맨 앞쪽에 있는 보육사들 자리를 발견하는 건 조금도 어렵지 않았다. 보육사들 무릎에 앉은 아기들이 칭얼대며 우는 소리가 들렸다. 마을 사람들은 보통 차분한 기념식을 원했다. 하지만 일 년에 한 차례, 이름과 가족을 얻기를 기다리는 아기들이 피우는 소란만큼은 관대한 태도로 봐주면서 미소를 지었다.

마침내 아버지와 눈길이 마주치자 조너스는 손을 흔들었다. 아버지도 웃으면서 손을 흔들었고 다시 무릎 위에 앉은 아기의 손을 들어 흔들어 보였다.

그 아기는 가브리엘이 아니었다. 가브리엘은 오늘 아기의 집으로 돌아가 있었고 야간 작업자들이 돌보고 있었다. 원로 위원회가 특별한 유예 기간을 주어 이름 받기 및 가족 배정이 일 년 미뤄진 것이다. 가브리엘은 아직 또래들보다 몸무게가 덜 나가는 데다 밤에 잘 자지도 못했다. 그런 가브리엘에게 일 년 더 기회를 달라고 청원하기 위해 아버지는 원로 위원회에 다녀왔다. 보통 그런 아기는 '부적합' 판결을 받고 임무 해제되기 마련이었다.

아버지의 청원 덕분에 가브리엘은 '불확정' 판결을 받은 채 일 년 더 기회를 얻었다. 가브리엘은 낮에는 아기의 집에서 보살핌을 받고 밤에는 조너스네 가족과 함께 지내게 되었다. 대신 릴리를 포함한 조너스네 가족은 각각이 어린 손님에게 절대로 애착을 갖지 않을 것이며 그다음 해 기념식에서 가브리엘이 다른 가족에게 갈 때 항의하거나 항소하지 않겠다고 서약했다.

내년에 가브리엘이 기초 가족을 배정을 받으면 마을 구성원이 되기 때문에 자주 볼 수 있을 테지만 임무 해제된다면 다시는 가브리엘을 볼 수 없을 것이다. 아마도 영원히. 임무 해제가 되면 아기들일지라도 다른 곳으로 보내져 다시는 마을에 돌아오지 못했다.

올해 아기들은 한 명도 임무 해제되지 않았다. 만일 가브리엘이 임무 해제됐다면 아버지는 그 일을 자신의 실패로 여기고 괴로워하면서 슬퍼했을 것이다. 조너스는 릴리나 아버지 같은 눈길로 가브리엘을 바라보진 않았지만 가브리엘이 임무 해제되지 않았다는 사실에 속으로는 기뻐했다.

첫 번째 기념식은 정확한 시간에 시작되었다. 조너스는 아기들이 한 명씩 이름을 받아 보육사들로부터 기초 가족들에게 인도되는 광경을 바라보았다. 어떤 기초 가족에게는 그 아기가 첫 아기였다. 하지만 대부분은 조너스가 막 다섯 살이 됐을 때처럼 어린 남동생이나 여동생을 얻기 위해 자랑스럽게 웃는 다른 자녀를 데리고 무대 위로 올라갔다.

애셔가 조너스의 팔을 건드리며 조금 큰 소리로 물었다.

"우리 집에 필리파가 왔을 때 생각나?"

조너스는 고개를 끄덕였다. 겨우 작년 일이었다. 애셔의 부모는 아주 오랜 시간을 기다린 후에 두 번째 아기를 신청했다. 어쩌면 애셔의 아슬아슬한 어리석음에 지칠 대로 지쳐서 시간이 필요했을 거라고 조너스는 짐작했다.

모둠 아이들 가운데 피오나와 테아가 부모님과 함께 아기를 얻기 위해 기다리느라고 잠시 자리를 비웠다. 하지만 한 기초 가족 내에서 남매 사이에 그렇게 나이 차가 많이 나는 경우는 드물었다.

이름 받기 기념식이 끝난 다음 피오나는 애셔와 조너스 앞쪽에 마련된 자리에 앉았다. 피오나가 몸을 돌려 그들에게 속삭였다.

"아기는 귀여워. 하지만 이름이 별로 마음에 안 들어."

피오나는 얼굴을 찌푸리고 낄낄 웃었다. 피오나의 새 남동생은 브루노였다. 가브리엘처럼 훌륭한 이름은 아니라고 조너스는 생각했지만 어쨌든 상관없었다.

아기 이름이 불릴 때마다 청중은 열광하며 박수를 보냈다. 어떤 아기는 이름이 '칼렙'이었다. 그 이름을 듣자마자 그 아기를 받은 부모는 자랑스러움으로 얼굴이 빛났다. 마을 사람들은 모두 열광적으로 환호하며 자리에서 일어섰다.

이 아기는 '대체 아이'였다. 아기 칼렙을 얻은 부부는 예전에 첫 번째 아기였던 칼렙을 잃었다. 당시 칼렙은 명랑하고 생기 넘치는 네 살배기 남자애였다. 아이를 잃는 건 아주아주 드문 일이었다. 마을은 매우 안전했고 마을 사람들 모두가 아이들을 주의 깊게 보호했다. 하지만 첫 번째 칼렙은 어른들 눈에 띄지 않고 마음대로 돌아다니다가 강에 빠지고 말았다. 그때 마을 전체가 상실 의식을 함께 치렀다. 마을 사람들은 칼렙이라는 이름을 하루 종일 중얼거렸다. 그 길고 엄숙한 날이 지나는 동안 그 소리는 점차 뜸해지면서 조그맣게 변했고 어린 네 살짜리는 사람들 의식 속에서 점차 사라지는 듯했다.

오늘 이 특별한 이름 받기와 함께 시작된 짤막한 대체 의식을 위해 모두들 다시 칼렙의 이름을 중얼거리기 시작했다. 어머니 팔에 안겨 고이 잠든 칼렙과 함께 부모가 무대에 서자 사람들은 아이를 잃은 후 처음으로 그 이름을 입에 올렸다. '칼렙'의 이름은 처음에는 조용하고 느리다가 다음에는 더 크고 더 빠르게 반복되었다. 마치 첫 아기 칼렙이 돌아온 것 같았다.

또 다른 아기에게는 로베르토라는 이름이 주어졌다. 순간 조너스는 지난주에 로베르토 노인이 임무 해제되었다는 걸 떠올렸다. 하지만 어린 아기 로베르토를 위한 대체 의식은 없었다. 임무 해제는 상실과 달랐다.

조너스는 두 살, 세 살, 네 살 기념식이 진행되는 동안 얌전히 앉아 있었다. 매년 그랬듯이 점점 지겨워졌다. 네 살 차례가 끝나자 야외에 차려 놓은 점심을 위한 휴식 시간이 주어졌다. 다섯 살, 여섯 살, 일곱 살 기념식 후에 첫날의 맨 마지막 순서로 여덟 살 기념식이 시작되었다.

릴리는 자랑스럽게 무대로 걸어가 여덟 살이 되었다. 그리고 올해 입을, 단추가 작고 주머니가 달린 재킷을 받았다. 조너스는 그 모습을 지켜보고 환호했다. 주머니는 이제 릴리가 자기 물건을 챙길 수 있을 만큼 자랐다는 뜻이었다. 하지만 조너스는 릴리가 주의 깊게 듣는 듯 보여도 실은 내일 아침에 아홉 살짜리들에게 주어질 번쩍거리는 자전거들을 부러운 듯이 바라보는 걸 알 수 있었다.

'그건 내년이다, 이 녀석아.'

피곤한 하루였다. 아기의 집에서 바구니에 담겨 돌아온 가브리엘조차 그날 밤엔 깊이 잤다.

그리고 드디어 열두 살 기념식이 있는 날 아침이 되었다.

＊＊＊

오늘은 아버지가 어머니 옆에 앉아 있었다. 조너스는 아홉 살짜리들이 번쩍이는 이름표를 꽁무니에 단 새 자전거를 끌고 한 명씩 차례대로 무대에서 내려오는 광경을 보면서 형식적으로 박수를 보냈다. 이웃에 사는 프리츠가 자전거를 받자마자 연단에 부딪히자 그 부모가 조금 당황하는 게 보였다. 조너스도 아홉 살 기념식 때 그랬다. 하지만 프리츠는 늘 꾸중을 듣느라 불려 다니는 성가신 아이였다. 프리츠는 사소한 규칙들을 번번이 어기곤 했다. 신발 오른쪽 왼쪽을 바꿔 신는다든가, 숙제를 둔 곳을 잊는다든가, 시험 공부를 게을리 한다든가 하는 것이었다. 하지만 이 사소한 실수들이 점차 쌓이면서 부모의 지도력에 부정적인 영향을 끼쳤고, 마을 질서와 성취 의식을 해쳤다. 조너스네 집에서는 프리츠가 자전거를 받으리라고 기대하지 않았다. 그 자전거는 보관소에 단정하게 세워지는 대신 종종 산책길에 팽개쳐져 있을 것이었다.

마침내 아홉 살짜리들이 모두 자전거를 밖으로 끌고 가서 행사가 끝날 때까지 얌전히 세워 놓고 돌아와 앉았다. 아홉 살짜리들이 처음으로 자전거를 타고 집으로 갈 때면 언제나 모두가 킬킬 웃으며 가벼운 농담을 던졌다.

"어떻게 타는지 보여 줄까?"

나이가 많은 친구들은 이렇게 소리치곤 했다.

"전에 한 번도 자전거를 타 본 적이 없다는 거 알아!"

하지만 아홉 살짜리들은 규칙을 기술적으로 어기면서 여러 주 동안 몰래 자전거 타기를 연습했기 때문에 능숙하게 자전거를 몰 수 있었다. 땅에 넘어지는 일은 거의 없었다.

다음에는 열 살짜리들 차례였다. 열 살 기념식이 특별히 재미난 적은 한 번도 없었다. 조너스는 이게 시간 낭비라고 생각하면서 아이들 하나하나의 머리칼이 단정하게 가위로 잘려 단발로 바뀌는 걸 바라보았다. 여자애들은 열 살이 되면 땋은 머리를 하지 못했다. 남자애들도 길고 어려 보이는 머리 대신 짧게 쳐서 귀가 드러나는 좀 더 남자다운 모양을 하도록 되어 있었다.

육체 노동자들이 비를 들고 무대 위로 재빨리 올라가 머리칼을 쓸어 냈다. 조너스는 부모들이 웅성거리는 것을 보며, 이렇게 머리칼을 싹둑 잘렸으니 오늘 저녁에는 많은 집에서 애들 머리칼을 단정하게 다듬을 거라고 생각했다.

열한 살 기념식이 이어졌다. 열한 살 기념식을 치른 게 마치 어제처럼 느껴졌다. 열한 살 기념식도 그다지 재미 있지 않았다. 그저 열두 살로 가기 위한 통과점 같은 거였다. 의미 있는 변화가 아무것도 없었다. 물론 새 옷을 받기는 했다. 신체 변화가 일어난 여자애들에게는 색다른 속옷이 제공되었다. 남자애들에겐 학교에서 쓰는 작은 계산기를 넣을 수 있는 주머니가 달린 다소 긴 바지가 주어졌다. 하지만 이것들은 꾸러미에 담겨 간단하게 전달되었고 거기 딸린 연설도 없었다.

점심시간이 되었다. 조너스는 문득 배가 고프다는 걸

깨달았다. 모둠 친구들과 함께 회관 앞에 있는 식탁에 모여 점심 도시락을 먹었다. 어제만 해도 점심시간 내내 웃고 떠들고 장난을 쳤다. 하지만 오늘 모둠 친구들은 다른 아이들과 서로 떨어진 채 불안해하며 서 있었다. 조너스는 새로 아홉 살이 된 아이들이 자전거로 다가가 거기 달린 이름표를 보고 또 보면서 황홀해하는 광경을 바라보았다. 또 열 살 남자애들이 머리칼이 잘린 부분을 만지고 여자애들이 머리를 흔들며, 오랫동안 해 왔던 땋은 머리가 없어진 탓인지 가벼움을 낯설게 느끼는 모습을 바라보았다.

밥을 먹으면서 애셔가 말했다.

"무조건 엔지니어 직위를 받을 거라고 확신한 애의 얘기를 들은 적이 있어. 엔지니어 대신 공중위생 담당 육체노동자 직위를 받았대. 그 앤 다음 날 강에 뛰어들어 이웃에 있는 마을로 헤엄쳐 갔대. 그 후에 그 앨 다시 본 사람은 아무도 없대."

조너스는 웃음을 터뜨렸다.

"애셔, 그 이야기는 누가 지어낸 이야기야. 아버지가 그러시는데 아버지도 열두 살 때 그 이야기를 들으셨대."

하지만 애셔는 마음을 놓지 못하고 회관 뒤편으로 흐르는 강에 눈길을 주었다.

"난 수영을 잘 못해. 수영 선생님이 그러는데 난 부역

인가 뭔가가 없대."

"부력이겠지."

"뭐든. 난 그게 없대. 물에 들어가면 가라앉아."

"어쨌든 애셔, 난 단순히 어디선가 이야기를 들은 게
아니라 정말 확실히 아는 걸 말하고 싶은 거야. 다른 마을
에 간 사람을 본 적 있니?"

애셔가 내키지 않는 듯이 인정했다.

"아니. 하지만 너도 그럴 수 있어. 규칙에 있는 이야기
야. 직위가 마음에 들지 않으면 다른 지역을 지원해서 임
무 해제될 수 있어. 어머니가 그런 말을 한 적이 있어. 약
십 년 전인가 누가 다른 곳을 지원해서 다음 날 사라졌
대."

다음 순간 애셔는 킬킬거렸다.

"내가 어머니를 하도 화나게 만드니까 그런 말을 하셨
어. 다른 곳에 지원하겠다고 으름장을 놓으셨지."

"농담이셨겠지."

"나도 알아. 하지만 누군가가 한 번 그런 적이 있다는
말은 사실이었어. 어머니는 정말이라고 했어. 오늘은 여
기 있었지만 내일은 사라지는 것 말이야. 결코 다시 볼 수
없대. 임무 해제 기념식조차 없이 말이야."

조너스는 어깨를 으쓱했다. 그 이야기는 별로 염려스
럽지 않았다. 어떻게 직위에 만족하지 않을 수 있을까?

마을은 정확히 질서가 잡혀 있었고 선택은 아주 신중하게 이루어졌다.

배우자 결합조차도 무척 까다로운 심사 끝에 이루어졌다. 성인 한 사람이 배우자를 얻으려고 지원하면 몇 달, 심지어 몇 년을 기다린 후에야 배우자 결합이 허락되어 발표되었다. 기질, 체력, 지능, 관심 등 모든 요소가 완벽하게 들어맞고 어우러져야 했다. 예를 들면 조너스의 어머니는 아버지보다 지능이 높았지만 아버지가 더 침착한 기질이었다. 그들은 서로 조화를 이루었다. 다른 배우자 결합체와 마찬가지로 자녀를 얻기 위해 지원하기 전까지 원로 위원회가 삼 년 동안 감시한 결과 두 사람의 결합은 성공적이었다. 직위도 그랬다. 원로 위원회는 배우자 결합이나 아기 이름 받기 또는 기초 가족 배정과 마찬가지로 철저하게 모든 걸 고려한 다음 직위 문제를 처리했다.

조너스는 자신과 애셔가 무슨 직위를 받든 그들에게 어울리는 직위일 거라고 확신했다. 점심시간이 끝나서 사람들이 다시 회관에 들어가고 그래서 자신의 긴장감이 사라지기를 바랐다.

입 밖에 내지 않은 그 소망에 답하듯이 신호가 울렸다. 사람들은 문을 향해 움직이기 시작했다.

7

조너스의 모둠은 발코니 좌석에서 아래쪽 무대 가까이로 내려갔다. 모둠 친구들은 맨 앞자리에 앉아, 새로 열한 살이 된 아이들과 장난을 쳤다.

조너스와 친구들은 태어날 때 받은 번호 순서대로 앉았다. 번호는 이름 받기 기념식 후에는 거의 사용되지 않았다. 하지만 아이들은 모두 자기 번호를 알았다. 때때로 부모들은 아이들이 못된 짓을 저질러서 크게 화가 나면 이름 대신 번호를 불렀다. 그 못된 짓이 아이가 자기 이름을 잃을 만큼 나쁜 짓이라는 뜻이었다. 마침 화가 난 어떤 부모가 칭얼거리는 아이에게 "그만해, 23번!"이라고 날카롭게 소리치자 조너스는 킬킬하고 웃었다.

조너스는 19번이었다. 조너스가 태어났던 해의 열아홉 번째 아기라는 뜻이었다. 또 그 번호는 남들보다 색깔 옅은 눈을 한 조너스가 이름 받기 기념식 때 이미 일어설 수 있었으며 얼마 지나지 않아 걷고 말할 수 있었음을 뜻했다. 그 번호는 몇 달 늦게 태어난 많은 아기들보다 조금 더 성숙해서 한두 살 때에는 또래 친구들을 앞서 나갈 수 있었음을 뜻했다. 하지만 그 정도 차이는 세 살이 되면 없어져 버렸다.

태어났을 때 받은 번호를 내세워 동갑내기 모둠에서 자기가 다른 애들보다 몇 달 빠르다고 하는 아이들이 없는 것은 아니었다. 하지만 세 살 이후에는 아이들 사이에 별 차이가 나타나지 않았다. 엄밀히 말하면, 조너스의 번호는 11-19번이었다. 나이마다 한 명씩 19번이 있었기 때문이다. 오늘 아침에 열 살짜리들이 열한 살이 되었기 때문에 지금은 11-19번이 두 명 있었다. 점심 식사 시간에 조너스는 막 열한 살이 된, 해리엇이라는 이름의 수줍음 많은 여자애에게 가벼운 미소를 보냈다.

하지만 한 번호를 두 사람이 같이 쓰는 것은 겨우 몇 시간뿐이었다. 곧 조너스는 열두 살이 될 것이고 나이는 더 이상 문제가 되지 않을 것이었다. 조너스는 이제 부모님과 마찬가지로 어른이 될 것이었다. 비록 신참인 데다 아직 미숙하긴 하지만 말이다.

애셔는 4번이어서 조너스 앞줄에 앉아 있었다. 오늘 네 번째로 직위를 얻을 것이었다. 18번인 피오나가 조너스 왼편에 있었고 오른편에는 20번이 앉아 있었다. 20번은 피에르라는 남자애로 조너스가 그다지 좋아하지 않는 친구였다. 피에르는 지나치게 진지했다. 아주 재미없는 녀석이었다. 무슨 일을 하기 전에 염려부터 하는 데다 사소한 규칙 위반조차 넘어가지 않는 고자질쟁이였다.

피에르는 언제나 엄숙하게 말하곤 했다.

"규칙을 검토해 봤니, 조너스? 나는 이 일이 규칙에 위배되는지 그렇지 않은지 확신할 수 없어."

하지만 따스한 바람이 살랑살랑 부는 날이면 제복 윗도리를 벗어젖히고 친구 자전거를 잠깐 타는 건 시시한 규칙 위반이었다. 그런 건 누구도 뭐라고 하지 않았다.

열두 살 기념식의 맨 처음 연설은 십 년마다 선출되는 마을 지도자인 수석 원로가 했다. 연설은 해마다 거의 똑같았다. 아이들의 어린 시절에 있었던 여러 가지 사건들에 대한 회고, 어른으로서 감당해야 할 의무, 맡을 직위 하나하나의 심오한 중요성, 곧 있을 훈련에 진지하게 임할 것 등이 그 내용이었다.

수석 원로가 어머니 같은 눈으로 아이들을 똑바로 보면서 말하기 시작했다.

"지금이 바로 차이를 인정해야 할 때입니다. 여러분은 지금까지 살아오면서 마을 공동체에 적합한 사람이 되도록 행동을 표준화했습니다. 스스로를 모둠에서 떨어져 나가게 할지도 모르는 각종 충동을 억제하는 법을 배워 왔습니다. 하지만 오늘 우리는 여러분의 차이를 인정하고 그에 걸맞은 경의를 표합니다. 그 차이들이 여러분의 장래를 결정했습니다."

그녀는 한 사람 한 사람 이름을 들어서 구체적으로 이야기하진 않았지만, 열한 살 아이들이 보여 준 다양한 개성들을 설명하기 시작했다. 다른 사람을 돌보는 데 남다른 자질이 있는 아이, 갓난아기를 사랑하는 아이, 과학에 비범한 재능이 있는 아이, 한눈에 봐도 육체노동을 즐기는 게 분명한 아이 등을 차례로 입에 올렸다. 조너스는 자리에 앉은 채 몸을 조금씩 움직이며 그 하나하나를 친구들과 연결해서 생각해 보려고 애썼다. 다른 사람을 돌보는 데 자질이 있는 아이는 말할 것도 없이 왼편에 앉아 있는 피오나를 이야기하는 것이었다. 조너스는 피오나가 노인들을 목욕시킬 때 보여 준 친절함을 기억했다. 과학에 재능이 있는 아이란 물론 재활의 집을 위해 새롭고 중요한 설비를 고안해 낸 벤저민일 터였다.

하지만 조너스는 자신에게 해당하는 말은 한마디도 듣지 못했다.

마지막으로 수석 원로는 지난 몇 년 동안 아이들을 정확하게 관찰해 온 원로 위원회의 노고에 찬사를 보냈다. 사람들은 일어서서 박수를 보내는 것으로 원로 위원회의 노력을 인정했다. 조너스는 애셔가 손으로 입을 얌전하게 가린 채 하품하는 걸 보았다.

마침내 수석 원로가 매들린이라는 1번 아이의 이름을 말하며 그 애를 무대 위로 불러냈다. 직위 받기 기념식이 시작된 것이다.

그동안 새로 열두 살이 된 아이를 위한 연설도 하기 때문에 행사의 한 단계 한 단계가 무척이나 길었다. 조너스는 매들린이 행복한 표정으로 웃으면서 물고기 양식장 직원을 직위로 받는 광경에 주의를 집중하려고 애썼다. 매들린은 어린 시절 내내 물고기 양식장에서 자원봉사를 해 왔고 마을 전체를 위해 영양을 공급하는 중요한 과정에 늘 관심을 보여 왔다. 그 사실에 대한 찬사가 줄줄이 뒤를 이었다.

마침내 매들린이 박수갈채를 받으며 물고기 양식장 직원이라고 명시된 새 배지를 가슴에 단 채 자기 자리에 돌아가 앉았다. 조너스는 매들린이 그 직위를 받은 게 무척 다행스러웠다. 조너스는 양식장 일을 하고 싶지 않았다. 하지만 매들린에게 축하한다는 미소를 보냈다.

2번인 잉거라는 여자애는 산모 직위를 받았다. 조너스는 어머니가 산모 일이 명예롭지 않다고 한 게 기억났다. 하지만 조너스 생각엔 원로 위원회가 옳았다. 잉거는 멋진 소녀였지만 다소 게을렀다. 하지만 몸은 아주 건강했다. 잉거는 짧은 훈련을 받고 나서 삼 년 동안 즐겁게 지낼 것이고 쉽게 아기를 낳을 것이다. 그다음 건강한 몸을 이용하여 육체노동을 할 것이다. 잉거 스스로 건강을 관리해 가면서 그 일에 적절한 훈련을 알아서 할 것이다. 잉거는 직위를 받고 얼굴에 미소를 가득 띤 채 다시 자리에 앉았다. 명예롭지 않다고는 해도 산모 역시 중요한 직위였다.

조너스는 애셔가 초조해하는 걸 알 수 있었다. 애셔는 고개를 돌려서 조너스가 있는 뒤쪽을 돌아보다가 모둠 리더에게서 가만히 앉아 앞을 바라보라는 주의를 받았다.

3번인 아이작은 여섯 살짜리들을 가르치는 교사 직위를 받았다. 이 직위 역시 아이작에게 기쁨을 주는 일임에 틀림없었다. 지금까지 직위 셋이 배정되었다. 하지만 그중 어느 것도 조너스가 좋아하는 일은 아니었다. 어쨌든 자신이 산모가 되지는 않을 거라고 생각하면서 조너스는 초조함을 억눌렀다. 마음속으로 직위 목록을 읽어 가며 남은 직위들을 알아내려고 노력했다. 하지만 직위 수가 너무 많아 곧 포기할 수밖에 없었다. 게다가 지금은 애셔 차례였다. 조너스는 애셔가 무대로 올라가 수석 원로 옆에 수줍은 태도로 선 모습을 주의 깊게 바라보았다.

"마을 사람들 모두가 애셔를 좋아합니다."

수석 원로가 말하기 시작했다. 애셔는 히죽 웃으며 발을 들어 한쪽 다리를 비볐다. 청중들이 조용히 웃었다.

수석 원로가 계속해서 말했다.

"원로 위원회에서 애셔에게 어떤 직위를 줄지 이야기를 시작하자마자 몇몇 직위들은 즉시 배제되었습니다. 그 직위들은 누가 보더라도 애셔에게 적합하지 않은 게 분명했지요."

수석 원로가 웃으면서 말했다.

"예를 들면, 우리는 애셔를 세 살짜리들을 가르치는 교사로 임명할 생각은 하지 않았습니다."

순간, 청중은 웃음바다가 되었다. 애셔도 같이 웃음을 터트렸다. 분명히 부끄러워하는 듯 보였지만 아주 오래전에 일어났던 일을 기억해 준 이 특별한 관심에 기분이 좋은 듯했다. 세 살짜리들을 가르치는 교사는 정확한 언어 습득을 책임지고 있었다.

수석 원로가 싱긋 웃으면서 계속해서 말했다.

"사실 오래전에 원로 위원회에서는 세 살 때 애셔를 책임졌던 교사를 소급해서 처벌할 생각을 한 적도 있습니다. 애셔가 받을 직위를 논의한 회의에서 우리는 애셔가 말을 배울 당시에 일어났던 수많은 일들을 이야기했습니다. 그중에서도 특히 맘마와 맴매의 차이를 말입니다. 기억나니, 애셔?"

애셔는 슬픈 기색으로 고개를 끄덕였고 청중은 크게 웃음을 터뜨렸다. 조너스도 따라 웃었다. 그때 조너스는 겨우 세 살이었지만 기억이 났다.

　어린아이가 잘못을 하면 정해진 만큼 매를 때리도록 되어 있었다. 가늘고 잘 휘는 회초리로 맞으면 굉장히 아팠다. 보육사들은 아주 신중하게 매를 들도록 교육을 받았다. 약간 나쁜 짓을 한 아이에겐 손바닥에 한 대 매질을 했으며, 두 번째 잘못했을 때는 종아리에 세게 세 대 매질을 했다.

　언제나 너무 빠른 속도로, 단어들을 섞어서 말하곤 했던 가엾은 애셔는 어릴 때도 마찬가지였다. 세 살배기 때 간식 시간에 주스와 크래커를 먹고 싶었던 애셔는 아침 간식 시간에 줄 서서 기다리다가 '맘마'라고 말한다는 걸 '맴매'라고 말해 버렸다.

　조너스는 그때 일을 분명하게 기억하고 있었다. 줄 서서 안달하면서 몸을 흔들던 어린 애셔의 모습이 생생했다. "맴매 주세요!"라고 힘차게 외치던 애셔의 목소리가 아직도 귓속을 울리는 것 같았다.

　그때 조너스를 비롯한 다른 세 살짜리들은 낄낄대면서 애셔의 말을 고쳐 주려 했다.

　"맘마! 맘마야, 애셔!"

　하지만 말은 이미 입 밖에 나왔다. 정확한 언어를 사용하는 건 어린아이들이 받는 가장 중요한 훈련 중 하나였다.

　보육사는 들고 있던 회초리로 애셔의 손바닥을 때렸

85

다. 찰싹하고 소리가 났다. 애셔는 울먹이며 겁에 질려 몸을 움찔했고 자그마한 목소리로 즉시 고쳐 말했다.

"맘마 주세요."

하지만 다음 날 아침 애셔는 또 그랬다. 그리고 그다음 주에도 그랬다. 물론 실수할 때마다 또 회초리로 맞았다. 매는 점점 늘어나서 애셔의 종아리에 자국을 남겼지만 애셔는 실수를 멈출 수 없었다. 결국 한동안 애셔는 아무 말도 하지 않았다. 세 살 때 일이었다.

수석 원로가 그 이야기를 끄집어내며 애셔를 향해 웃었다.

"그래서 우린 말 없는 애셔를 볼 수 있었지요! 하지만 곧 애셔는 어떻게 하면 되는지 깨달았어요. 애셔가 다시 입을 열기 시작하자 말이 엄청나게 정확해졌지요. 이제 애셔는 거의 실수하지 않아요. 틀린 말을 하면 즉시 그 말을 고치고 사과하는 것에는 따를 사람이 없지요. 게다가 애셔의 유머 감각은 한결같이 뛰어나죠."

마을 사람들이 그 말에 동의한다는 듯 웅성거렸다. 애셔의 쾌활한 기질은 마을 안에서 모르는 사람이 없었다.

수석 원로는 공식 발표를 하기 위해 목소리를 높였다.

"애셔, 우리는 네게 오락 지도자 직위를 준다."

수석 원로는 기쁨에 차서 서 있는 애셔에게 새 배지를 달아 주었다. 그다음 애셔는 몸을 돌려 무대를 떠났고 마을 사람들은 환호성으로 애셔를 맞이했다. 애셔가 자리에 앉자 수석 원로는 애셔를 내려다보면서 네 번째로, 새로 열두 살이 된 아이들 모두가 듣게 될 말을 했다. 말은 같았지만 한 명 한 명에게 각별한 의미를 담은 말이었다.

"애셔, 네 어린 시절에 대해 감사한다."

***

직위 받기 기념식은 계속되었다. 조너스는 친구들이 차례로 직위를 받는 모습을 지켜보았다. 가장 친한 친구가 딱 어울리는 멋진 직위를 받자 안심이 된 듯 긴장이 상당히 풀어졌다. 하지만 차례가 성큼 다가오자 다시 가슴이 두근거렸다. 이제 앞줄에 있는 열두 살짜리들은 모두 직위 배지를 받았다. 아이들은 앉아서 배지를 만지작거렸다. 아마 앞으로 받을 훈련을 생각하는 중일 터였다. 공부를 잘하던 어떤 남자애는 의사 직위를 받았고, 어떤 아이는 공학자 직위를 받았으며, 어떤 아이는 재판관 직위를 받았다. 이 아이들은 앞으로 몇 년 동안 힘들여서 공부를 할 것이다. 육체 노동자나 산모 직위를 받은 아이들은 훈련 기간이 훨씬 짧을 것이다.

왼편에 있던 피오나가 호명되었다. 피오나 역시 속으로 안절부절못하는 게 느껴졌지만 겉으로는 전혀 티가

나지 않았다. 피오나는 수여식이 진행되는 동안 내내 말 없이 침착하게 앉아 있었다.

피오나가 노인들을 돌보는 복지사 직위를 받자 사람들이 열광하면서 치는 박수 소리조차 진지하게 들렸다. 이 감수성 예민하고 더없이 친절한 여자애에게 그 일은 정녕 안성맞춤이었다. 자리로 돌아와 조너스 곁에 다시 앉은 피오나의 얼굴에는 만족스럽고 기뻐하는 표정이 가득했다.

박수갈채가 끝난 후 수석 원로가 서류를 든 채 다음 아이를 호명하기 위하여 모둠 아이들을 내려다보자 조너스는 마음속으로 일어나서 무대로 걸어갈 준비를 하고 있었다. 차례가 되자 오히려 마음이 담담해졌다. 조너스는 깊은 숨을 쉰 다음 손으로 머리카락을 매만졌다.

그때 귓속으로 수석 원로의 목소리가 파고들어 왔다.

"20번, 피에르."

순간 조너스는 정신이 멍해졌다.

'나를 빠뜨렸어. 혹시 내가 잘못 들었을까?'

아니었다. 갑자기 사람들이 조용해졌다. 수석 원로가 18번에서 20번으로 건너뛰었다는 걸 마을 사람들 전체가 알아챈 게 느껴졌다. 오른편에 있던 피에르가 깜짝 놀란 표정으로 자리에서 일어나 무대로 걸어갔다.

'실수일 거야. 수석 원로님이 실수한 걸 거야.'

조너스는 이렇게 생각했다. 하지만 수석 원로의 얼굴을 보니 그렇지 않다는 걸 느낄 수 있었다. 수석 원로는 실수하지 않았다. 적어도 열두 살 기념식에서는 말이다.

현기증이 느껴졌다. 도저히 정신을 집중할 수가 없었다. 피에르가 무슨 직위를 받았는지는 전혀 들리지 않았다. 피에르가 새 배지를 달고 자리로 돌아갈 때 박수갈채가 희미하게 들렸을 뿐이었다. 그다음 21번, 22번 순서로 직위 받기 기념식이 계속 진행되었다.

이후에도 번호 순서대로 기념식이 계속되었다. 조너스는 번호가 30번, 40번대로 넘어가면서 마지막 번호에 가까워지는 동안 멍하니 앉아 있었다. 번호가 발표될 때마다 가슴이 잠시 뛰다가 화가 났다.

'어쩌면 이번에는 수석 원로님이 내 이름을 부를 거야. 혹시 수석 원로님이 내 번호를 잊어버린 게 아닐까?'

아니었다. 조너스는 늘 19번이었다. 지금도 19번이라고 표시된 의자에 앉아 있었다.

하지만 수석 원로는 조너스를 빠뜨렸다. 조너스는 모둠 친구들이 어리둥절해하면서 자신을 흘깃 보고는 재빨리 눈길을 돌리는 걸 여러 번 보았다. 모둠 리더의 얼굴에는 걱정이 가득했다.

조너스는 어깨를 잔뜩 움츠려서 자신이 더 작아 보이게 하려고 애썼다. 더 이상 이 자리에 없었으면, 차라리

사라졌으면 하고 바랐다. 감히 고개를 돌려 부모님 얼굴을 찾아볼 수가 없었다. 부모님 얼굴이 부끄러움 때문에 어두워진 걸 볼 수가 없었다. 조너스는 머리를 숙이고 마음속으로 물어보았다.

'도대체 내가 무슨 잘못을 했을까?'

8

마을 사람들은 분명 불안해하고 있었다. 마지막 직위가 발표될 때까지 그들은 계속 갈채를 보냈다. 그러나 더이상 모두 한마음으로 더 큰 열광을 향해 달려가지 못하고 박수갈채가 드문드문 끊어졌다. 여기저기서 혼란스럽게 웅성거리는 소리가 들렸다.

조너스는 양손을 움직여 박수를 쳤다. 하지만 그것은 자기도 모르게 손을 움직이는 무의미하고 습관적인 몸짓에 지나지 않았다. 이전에 느꼈던 기대, 흥분, 자부심을 전혀 느낄 수 없었다. 심지어 친구들과의 행복한 유대감조차도 사라져 버렸다. 조너스가 느낄 수 있는 것은 이제오직 창피함과 두려움뿐이었다.

수석 원로는 불안에 가득 찬 박수갈채가 가라앉을 때까지 기다렸다. 그러고 나서 다시 입을 열었다. 수석 원로의 입에서 다소 떨리는 듯한 부드러운 목소리가 흘러나

왔다.

"저도 압니다. 여러분 모두가 염려하고 계신다는 걸 말입니다. 여러분은 제가 실수를 했다고 느끼실 겁니다."

수석 원로는 미소를 지었다. 그 다정한 목소리에 마을 사람들은 조금이나마 마음이 누그러졌다. 숨소리들도 다소 편안해졌다. 잠시 침묵이 흘렀다.

조너스는 단상 위를 올려다보았다. 수석 원로가 말했다.

"제가 염려를 끼쳐 드렸습니다. 여러분께 사과드립니다."

모여 있는 군중 사이로 수석 원로의 목소리가 퍼져 나갔다.

"당신의 사과를 받아들입니다."

마을 사람들이 모두 한목소리로 말했다.

수석 원로가 조너스를 내려다보면서 말했다.

"조너스, 너에게 특별히 사과한다. 네가 걱정하게 해서 미안하구나."

조너스는 부들부들 떨면서 대답했다.

"수석 원로님의 사과를 받아들입니다."

"이제 무대로 올라오렴."

그날 아침 일찍, 조너스는 집에서 옷을 입으면서 걸음걸이를 연습했다. 직위 받기 기념식에서 차례가 되면 당당하고 자신감 넘치는 모습으로 무대에 올라가려 했다.

그러나 지금은 하나도 생각나지 않았다. 간신히 일어서서, 꼴사납고 무겁게 느껴지는 발을 움직여, 앞으로 가서 계단을 올라, 무대를 가로질러 수석 원로 옆에 서는 게 고작이었다.

용기를 북돋우려는 듯 수석 원로는 조너스의 긴장한 어깨를 팔로 감싸 안았다.

"조너스는 직위를 받지 못했습니다."

수석 원로가 군중에게 말했다. 조너스는 가슴이 무너지는 것 같았다. 원로가 계속해서 말했다.

"조너스는 선택되었습니다."

'이게 무슨 말이지?'

조너스는 눈을 깜박였다.

마을 사람들 모두가 의아해하며 동요하는 게 느껴졌다. 모두들 역시 당황한 듯했다.

마침내 수석 원로가 단호하고도 위엄이 서린 목소리로 발표했다.

"조너스는 다음 번 기억 보유자로 선출되었습니다."

순간 조너스는 헉하는 소리를 들었다. 자리에 앉아 있던 마을 사람들 전체가 깜짝 놀라서 숨을 들이켜는 소리였다. 조너스는 마을 사람들 얼굴을 보았다. 다들 놀라서 눈이 휘둥그레져 있었다.

조너스는 여전히 수석 원로의 말을 이해할 수 없었다.

수석 원로가 마을 사람들에게 말했다.

"이 일은 매우 드뭅니다. 현재 우리 마을에는 기억 보유자가 단 한 분 있습니다. 그분이 바로 후계자를 훈련시킬 겁니다."

수석 원로가 계속해서 말했다.

"우리는 아주 오랫동안 현재의 기억 보유자님과 함께 했습니다."

조너스는 수석 원로가 바라보는 곳을 눈으로 따라갔다. 그녀는 원로들 가운데 한 사람을 보고 있었다. 원로들은 단체로 함께 앉아 있었는데 수석 원로의 시선은 그들 가운데 한 사람을 향해 있었다. 원로들과 함께 있지만 어딘지 모르게 그들과는 어울리지 않아 보이는 사람이었다. 조너스가 전에 한 번도 보지 못한 얼굴이었다. 그는 옅은 색 눈에 수염을 기르고 있었다. 그가 조너스를 뚫어지게 쳐다보았다.

수석 원로가 엄숙하게 말했다.

"지난번에 우리는 선출에 실패했습니다. 십 년 전에 벌어진 일이지요. 그때 조너스는 갓난아기에 지나지 않았습니다. 이 자리에서 그때 일을 장황하게 늘어놓지는 않겠습니다. 그건 여기 있는 우리 모두에게 끔찍한 불쾌감을 가져다줄 것이기 때문입니다."

수석 원로가 무슨 이야기를 하는지는 알 수 없었지만

조너스는 마을 사람들이 불편해하는 걸 느낄 수 있었다. 마을 사람들은 앉은 자리에서 불안한 듯 이리저리 몸을 뒤척였다. 수석 원로가 계속해서 말했다.

"우리는 이번에는 서두르지 않았습니다. 우리는 또 실패할 수는 없었습니다."

이제 수석 원로는 약간 가벼운 어조로 마을 사람들의 긴장을 풀어 주면서 말을 이어 갔다.

"우리 원로들은 세심한 관찰이 거의 끝난 다음에도 아이들 하나하나에게 부여한 직위가 완전히 옳다고 믿지는 않습니다. 때때로 우리는 직위를 받은 아이가 훈련을 마친 후에도 그 직위를 수행하는 데 필요한 모든 능력을 계발하지 못할까 봐 염려합니다. 열한 살짜리는 아직 어린 아이에 지나지 않습니다. 가령, 보육사가 되는 데 필요한 명랑함이나 인내심과 같은 자질이 관찰되었더라도, 아이가 더 자라면서 그런 자질이 어리석음과 게으름으로 바뀌기도 합니다. 그래서 우리는 훈련 기간 동안 계속 아이들을 관찰하고 필요할 경우에는 행동을 교정합니다.

하지만 기억 보유자는 훈련을 받는 동안에도 관찰이나 교정의 대상이 되지 않습니다. 이는 규칙에 명백하게 나옵니다. 우리 마을에서 가장 명예로운 일을 행하기 위해 새로운 기억 보유자는 현재의 기억 보유자와 함께 준비 과정을 거치는 동안 마을 사람들과 따로 떨어져서 혼자 지내야 합니다."

'혼자? 따로 떨어져서?'

수석 원로의 말을 듣는 동안 점차 조너스의 가슴에 불안이 커져 갔다.

"따라서 기억 보유자를 뽑는 일에는 약간의 빈틈도 없어야 합니다. 원로 위원회 소속 원로들 전원이 만장일치로 동의할 때에만 기억 보유자가 선출됩니다. 원로들이 단 한순간이라도 의혹을 품으면 즉시 기억 보유자 후보가 바뀝니다. 또 원로 중 단 한 명이 혹시 꿈에서라도 그가 미심쩍다고 생각한다면 즉시 후보는 무효가 됩니다.

조너스는 여러 해 전에 이미 잠정적으로 기억 보유자로 뽑혔습니다. 그로부터 우리 원로들은 조너스를 신중하게 관찰해 왔습니다. 의혹은 전혀 없었습니다. 조너스는 기억 보유자가 갖추어야 하는 모든 자질을 보여 주었습니다."

조너스의 어깨를 여전히 단단하게 쥔 채 수석 원로는 그 자질들을 하나하나 열거했다.

"지능! 우리는 모두 조너스가 학창 시절 내내 일 등을 했다는 것을 알고 있습니다."

뒤이어 수석 원로가 덧붙였다.

"정직함! 우리 모두와 마찬가지로 조너스 역시 조금씩은 규칙을 어겼습니다."

수석 원로는 조너스에게 미소를 지어 보였다.

"우리는 그런 일이 있을 수 있다고 생각합니다. 다만 우리는 조너스가 자기 잘못에 대해 벌을 받기 위해 즉시 나타나기를 바랐습니다. 조너스는 언제나 그렇게 했습니다."

수석 원로가 계속 말을 이었다.

"용기! 오늘 이곳에 있는 우리 가운데 단 한 분만이 기억 보유자에게 요구되는 혹독한 훈련을 거쳤습니다. 그분은 물론 저희 원로 위원회에서 가장 중요한 인물인 현재의 기억 보유자입니다. 기억 보유자님은 우리 원로들에게 여러 번에 걸쳐 용기의 중요성을 상기시켰습니다."

수석 원로는 조너스를 바라보면서 마을 사람들이 모두들을 수 있는 커다란 목소리로 말했다.

"조너스, 네가 받을 훈련에는 아주 큰 고통이 따른단다. 육체적 고통 말이다."

조너스는 마음속에서 두려움이 활개 치는 걸 느꼈다.

"넌 한 번도 고통을 느낀 적이 없을 거야. 나도 알고 있다. 예전에 자전거에서 떨어져 무릎을 긁힌 적이 있지. 그래, 작년에는 문에 손가락이 낀 적도 있지."

조너스는 고개를 끄덕이면서, 그때 느꼈던 아픔을 떠올렸다. 수석 원로는 다정한 목소리로 말했다.

"하지만 넌 이제 마주치게 될 거야. 우리 모두의 경험을 넘어서기 때문에 여기 있는 우리 가운데 아무도 이해할 수 없는 엄청난 고통을 겪을 거다. 기억 보유자님조차도 그 고통이 무엇인지 설명해 주실 수 없어. 단지 네가 그 고통에 직면할 것이고 네게 엄청난 용기가 필요하다는 사실을 알려 주셨을 뿐이란다. 우리는 네가 그 고통을 감수할 수 있도록 미리 훈련시킬 수 없다."

수석 원로는 조너스에게 다짐하듯 말했다.

"하지만 우리는 네가 용감하다고 확신한다."

조너스는 자신이 용감하다는 느낌이 전혀 들지 않았다. 적어도 지금은 말이다. 수석 원로가 계속해서 말했다.

"네 번째 자질은 지혜입니다. 조너스는 아직 이를 습득하지 못했습니다. 훈련받는 동안에 서서히 지혜를 얻어 갈 것입니다. 우리는 조너스에게 지혜를 습득할 능력이 있다고 확신합니다. 이 능력이야말로 바로 우리 원로들이 계속 찾아 왔던 것입니다.

마지막으로 기억 보유자에겐 자질이 하나 더 필요합니다. 그러나 그 자질에 이름을 붙일 수 있을 뿐, 그게 무엇인지는 설명할 수 없습니다. 저는 그것을 이해할 수 없습니다. 여러분도 마찬가지일 것입니다. 어쩌면 조너스도 그럴 겁니다. 기억 보유자님은 조너스에게 이미 이 능력이 있다고 말씀하셨습니다. 기억 보유자님은 이 능력을 가리켜 '사물 저 너머를 볼 수 있는 능력'이라고 불렀습니다."

수석 원로는 질문으로 가득 찬 눈길로 조너스를 바라보았다. 마을 사람들 역시 조너스를 바라보았다. 아무도 입을 열지 않았다.

절망감에 지쳐서 조너스는 잠시도 옴짝달싹할 수 없었다. 조너스 자신에게는 그런 능력이 없었다. 수석 원로가 방금 말한 것과 같은 능력은 있지도 않거니와 그게 무엇인지도 몰랐다. 지금 말해야 했다. 지금이 바로 "아니에요, 저에게는 그런 능력이 없어요. 저는 그 직무를 맡을 수 없어요."라고 마을 사람들에게 털어놓은 후, 모두의 자비심에 자신을 내맡기고 관용을 구하면서, 선택이 잘못되었다고, 자기는 그 직무에 전혀 맞지 않는다고 설명해야 할 순간이었다.

하지만 조너스가 군중들, 그러니까 수많은 얼굴들의 바다를 쓱 훑어본 순간, 다시 그 일이 일어났다. 전에 사과를 보았을 때 나타났던 그 현상이었다.

사람들이 변해 있었다.

조너스가 눈을 깜박이자 그 현상은 감쪽같이 사라졌다. 조너스는 움츠렸던 어깨를 똑바로 폈다. 그 순간 처음으로 아주 작게나마 어떤 확신을 느꼈다.

수석 원로는 여전히 조너스를 바라보고 있었다. 사람들 모두가 마찬가지였다.

조너스가 수석 원로와 마을 사람들에게 말했다.

"그 말씀은 사실인 것 같아요. 저도 아직 이해하지 못하고 있지만요. 그게 뭔지는 저도 잘 몰라요. 하지만 때때로 제 눈에 무언가가 보이곤 해요. 어쩌면 그게 사물 너머일 수도 있어요."

수석 원로가 조너스의 어깨에 둘렀던 팔을 내렸다. 그녀는 조너스를 포함한 마을 사람 모두에게 말했다.

"조너스, 넌 우리 마을의 다음번 기억 보유자로 훈련받을 것이다. 네 어린 시절에 감사한다."

말을 마치자마자 수석 원로는 뒤돌아서서 무대를 내려갔다. 조너스는 혼자 무대 위에 서서 사람들을 바라보았다. 그러자 사람들이 조너스의 이름을 한목소리로 중얼거리기 시작했다.

"조너스."

처음에 그것은 속삭임이었다. 아주 작은 목소리로, 거의 들리지 않았다.

"조너스, 조너스."

그러다가 그것은 점점 커지고 또 빨라졌다.

"조너스, 조너스, 조너스!"

조너스는 마을 사람들이 자신과 자신의 새로운 직무를 받아들이고 있으며, 아기 칼렙에게 그랬던 것처럼 자신에게 생명을 불어넣어 주는 걸 느꼈다. 감사와 자부심으로 마음이 부풀어 올랐다.

그러나 동시에 두려움이 가득 차는 것도 느꼈다. 조너스는 기억 보유자로 선출되는 것이 어떤 일인지 알지 못했다. 자신이 무엇이 될지 알 수 없었다.

아니면 무엇이 자신이 될지 알지 못했다.

9

조너스는 열두 해를 살면서 처음으로 자신이 남들과 다르다는 것과 홀로 떨어져 있다는 것을 느꼈다. 혼자 따로 훈련받을 것이라던 수석 원로의 말이 떠올랐다.

훈련이 아직 시작되지 않았지만 조너스는 마을 회관을 떠나면서 이미 고립감을 느꼈다. 수석 원로가 준 서류 봉투를 들고 사람들을 헤치며 나아가서, 가족들과 애셔를 찾아 두리번거렸다. 사람들은 조너스가 편히 갈 수 있도록 길을 터 주었다. 조너스가 지나갈 때마다 사람들이 유심히 바라보았다. 여기저기에서 수군대는 소리도 들리는 듯했다.

조너스는 늘어선 자전거 근처에 있는 친구를 불렀다.

"애셔! 나랑 자전거 타고 돌아갈래?"

"물론이지."

애셔는 평소처럼 다정하고 친숙한 웃음을 지었다. 하

지만 조너스는 친구의 얼굴에 잠시 주저하는 표정이 떠올랐다 사라지는 듯한 애매한 느낌을 받았다.

애셔가 말했다.

"축하한다."

"너도 축하해. 수석 원로가 맴매에 대해 말했을 때 정말 재미있었어. 넌 다른 아이들보다 더 많은 박수갈채를 받았지."

근처에 새로 열두 살이 된 다른 아이들이 모여 있었다. 아이들은 자전거 뒤편에 달린 바구니에 서류 봉투를 조심스럽게 내려놓았다. 오늘 밤 모든 집에서 일제히 아이들은 훈련 시작과 함께 알아야 할 지시 사항을 공부할 것이다. 지난 몇 년 동안 아이들은 학교에서 내 준 숙제들을 밤마다 외웠다. 대개는 지루함을 못 이겨 하품을 해 가면서 말이다. 그러나 오늘 밤에는 다들 열정을 다해서 자신의 직위에 필요한 규칙들을 외우기 시작할 것이다.

"축하한다, 애셔!"

누군가가 소리쳤다. 그러고는 주저하는 기색을 드러내면서 말을 이었다.

"너도 축하해, 조너스!"

애셔와 조너스 역시 모둠 친구들에게 축하 인사를 건넸다. 조너스의 눈에 아버지 어머니가 자전거 곁에 서서 이쪽을 지켜보는 게 들어왔다. 릴리는 이미 안장에 앉아 있었다.

조너스는 손을 흔들었다. 부모님도 웃으면서 손을 마주 흔들었다. 하지만 릴리는 엄지손가락을 입에 문 채 진지한 눈으로 조너스를 바라보기만 했다.

조너스는 자전거를 타고 집을 향해 곧장 달렸다. 도중에 애셔와 사소한 농담과 시시한 이야기 몇 마디를 나누었을 뿐이었다.

"아침에 보자, 오락 지도자!"

조너스가 소리치며 집 문 옆에 내렸고 애셔는 계속 달렸다.

"그래! 내일 보자!"

애셔가 소리치며 대답했다.

그 순간 조너스는 모든 것이 예전과는 달라진 것처럼 여겨졌다. 무언가, 오랫동안 두 사람이 우정을 나누면서 쌓아 왔던 것과는 다른 분위기가 풍겼다. 아니, 어쩌면 혼자만 그렇게 느꼈을 수도 있었다.

'아무것도 변하지 않을 거야. 특히 애셔와는 말이야.'

저녁 식사 시간은 다른 때보다 더 조용했다.

릴리는 자원봉사 작업 계획에 대해 계속해서 조잘댔다. 가브리엘에게 우유 먹이는 데는 이미 도가 텄으며, 내일부터 아기의 집에서 자원봉사를 시작할 것이라고 말했다.

아버지가 눈짓으로 경고를 보내자 릴리가 재빨리 말

했다.

"저도 알아요. 가브리엘 이름을 절대로 입에 올리지 않을 거예요. 저도 아기 이름은 절대로 미리 알 수 없다는 것쯤은 안다고요."

릴리가 행복한 표정으로 덧붙였다.

"내일이 올 때까지 기다리는 게 너무 힘들어요."

조너스는 불안한 기분에 휩싸인 채 한숨을 쉬면서 말했다.

"휴, 난 얼마든지 기다릴 수 있어."

어머니가 말했다.

"조너스, 넌 엄청난 영예를 얻었어. 아버지와 난 네가 무척 자랑스럽다."

아버지가 덧붙였다.

"네 직위는 마을에서 제일 중요한 일이야."

"하지만 며칠 전에는 직위를 주는 일이 제일 중요하다고 말씀하셨잖아요!"

어머니가 고개를 끄덕였다.

"하지만 네 직위는 달라. 네가 맡은 것은 일이 아니야. 나는 생각하지도 기대하지도 못했단다……."

어머니가 잠시 말을 그쳤다가 다시 말했다.

"기억 보유자는 단 한 명밖에 없어."

"하지만 수석 원로는 전에 선출했는데 실패했다고 했

어요. 그게 무슨 뜻이죠?"

순간 아버지 어머니 모두가 말을 주저했다. 그러다가 결국 아버지가 전에 있었던 일을 설명해 주었다.

"십 년 전에 오늘과 매우 비슷한 일이 있었단다, 조너스. 직위 수여식 때, 열한 살짜리 중 한 애의 차례를 그냥 지나쳐서 오늘처럼 마을 사람들 모두가 긴장하고 있었지. 모든 아이에게 차례로 직위를 주고 나서 맨 마지막에 그 아이의 직위를 발표했어."

조너스가 끼어들었다.

"그 남자애 이름이 뭐였는데요?"

어머니가 대답했다.

"여자애였단다. 하지만 우린 그 이름을 결코 말하지 않을 거야. 아기를 위해 그 이름을 다시 사용하지도 않을 거고."

조너스는 커다란 충격을 받았다. 이름을 입에 올리지 않는다는 것은 그 사람이 가장 불명예스러운 일을 저질렀음을 뜻했다.

"그 아이한테 무슨 일이 일어났나요?"

조너스가 불안해하며 물었다.

하지만 아버지 어머니 모두 멍한 표정을 했다. 아버지가 곤란해하며 말했다.

"우리도 몰라. 우리는 다신 그 애를 보지 못했단다."

방 안에 침묵이 흘렀다. 서로 얼굴만 멀뚱멀뚱 바라볼 뿐이었다. 마침내 어머니가 식탁에서 일어서며 말했다.

"넌 대단한 영예를 얻은 거야, 조너스. 대단한 영광이란 말이다."

✳✳✳

조너스는 침대에 앉아서, 수석 원로에게서 받은 서류 봉투를 열었다. 열두 살 친구들 가운데 몇몇은 글자가 빽빽하게 인쇄된, 아주 두꺼운 서류 뭉치를 받았다. 과학에 재능이 있는 친구인 벤저민이 규칙과 지시로 가득한 서류를 의욕에 가득 차 읽기 시작하는 게 떠올랐다. 피오나가 앞으로 배워야 할 의무 목록과 노인 돌보기 방법 목록을 몸을 굽혀 읽으면서 부드럽게 미소 짓는 모습도 떠올렸다.

놀랍게도 조너스가 받은 서류 봉투는 거의 비어 있었다. 인쇄된 종이가 딱 한 장 들어 있을 뿐이었다. 조너스는 그걸 두 번 읽었다.

조너스
기억 보유자

1. 매일 학교 공부가 끝나면, 즉시 노인의 집 뒤에 있는 별채 입구로 가서 안내원에게 당신이 왔다고 알립니다.

2. 매일 훈련 시간이 끝나면 즉시 집으로 돌아갑니다.

3. 이 순간부터 당신은 무례함을 금지하는 규칙들을 지키지 않아도 됩니다. 어떤 주민에게 어떤 질문이든 할 수 있고 그에 대한 답을 들을 수 있습니다.

4. 마을 사람들에게 당신이 받는 훈련에 대해 이야기하지 않습니다. 아버지 어머니는 물론 원로들도 예외가 아닙니다.

5. 이 순간부터 당신은 꿈을 이야기하는 데 참여해서는 안 됩니다.

6. 훈련과 관계없는 병이나 상처를 제외하고 당신은 어떠한 의학적 치료도 신청할 수 없습니다.

7. 당신은 임무 해제를 신청할 수 없습니다.

8. 당신은 거짓말을 해도 됩니다.

조너스는 너무나도 놀랐다. 앞으로 어떻게 친구하고 놀까? 공놀이를 하거나 강변을 따라 자전거를 타는 자유로운 시간들은? 이 행복하고 생기 넘치는 시간들은 이제 영원히 사라지는 걸까? 어디를 가고 언제 무엇을 하는가 하는 논리적인 지시들은 조너스가 생각한 대로였다. 자신뿐 아니라 열두 살짜리들은 모두 언제 어디서 어떻게 훈련에 참가하라고 지시를 받았을 것이다. 그러나 조너스는 지시 사항에 다소 실망했다. 겉보기엔 앞으로 조너스의 일정에는 오락 시간이 하나도 없었다.

조너스는 또한 다른 사람에게 무례함을 저질러도 괜찮다는 데 놀랐다. 그러나 다시 한 번 그 구절을 찬찬히 읽고 나서 그 말은 무례하게 행동해도 좋다는 게 아니라는 걸 깨달았다. 그것은 단지 선택의 자유를 허용했을 뿐이었다. 조너스는 자신이 결코 그 예외를 이용하지 않을 거라고 확신했다. 마을 사람들 사이에 지켜지는 예의가 너무나 완벽하고 철저하게 몸에 익었기 때문에, 조너스는 다른 사람들에게 내밀한 질문을 던지거나 다른 사람들이 당황할 정도로 주의를 끌 수 있다는 생각만으로도 기운이 쭉 빠졌다.

꿈 이야기 하기에 참여하지 않아도 좋다는 지시를 받은 것은 별문제가 아니었다. 실제로 꿈을 거의 꾸지 않았기 때문에 조너스에게 꿈 이야기 하기는 늘 쉽지 않은 일이었다. 그래서 이를 면제받은 사실이 기뻤다. 하지만 아침 식사 시간에 어떻게 해야 할지 생각하자 잠시 의문이 들었다. 오늘 밤에 꿈을 꾸었더라도, 지금까지 종종 그랬듯이, 간밤에 꿈을 꾸지 않았다고 가족들에게 말해야 할까? 그건 거짓말이 될 것이다. 그렇지만 마지막 규칙에 나와 있듯……. 하지만 조너스는 마지막 규칙에 대해 생각할 준비가 충분히 되어 있지 않았다.

의학적 치료를 못 받을 수도 있다는 건 당황스러웠다. 마을 사람들은 모두 언제든지 의학적 치료를 받을 수 있었고, 심지어 아이들도 언제든지 부모를 통해 치료를 받을 수 있었다. 예전에 문틈에 손가락이 끼어 다쳤을 때 조너스는 재빨리 스피커를 통해 숨넘어가는 목소리로 어머니에게 알렸다. 어머니는 눈 깜짝할 사이에 집으로 배달된 고통 완화 약물을 서둘러서 조너스 손에 뿌렸다. 엄청나게 아프던 손에 약을 바르자마자 그저 욱신거리는 정도로 통증이 약해졌다. 손은 더 아프지 않았고 좀 쑤시다가 금방 나았다.

6번 지시 사항을 다시 한 번 천천히 읽으면서, 조너스는 그런 경우에는 문에 낀 손가락이 '훈련과 관계없는' 상처에 속한다는 것을 깨달았다. 따라서 다시 그런 사고가 일어나더라도 예전처럼 처치를 받을 수 있을 듯했다. 어쨌든 또 그렇게 다치진 않을 거라고 확신했다. 그때 이후로는 육중한 문 가까이에서는 매우 조심하고 있었으니까.

매일 아침 조너스가 먹는 약도 훈련과는 관련이 없었다. 따라서 약도 계속 복용할 수 있을 것이었다.

그러나 수석 원로가 훈련에 따르는 고통에 대해 말했던 일이 문득 머릿속에 떠오르자 다소 불안해졌다. 수석 원로는 그 고통이 말로 표현할 수 없을 정도라고 말했다.

조너스는 억지로 침을 삼키면서, 아무런 의학적 치료도 받을 수 없을 때 느껴지는 고통이 어느 정도일지 상상해 보았다. 하지만 아무것도 떠오르지 않았다. 그 고통은 조너스가 이해할 수 없는 것이었다.

7번 지시 사항에 대해서는 전혀 아무런 반발도 느껴지지 않았다. 어떤 상황이 오더라도 임무 해제를 신청할 일은 없을 것 같았다.

끝으로 조너스는 마지막 규칙으로 다시 한 번 눈을 돌렸다. 아이들은 아주 어릴 때 처음 말을 배우던 순간부터 거짓말을 하지 않도록 훈련받았다. 그건 언어를 정확하게 쓰는 법을 배우는 교육에 포함되어 있었다.

네 살 때 조너스는 학교 점심 식사 시간 직전에 "굶어 죽겠다."라고 말한 적이 있었다. 그 말을 하자마자 따로 불려 나갔다. 언어를 정확하게 쓰는 법에 대한 간단한 학습을 받기 위해서였다. 조너스는 굶어 죽어 가는 게 아니며, 예전에 그런 적도 없었고 앞으로도 그럴 것이라는 지적을 받았다. 그러니 "굶어 죽겠다."라는 말은 거짓말이었다. 물론 고의가 아닌 거짓말이었다. 언어의 정확한 사용을 강조하는 이유 중 하나는 고의가 아닐지라도 절대로 거짓말을 하지 않기 위해서라는 것이었다. 교사들은 조너스에게 이해할 수 있느냐고 물었고 조너스는 이해한다고 답했다.

조너스의 기억으로는 단 한 번도 거짓말하도록 유혹을 받은 적이 없었다. 애서도 거짓말을 하지 않았다. 릴리도 거짓말을 하지 않았다. 아버지 어머니 역시 거짓말을 하지 않았다. 이 마을에서는 아무도 거짓말하는 사람이 없었다. 지금 조너스와 같은 경우가 아니라면…….

조너스는 평생토록 단 한 번도 거짓말한 적이 없다고 생각했다. 거짓말해도 된다는 이 새로운 생각에 겁이 덜컥 났다. 만약에 다른 사람들, 다른 어른들이 열두 살이 되자마자 이런 놀라운 지시를 받았더라면?

사람들 모두가 "당신은 거짓말을 해도 됩니다."라는 지시를 받았더라면?

마음이 싱숭생숭했다. 엄청나게 무례한 질문을 할 수도 있고 그에 대한 답을 들을 수 있는 권한이 있기에 조너스는 상상컨대(거의 상상할 수 없는 일이었지만) 누군가에게, 어쩌면 어떤 어른에게, 어쩌면 아버지한테 이렇게 물을 수 있을 것이다.

"거짓말한 적 있어요?"

하지만 조너스가 그 대답이 사실인지를 확인할 수 있는 방법은 없을 것이다.

10

"나 먼저 갈게, 조너스."

피오나는 노인의 집 현관에 도착해서 지정 장소에 자전거를 둔 다음 말했다. 그러더니 손에 든 서류를 뒤적이면서 이렇게 말했다.

"왜 이렇게 초조한지 모르겠어. 전에 그렇게 여러 번 여기 왔는데 말이야."

"글쎄, 지금은 모든 게 달라진 것 같아. 심지어 자전거에 달린 이름표까지도 말이지."

조너스가 자전거를 가리키면서 말하자 피오나는 웃음을 터뜨렸다. 밤새 관리인들이 열두 살짜리 아이들의 자전거 이름표를 모두 뗀 후 '훈련 중'임을 나타내는 모양의 이름표로 바꿔 주었다.

피오나는 서둘러 계단을 오르기 시작했다.

"첫날부터 늦고 싶진 않아. 같은 시간에 마치면 너랑

같이 집에 가고 싶어."

조너스는 고개를 끄덕이며 피오나에게 손을 흔들었다.
그리고 노인의 집 건물 뒤에 딸린 작은 별채를 향해 돌아
갔다. 조너스 역시 훈련 첫날에 늦고 싶지 않았다.

별채는 매우 평범했다. 대문 역시 그다지 눈에 띄는 점
은 없었다. 무겁게 생긴 문고리에 손을 뻗으려는데 문득
벽에 달린 초인종이 눈에 들어왔다. 조너스는 문을 두드
리는 대신 초인종을 울렸다.

"누구세요?"

초인종 위쪽에 있는 작은 스피커를 통해 목소리가 들
렸다.

"저, 조너스라고 하는데요. 저는 새로운……. 제 말
은……."

"들어오세요."

그 말과 동시에 딸깍 소리가 나면서 문이 열렸다.

응접실은 무척 좁았다. 책상 하나만 달랑 놓여 있었다.
책상 너머에 여성 안내원 한 사람이 앉아서 서류를 뒤적
이고 있었다. 조너스가 들어오는 것을 보더니 안내원이
자리에서 일어섰다. 조너스는 깜짝 놀랐다. 그것은 사소
한 일에 지나지 않았다. 하지만 이전에는 아무도 조너스
를 보고 자리에서 일어선 적이 없었다.

"어서 오세요, 새로운 기억 보유자님."

안내원이 존경심 가득한 목소리로 말했다. 그러자 조너스는 불편한 듯 말했다.

"아, 제발, 저를 조너스라고 불러 주세요."

안내원이 웃으면서 단추를 누르자 왼편에 있는 문이 딸깍 열렸다.

"지금 바로 들어가실 수 있습니다."

안내원은 조너스가 불편해하고 있음을 깨달았으며 동시에 그 이유도 알아챈 듯이 보였다. 조너스가 아는 한 마을에 있는 어떤 문도 결코 잠겨 있지 않았다. 안내원이 설명해 주었다.

"기억 보유자님은 곰곰이 생각하셔야 할 때가 있습니다. 그래서 잠금 장치를 단 것입니다. 시민들이 자전거 수리 부서로 잘못 알거나 아니면 다른 부서로 잘못 알아서 불쑥 들어가면 곤란하니까요."

조너스는 웃음을 터뜨렸다. 그 덕분에 긴장이 조금 풀렸다. 안내원은 무척 친절하게 설명해 주었다. 마을에 유행하는 농담처럼, 별로 중요하지 않은 작은 사무실인 자전거 수리 부서는 너무 자주 장소를 옮겨서 어디에 있는지 정확히 아는 사람이 드물었다.

"이곳에는 위험한 거라곤 아무것도 없습니다."

안내원이 조너스에게 말했다. 그러고는 벽에 있는 시계를 흘깃 보며 덧붙였다.

"그분께서는 기다리는 걸 싫어하십니다."

조너스는 문으로 급히 들어갔다. 안은 안락하게 꾸며진 거실이었다. 조너스 가족이 사는 집과 별반 다르지 않았다. 가구들은 마을 표준이었다. 마을의 가구들은 실용적으로 설계된 데다 아주 튼튼하게 만들어졌다. 각 가구의 쓰임새는 정확하게 규정되어 있었다. 가령 침대는 잠잘 때만 써야 했고, 식탁은 식사할 때만 써야 했으며, 책상은 공부할 때만 써야 했다.

이곳에도 조너스네 집에 있는 것과 같은 가구가 널찍한 공간에 비슷한 방식으로 배치되어 있었다. 하지만 가구들 하나하나는 집에 있는 것들과 조금씩 달랐다. 의자와 소파의 겉을 둘러싼 천은 조금 더 두껍고 고급스러웠다. 식탁 다리 역시 집에 있는 것과 달리 직선으로 쭉 내리뻗은 것이 아니라 약간 더 가늘고 굴곡이 있었으며 발부분에는 조각해서 만든 작은 장식이 달려 있었다. 방 가장 깊숙한 곳 벽감 안에 놓여 있는 침대에는 섬세하고 화려하게 수를 놓은 천이 덮여 있었다.

하지만 가장 확실하게 구분되는 것은 공간을 가득 메운 책들이었다. 마을 안의 다른 집들과 모두 마찬가지로 조너스의 집에도 마을 생활에 도움을 주는 참고 서적들이 있었다. 사전 그리고 사무실, 공장, 건물, 원로 위원회 등의 기능과 위치를 설명해 주는 두꺼운 마을 소개서였다. 물론 마을 규칙을 실어 놓은 규정집도 있었다.

조너스가 보았던 책들은 그게 전부였다. 조너스는 그 밖의 다른 책이 존재한다는 걸 결코 알지 못했다.

하지만 이 방은 벽이 천장까지 온통 책꽂이로 덮여 있었으며 거기에 책이 가득 차 있었다. 책의 종류는 수백 권, 어쩌면 수천 권은 되어 보였고, 반짝거리는 글자로 제목이 새겨져 있었다.

조너스는 책들을 바라보았다. 하지만 그토록 많은 책들에 어떤 내용이 담겨 있는지는 전혀 상상할 수 없었다. 이 책들에는 마을 규칙을 넘어서는 어떤 규칙이 담겨 있을까? 사무실, 공장, 원로 위원회 등에 대한 더 자세한 설명이 있을까?

식탁 옆에 놓인 의자에서 한 남자가 지켜보고 있었기 때문에 조너스는 순식간에 주위를 한 바퀴 휘둘러보고는 서둘러 그 남자 앞으로 다가갔다. 그러고는 그 앞에 서서 가볍게 인사했다.

"조너스라고 합니다."

"알고 있다. 잘 왔다, 기억 보유자여."

조너스는 그제야 그가 누구인지 알아보았다. 열두 살 기념식 때 원로들만 입을 수 있는 특별한 복장을 하긴 했지만 어딘가 모르게 다른 원로들과는 달라 보였던 사람이었다.

조너스는 수줍어하며 자기 눈과 꼭 닮은 그 색깔 옅은 눈을 들여다보았다.

"선생님, 못 알아뵈어서 죄송합니다……."

남자는 조너스의 사과를 받아들이는 기본 응대를 하지 않은 채 다음 말을 기다렸다. 잠시 더 기다린 뒤에 조너스가 계속해서 말했다.

"하지만 저는 생각했습니다. 아, 아니, 예전에 그랬다는 게 아니라 지금 그렇게 생각하고 있다는 뜻입니다."

조너스는 재빠르게 자기 말을 고쳤다. 정확한 말을 사용하는 게 중요하다면, 바로 지금 이 남자 앞에서는 더욱더 그래야 한다고 스스로 다시 한 번 다짐했다.

"선생님께서 기억 보유자이십니다. 저는 단지 어제 직위를 받았을 뿐이며, 물론 이 말은 선출되었다는 말입니다. 현재로서는 아무것도 아닙니다. 아직까지는 말입니다."

무언가를 깊이 생각하는 표정으로 그 남자는 말없이 조너스를 바라보았다. 그 얼굴에는 조너스에 대한 관심, 호기심, 염려 등 갖가지 표정이 떠올라 있었다. 어떻게 보면 약간 동정심이 깃든 얼굴이었다.

마침내 남자가 말했다.

"오늘 이 순간부터 네가 기억 보유자란다. 난 오랫동안 기억 보유자였지. 아주아주 긴 시간 동안 말이다. 무슨 말인지 알아듣겠니?"

조너스가 고개를 끄덕였다. 남자는 주름이 가득한 얼굴이었고, 남들과 다른 옅은 색 눈은 날카로웠지만 다소 피곤한 듯했다. 눈 주위가 주름 때문에 그늘져 어두워 보였다.

"선생님께서 연세가 매우 높으시다는 걸 알겠습니다."

조너스가 존경이 깃든 태도로 대꾸했다. 노인들은 언제나 가장 큰 존경을 받아야 했다.

남자가 웃었다. 남자는 얼굴에 늘어진 주름살을 기분 좋은 듯 만지면서 말했다.

"실제론 보기보다 나이가 많지 않단다. 이 일이 나를 늙게 만들었지. 얼굴만 보면 곧 임무 해제를 맞을 것처럼 보인다는 걸 나도 안다. 하지만 그러려면 시간이 아직 많이 남았단다. 어쨌든 네가 선출되었을 때 난 기뻤다. 원로들이 새 기억 보유자를 선출하는 데 시간이 많이 걸렸지. 지난번 선출이 실패한 게 십 년 전이었어. 난 기력이 거의 다했다. 너를 훈련시키려면 남은 힘을 모두 짜내야 할 거다. 이제부터 우린 힘들고 고통스러운 일을 해 나가야 한다. 자, 앉으렴."

남자는 가까이 있는 의자를 가리켰다. 조너스는 푹신한 방석이 깔린 의자에 앉았다.

남자가 눈을 감고 계속 말했다.

"열두 살이 되었을 때 나 역시 너처럼 기억 보유자로 선출되었지. 난 많이 놀랐단다. 너도 마찬가지였을 거라는 생각이 드는구나."

남자는 잠시 눈을 뜨고 조너스를 바라보았다. 조너스는 고개를 끄덕였다. 남자가 다시 눈을 감았다.

"나는 훈련을 받기 위해 바로 이 방으로 왔지. 아주 오래전 이야기야. 내 전 기억 보유자는, 마치 내가 지금 네게 그렇게 보이듯이 아주 나이가 많아 보였지. 지금 나처럼 그 양반 역시 지쳐 있었단다."

남자가 갑자기 앞으로 의자를 당겨서 앉더니 눈을 뜨고 말했다.

"못 알아듣겠으면 질문을 해도 된다. 난 이 일에 대해 정확하게 설명해 본 경험이 별로 없단다. 너도 알겠지만, 언제나 어디에서도 이 일에 대해서 이야기하는 건 금지되어 있으니까 말이다."

"알고 있어요, 선생님. 지시 사항을 읽었어요."

남자는 싱긋 웃으며 계속했다.

"그래서 내가 해야 하는 만큼 이 일을 분명하게 설명하는 데 다소 서투를지도 모르겠다. 나는 아주 중요하고 무척 영예로운 일을 해 왔다. 이 말은 내가 완벽하다는 의미는 아니다. 너도 알겠지만 전에 나는 후계자 하나를 훈련하려고 애쓰다가 실패한 적도 있다. 그러니 네게 도움이 될 질문이라면 무엇이든 하렴."

조너스는 마음속에 떠오르는 질문들이 아주 많았다. 천 가지, 만 가지, 십만 가지⋯⋯. 벽에 늘어선 책들만큼이나 많은 질문들. 하지만 조너스는 하나도 묻지 않았다. 아직 때가 아니었다.

남자는 한숨을 쉬며 생각을 정리하는 듯했다. 그런 다음 다시 말했다.

"간단히 말하면, 실제로는 전혀 간단하지 않지만, 지금 내가 하려는 일은 내 머릿속에 있는 기억들을 모조리 네게 전달하는 거란다. 과거의 기억들을 말이다."

조너스가 주저하며 말했다.

"선생님, 저는 선생님 인생 이야기랑, 선생님께서 기억하시는 것들을 무척 듣고 싶습니다."

그리고 재빨리 덧붙였다.

"아, 끼어들어서 죄송합니다."

남자는 참지 못하고 손을 저었다.

"이 방에서 사과 따윈 하지 마라. 우리에겐 시간이 없어."

조너스는 자기가 또 말을 가로채는 걸지도 모른다고 불안해하면서 계속 말했다.

"전 정말 듣고 싶어요. 하지만 그 일이 왜 그렇게 중요한지 이해가 안 돼요. 듣기 싫다는 뜻이 결코 아니에요.

전 마을에서 다른 아이들처럼 무언가 일을 할 수 있을 거고, 제 오락 시간에 여기 와서 선생님 어린 시절 이야기를 들을 수 있을 거예요. 그래요, 그게 정말 제가 바라는 거예요."

조너스는 다시 덧붙여 말했다.

"전 벌써 노인의 집에서 여러 번 그런 일을 했어요. 노인들은 젊은 시절을 이야기하는 걸 좋아해요. 그 얘길 듣는 건 다른 것보다 훨씬 재미있는 일이었어요."

남자는 고개를 저었다.

"아냐, 아냐. 그런 게 아니다. 네게 전달하는 건 나의 과거나 어린 시절 이야기가 아니란다."

남자는 몸을 뒤로 젖혀서 의자에 머리를 댄 후 한숨을 한 차례 내쉬더니 말했다.

"네게 전달하려는 건 세계 전체의 기억이야. 네가 있기 전, 아니 내가 있기 전, 그리고 나 이전의 기억 보유자가 있기 전, 그 기억 보유자도 있기 전 세대의 이야기야."

조너스는 얼굴을 찌푸렸다.

"세계 전체라고요? 이해가 안 돼요. 선생님 말씀은 단지 우리를 뜻하는 게 아닌 것 같아요. 마을도 아니고요. 다른 어떤 곳을 말씀하고 계신 건가요?"

조너스는 마음속으로 그 말이 무슨 뜻인지 포착하려고 노력하다가 다시 말했다.

"죄송한데요, 선생님. 잘 이해가 가지 않아요. 머리가 나빠서 그런가 봐요. '세계 전체'나 '스승님도 있기 전 세대'라고 하신 말씀이 무슨 뜻인지 잘 모르겠어요. 전 단지 우리만 있다고, 현재만 있다고 생각했어요."

"더 많은 것이 있단다. 이곳도, 다른 어떤 곳도 모두 넘어서는, 옛날 아주 옛날로 거슬러 올라가는 것들이 있다. 처음 기억 보유자로 선출되었을 때 나는 그 모든 것을 받아들였지. 그리고 이 방에서 혼자 그 전부를 반복해서 다시 경험한단다. 그게 지혜가 생기는 방법이야. 우리가 미래를 만들어 가는 방법이기도 하고."

남자는 잠시 말을 그치고 심호흡을 했다.

"나는 지금껏 그 무게를 홀로 져 왔단다."

갑자기 조너스는 그가 엄청나게 염려되었다.

"그건 마치……."

설명에 적당한 단어들을 생각하는 듯 남자가 말을 중단했다가 마침내 다시 입을 열었다.

"썰매를 타고서 수북이 쌓인 눈을 뚫고 내리막길을 달리는 것과 같았어. 처음에는 기분이 좋았어. 속도감, 살을 에듯 맑은 공기. 하지만 썰매 날에 눈이 달라붙으면 서서히 속도가 느려지지. 계속 앞으로 나아가려면 힘껏 밀어야 하고……."

남자는 갑자기 고개를 저으며 조너스를 응시했다.

"내 말이 무슨 뜻인지 전혀 알아들을 수 없지?"

조너스는 혼란스러웠다.

"예, 선생님, 이해가 되지 않아요."

"물론 이해되지 않을 거야. 너, 눈이 뭔지 모르지?"

조너스가 고개를 끄덕였다.

"썰매도? 썰매 날도?"

"몰라요, 선생님."

"내리막길도? 무슨 뜻인지 모르지?"

"몰라요, 선생님."

"이런, 맙소사! 그런 것들부터 시작해야겠구나. 사실 어디서 어떻게 시작해야 할지 몰랐단다. 침대로 가서 엎드려 봐라. 우선 윗도리를 벗으렴."

조너스는 조금 겁을 먹은 채 시키는 대로 했다. 벗은 가슴에 침대를 덮고 있는 아름다운 천의 부드러운 주름들이 느껴졌다. 조너스는 남자가 자리에서 일어나 스피커가 있는 벽 쪽으로 다가가는 걸 지켜보았다. 집집마다 달려 있는 스피커였지만 다른 점이 하나 있었다. 스위치가 하나 달려 있었던 것이다. 남자는 '꺼짐' 방향으로 능숙하게 스위치를 눌렀다.

조너스는 놀라서 헉하고 숨을 크게 들이쉬었다. 스피커를 끄다니! 정말 놀라운 일이었다.

곧이어 남자는 아주 빠른 속도로 침대가 놓여 있는 구

석 쪽으로 다가왔다. 그는 조너스 옆에 있는 의자에 앉았다. 조너스는 꼼짝하지 않고 다음 일을 기다렸다.

"눈을 감아라. 긴장을 풀렴. 이건 고통스럽지 않을 거야."

조너스는 언제나 질문을 할 권리가 있으며 심지어 그 권리를 쓰도록 권장받기까지 했음을 기억해 냈다.

"뭘 하시려는 거예요, 선생님?"

조너스는 불안함이 목소리에 드러나지 않기를 바라면서 조심스레 물었다.

"눈에 대한 기억을 전달하려고 한다."

남자가 답하면서 두 손을 조너스의 벗은 등에 갖다 댔다.

11

처음엔 아무 이상한 느낌도 없었다. 등 위에 노인의 손이 살짝 놓인 것만이 느껴졌을 뿐이다.

조너스는 긴장을 풀고 숨을 편히 내쉬려고 애썼다. 방 안에 완벽한 정적이 흘렀다. 잠들어 버려서 훈련 첫날에 망신을 당할까 봐 짐짓 걱정될 정도였다.

다음 순간 몸이 가볍게 떨렸다. 등에 닿아 있던 손이 갑자기 차가워졌다. 거의 동시였다. 숨을 들이마시는 순간 공기가 변한 것을 느꼈다. 곧이어 조너스의 숨결마저 차가워졌다. 조너스는 혀를 내밀어 입술을 핥았다. 그러는 동안에 갑자기 차가워진 공기가 점점 혀에 느껴졌다.

정말 놀라운 일이었다. 하지만 겁은 전혀 나지 않았다. 조너스의 가슴속엔 에너지가 넘쳐흘렀다.

다시 한 번 숨을 들이마셨다. 차디찬 공기가 폐부를 찌르는 것 같았다. 곧이어 차가운 공기는 온몸 주변으로 퍼져 소용돌이쳤다. 조너스는 양옆에 늘어뜨린 두 손을 차가운 공기가 한 차례 스친 후 등 쪽으로 올라가는 것을 느꼈다.

이미 남자는 조너스의 등에서 손을 뗀 것 같았다.

하지만 조너스는 이전에는 단 한 번도 경험해 보지 못한 새로운 감촉을 느끼고 있었다. 바늘로 찌르는 것 같다? 아니다. 이 감촉은 부드러운 데다 전혀 고통이 느껴지지 않았다. 조너스는 작고 차갑고 깃털이 닿은 것 같은 촉감이 온몸과 얼굴에 뿌려지는 걸 느꼈다. 다시 혀를 내밀었다. 차가운 점들 가운데 하나가 혀 위에 떨어졌다. 무언가 혀에 닿는 그 느낌은 순식간에 사라졌다. 하지만 계속해서 다른 것, 또 다른 것이 혀 위에 닿았다 사라졌다. 그 감촉이 아주 좋았기 때문에 조너스의 얼굴에는 절로 미소가 떠올랐다.

조너스의 의식 한 부분은 자신이 여전히 별채 방 안의 침대에 누워 있는 걸 느끼고 있었다. 하지만 다른 부분은 또 하나의 자신이 지금 일어나서 똑바로 앉은 자세라는 것을, 엉덩이 밑에 주름 장식이 달린 푹신푹신한 침대 커버가 있는 게 아니라 평평하고 딱딱한 널빤지가 있다는 것을 느꼈다. 두 손에는 거칠거칠하고 축축한 밧줄을 쥐고 있었다.(동시에 손을 몸 옆 침대 위에 아무 움직임 없이 뻗고 있었다.)

두 눈을 감고 있었지만 조너스는 볼 수 있었다. 그를 둘러싼 공기 속에서 수정처럼 반짝이는 것들이 소용돌이를 그리면서 쏟아져 내리는 게 보였다. 그것들은 조금씩 손등에 쌓였는데 마치 차가운 털 같았다.

조너스의 입김은 공기 중에서 하얗게 보였다.

어쨌든 조너스가 이제 보고 느낄 수 있게 된 공기의 소용돌이가 바로 남자가 말했던 '눈'이었다. 주의를 기울이자 조너스는 눈보라를 뚫고 꽤 먼 곳까지 내다볼 수 있었다. 어디인지는 알 수 없었지만 조너스는 높은 곳에 있었다. 땅바닥에는 솜털 같은 눈이 두껍게 쌓였고, 조너스는 평평하고 딱딱한 물체 위에 엉덩이를 살짝 대고 앉아 있었다.

썰매! 갑자기 그게 무엇인지 알 수 있었다. 조너스가 앉아 있는 것이 바로 '썰매'라는 물건이었다. 썰매는 조너스가 살았던 저 아래 땅에서부터 서서히 솟아오른 흙무더기의 꼭대기에 놓여 있었다. 그러나 '흙무더기'라고 생각하는 순간 조너스의 새로운 의식은 그게 바로 '언덕'이라고 말했다.

썰매는 곧 조너스를 태운 채 쏟아지는 눈을 뚫고 움직이기 시작했다. 즉시 조너스는 지금 자신이 언덕 아래로 내려가고 있다는 것을 이해할 수 있었다. 설명하는 데 말은 필요 없었다. 경험 자체가 그에게 모든 걸 설명해 주었다.

조너스의 얼굴은 차가운 공기를 헤치고 나아갔다. 조너스는 썰매라는 탈것에 앉아서 눈이라는 물질을 맞으며 아래로 내려가기 시작했다. 썰매는 바닥에 달린 썰매 날이라고 불리는 것 때문에 더 쉽게 움직였다.

언덕을 내려가면서 겪는 모든 것을 즉시 이해할 수 있었기 때문에, 황홀하고 숨 막힐 듯한 기쁨을 기꺼이 만끽할 수 있었다. 속도, 맑고 차가운 공기, 완벽한 정적, 균형감과 흥분과 평화로움을.

비탈의 각도가 줄어들면서 흙무더기, 다시 말해 언덕이 평평해졌다. 그래서 바닥에 가까워지자 썰매의 전진 속도가 점점 떨어졌다. 이제 점차 눈이 썰매 주변에 쌓이기 시작했다. 그러자 조너스는 힘을 주어 썰매를 밀면서 앞으로 나아갔다. 썰매를 타는 일은 엄청나게 즐거웠다. 결코 끝내고 싶지 않았다.

그러나 쌓인 눈 때문에 썰매 날이 더 이상 움직이지 않자 멈출 수밖에 없었다. 조너스는 차가운 두 손에 밧줄을 쥔 채 숨을 헐떡이면서 잠시 그곳에 앉아 있었다. 그리고 주저하면서 살며시 눈을 떴다. 흰 눈 쌓인 언덕에서 썰매를 타던 조너스의 눈 말고 다른 눈 말이다. 단 한 번도 본 적이 없던 썰매를 타는 동안 내내 눈을 뜨고 있었으니까 그 눈은 굳이 뜰 필요가 없었다. 눈을 뜨자 조너스는 아직 자신이 침대에 누워 있으며 한 발도 움직이지 않았다는 사실을 알았다.

노인은 아직 침대 곁에 앉아서 조너스를 바라보고 있었다.

"기분이 어떠니?"

자리에서 일어난 조너스는 잠시 숨을 고르고 솔직하게 대답하려고 애썼다.

"놀랐어요."

노인은 소매로 이마를 문질렀다.

"휴, 힘이 다 빠져나간 것 같구나. 하지만 자그마한 기억을 네게 전달한 것만으로도 내가 조금 가벼워진 것 같구나."

"선생님께서는 제가 질문을 할 수 있다고 말씀하셨죠?"

남자는 질문을 격려라도 하듯이 고개를 끄덕였다.

"이제 선생님에겐 이 썰매 타기 기억이 더 이상 없다는 뜻인가요?"

"그래, 이 늙은 몸이 좀 가벼워졌어."

"정말 재미있었어요! 이제 선생님에겐 더 이상 그 기억이 없어요! 제가 선생님에게서 그 기억을 가져갔어요!"

그러자 노인이 웃음을 터뜨렸다.

"나는 지금 어떤 언덕에서 눈 위를 미끄러지면서 썰매를 탄 기억만 네게 전한 거란다. 내 머릿속에는 전 세계의 수많은 언덕에서 벌어진 수없이 많은 썰매 타기의 기억이 들어 있지. 나는 그 기억들을 하나씩, 그러니까 몇 천 번에 걸쳐 네게 전할 수 있다. 그러니까 내 머릿속에는 여전히 더 많은 것들이 남아 있단다."

조너스가 물었다.

"제가, 아니 선생님과 제가, 썰매를 다시 타 볼 수 있다는 말씀이세요? 정말 그랬으면 좋겠어요. 밧줄을 잡아당겨서 썰매를 조종할 수도 있다는 생각도 들어요. 이번 썰매 타기에서는 그렇게 해 보지 않았어요. 너무나 새로운 경험이어서 그럴 생각이 나지 않았어요."

노인은 웃으면서 고개를 저었다.

"어쩌면 다른 날 네 마음을 위로하려고 그렇게 해 볼 수도 있겠지. 하지만 노는 시간은 그다지 많지 않아. 난 단지 네게 썰매 타기가 어떤 것인지 보여 주고 싶었을 뿐이다."

노인이 다소 사무적인 목소리로 말했다.

"이제 등을 아래로 하고 똑바로 누워라. 이번엔……."

조너스는 그 말대로 했다. 다음에는 무엇을 겪을지 궁금해서 견딜 수가 없었다. 그러나 갑자기 의문들이 줄지어 몰려들었다.

"선생님, 왜 우리 마을에는 눈이랑 썰매랑 언덕이 없죠? 예전에는 우리 마을에도 그런 게 있었나요? 아버지 어머니가 어렸을 때에는 썰매가 있었나요? 아니면 선생님 어렸을 때는 어땠나요?"

노인은 어깨를 으쓱하면서 잠시 웃음을 터트렸다.

"아니다. 그렇지 않다. 네가 경험한 것은 아주 먼 과거 속의 기억이란다. 내가 기진맥진해진 것은 바로 그 때문이다. 난 과거의 많은 세대들을 넘어서 그 기억을 현재로 끌어당겨야 했다. 새 기억 보유자가 되었을 때 나는 너처럼 그 기억을 물려받았고, 내 전 기억 보유자 역시 아주 오랜 기간을 가로질러서 그 기억을 끌어와야 했단다."

"하지만 무슨 일이 있었던 거죠? 눈이나 썰매는 어떻게 된 건가요?"

"날씨를 통제한 거지. 눈이 내리면 식량들이 잘 자라지 않거든. 그러면 농사 기간이 짧아지지. 그리고 예측할 수 없는 날씨 때문에 어떤 날에는 교통이 거의 마비 상태에 빠지기도 했단다. 그건 전혀 실용적이지 않았지. 우리가 '늘 같음 상태'에 들어가자 눈은 쓸모없는 게 되었어."

남자가 덧붙여 말했다.

"언덕도 마찬가지란다. 언덕은 물건을 실어 나르는 데 불편했지. 트럭이나 버스도 언덕에서는 속도가 느려지니까. 그래서……."

남자는 수평으로 손을 한 차례 움직였다. 그렇게 해서 언덕이 사라졌음을 보여 주려는 것처럼. 그가 단정적으로 말했다.

"늘 같음 상태."

조너스가 얼굴을 찡그렸다.

"그런 것들이 지금도 있으면 좋겠어요. 가끔씩이라도요."

노인이 웃었다.

"나도 그렇게 생각한다. 그렇지만 그건 우리가 선택한 게 아니야."

조너스가 말했다.

"하지만 선생님, 선생님께는 엄청난 권력이 있으니까……."

남자가 엄한 목소리로 조너스의 말을 정정했다.

"영예다. 내겐 대단한 영예가 있지. 너도 그렇게 될 거다. 하지만 그건 권력과는 다르다는 걸 너도 알게 될 거야.

이제 입 다물고 가만히 엎드려라. 이왕 '날씨'라는 말이 나왔으니 네게 다른 기억을 전수하마. 이번엔 그 이름을 네게 말해 주지 않을 작정이다. 네 전수 능력을 시험하고 싶기 때문이지. 넌 아무 말도 듣지 않고도 그 이름을 알 수 있어야 한다. 아까는 미리 이름을 알려 줘서 네가 눈과 썰매와 언덕과 썰매 날을 쉽게 깨닫도록 했던 거란다. 이번에는 그러지 않으마."

조너스는 아무 사전 지식도 없이 눈을 감았다. 남자의

두 손이 다시 등에 와 닿았다. 그리고 조너스는 잠시 기다렸다.

전보다 훨씬 빨리 느낌이 왔다. 이번에는 손이 차가워지는 게 아니라 몸이 따뜻해지는 느낌이 들기 시작했다. 몸이 조금 축축해지는 것 같았다. 따스함이 어깨로, 목으로, 얼굴 옆으로 퍼져 나갔다. 옷 입은 부분 역시 따스했다. 아주 기분 좋은 감각이 온몸을 휘감았다. 조너스가 혀를 내밀어 입술을 핥자 뜨거운 기운이 느껴졌다.

조너스는 움직이지 않았다. 썰매도 없었다. 자세도 바뀌지 않았다. 어딘지는 몰랐지만 야외에 오직 혼자 있었다. 따스함은 하늘 저 위쪽에서부터 쏟아지고 있었다. 눈 내리는 공기를 뚫고 달리는 것만큼 신나지는 않았다. 하지만 기분이 좋고 마음이 편안했다.

갑자기 조너스는 이것을 '햇볕'이라고 부른다는 것을 알았다. 동시에 햇볕이 하늘에서 온다는 것도 깨달았다.

그러자 모든 것이 끝났다.

"햇볕이군요."

조너스는 눈을 뜨고 큰 소리로 말했다.

"좋아. 이름이 뭔지 혼자서 알아냈구나. 내 일이 더 쉬워지는 것 같다. 많은 것을 설명하지 않아도 네가 스스로 아니까 말이다."

"그리고 햇볕은 하늘에서 왔어요."

"맞다. 본래 그런 식이었지."

조너스는 빠르게 덧붙였다.

"늘 같음 상태 이전에 말이죠? 날씨 통제 이전에요."

남자가 웃음을 터뜨렸다.

"잘 받아들이는구나. 빨리 배우고. 나는 네게 만족한다. 오늘은 이쯤으로 충분하다는 생각이 드는구나. 첫날치곤 아주 훌륭했어."

하지만 조너스를 괴롭히는 의문이 하나 있었다.

"선생님, 수석 원로님이 제게 말씀하신 게 있는데요. 사실 마을 사람들 모두에게 하신 말씀이지요. 선생님께서도 제게 말씀하셨죠. 이 일은 고통스러운 일이 될 거라는 얘기 말이에요. 그래서 전 조금 두려웠어요. 그런데 전혀 아프지 않았어요. 전 정말 즐거웠어요."

말을 마치고 난 조너스는 노인을 호기심 어린 눈길로 바라보았다. 남자가 한숨을 한 차례 쉬었다.

"너와 난 오늘 특별히 즐거운 기억에서 훈련을 시작했단다. 지난번 실패가 내게 지혜를 주었지."

그리고 나서 남자는 몇 번이나 심호흡을 했다.

"조너스, 앞으론 고통스러울 거다. 하지만 지금은 그럴 필요가 없어."

"전 용감해요. 정말이에요."

조너스가 몸을 더 꼿꼿이 하며 일어나 앉았다.

노인은 잠시 조너스를 바라보다가 가볍게 미소를 지었다.

"나도 네가 용감하다는 걸 알고 있다. 좋아. 네가 이왕 그 질문을 한 김에……. 어쨌든 한 번 더 기억을 전달해 줄 힘이 내게 남아 있는 것 같다. 자, 다시 엎드리렴. 오늘은 이게 마지막이다."

조너스는 기꺼이 그 말을 따랐다. 눈을 감고 기다리자 다시 손이 와 닿는 게 느껴졌다. 다음 순간 조너스는 자신 안에 있는 새로운 의식으로 하늘에서 내려오는 따스함, 즉 햇볕을 다시 느꼈다. 이번에도 조너스는 신비롭고 따스한 햇볕을 쬐며 누워 있었다. 시간이 급속히 흘러가는 게 느껴졌다. 실제 자신은 그 시간이 일이 분밖에 안 된다는 걸 알았지만, 기억을 받아들이는 조너스는 햇볕이 내리쬐는 가운데 몇 시간이나 흐른 걸 느꼈다. 갑자기 살갗이 따끔따끔해지기 시작했다. 조너스는 쉴 새 없이 한 팔을 구부렸다 폈다. 그러자 팔꿈치 안쪽의 접힌 부분에서 날카로운 고통이 느껴졌다.

"아야!"

조너스는 커다랗게 비명을 지르면서 침대에서 몸을 뒤척거렸다.

"아야야."

조너스는 몸을 움츠렸다. 말하려고 입을 움직이는 것

만으로도 얼굴이 아팠다. 무슨 말인가가 떠올랐지만 고통 때문에 그 단어가 얼른 생각나지 않았다.

다음 순간 모든 게 끝났다. 조너스는 눈을 떴지만 불편해서 몸을 움츠렸다.

"아파요. 여기에 해당하는 말이 뭔지 잘 모르겠어요."

"'햇볕에 타다'란다."

"굉장히 아팠어요. 하지만 전 선생님께서 그 기억을 제게 주신 게 기뻐요. 무척 흥미로웠어요. 이제 고통이 있을 거라는 게 무슨 뜻인지 알았어요."

남자는 대꾸하지 않았다. 그저 한순간 아무 말 없이 앉아 있었다. 마침내 그가 말했다.

"이제 일어나라. 집에 갈 시간이다."

두 사람은 함께 방 한가운데로 걸어갔다. 조너스가 제복 윗도리를 걸치면서 말했다.

"안녕히 계세요, 선생님. 오늘 첫 수업에 감사드립니다."

노인이 조너스에게 고개를 끄덕여 보였다. 그는 지친 듯했다. 조금 슬픈 듯도 했다.

"선생님?"

조너스가 수줍어하며 말했다.

"응? 궁금한 게 더 있니?"

"선생님 성함을 몰라서요. 저는 선생님께서 기억 보유자라고 생각했지만 선생님께선 이제 제가 기억 보유자라고 하셨어요. 그래서 선생님을 어떻게 불러야 할지 잘 모르겠어요."

남자는 천으로 덮인 안락의자에 다시 앉았다. 그러고는 아픔을 줄여 보려는 듯 어깨를 한 차례 돌렸다. 거의 녹초가 된 것처럼 보였다. 그가 조너스에게 말했다.

"이제 나를 기억 전달자라고 부르렴."

12

"조너스, 푹 잤니? 혹시 꿈은 안 꿨니?"

어머니가 아침 식사를 하면서 물었다.

조너스는 아무 말도 하지 않고 웃음으로 답하면서 고개를 가로저었다. 아직 거짓말할 준비가 되지 않았지만 사실대로 말할 기분도 나지 않았다.

"아주 잘 잤어요."

"이 녀석도 그랬으면 좋겠는데."

아버지가 의자에서 몸을 굽혀 한시도 쉬지 않고 움직이는 가브리엘의 주먹을 만지작거렸다. 아기 바구니는 아버지 곁의 마루 위에 놓여 있었다. 바구니 한쪽 구석에는, 그러니까 가브리엘 머리 옆에는 하마 위안물이 멍한 눈을 하고 있었다.

어머니가 눈동자를 굴리면서 말했다.

"내 생각도 그래. 이 앤 밤에 너무 난리를 쳐."

언제나 그러듯이 조너스는 간밤에도 깊은 잠에 빠졌기 때문에 아기 소리를 전혀 듣지 못했다. 하지만 꿈을 꾸지 않았다는 말은 사실이 아니었다.

잠들어 있는 동안 내내 조너스는 눈 덮인 언덕을 반복해서 미끄러져 내려갔다. 비록 꿈속이었지만 어떤 목적지가 있는 듯했다. 눈이 너무 많이 쌓여서 썰매가 멈추어 버린 그곳 너머에 도저히 알 수 없는 무언가가 있었다.

잠에서 깨었을 때 조너스는 멀리서 기다리는 그 무언가가 있다는 느낌을 받았다. 자신이 그 먼 곳에 가고 싶어 하고 심지어 거기 갈 필요가 있다는 느낌이 들었다. 그곳이 좋다는 느낌, 그곳이 자신을 환영하는 느낌이었다. 그 느낌은 의미심장했다.

하지만 조너스는 어떻게 해야 거기에 갈 수 있는지를 알지 못했다. 그래서 꿈의 잔재를 떨쳐 버리려고 노력하면서 학교 숙제를 챙기고 하루를 준비했다.

오늘 학교는 어제와는 조금 달라 보였다. 수업 시간은 별 차이가 없었다. 언어와 커뮤니케이션, 상업과 산업, 과학과 기술, 법과 정부 등 평소와 똑같았다. 그렇지만 오락 겸 점심 식사를 위한 휴식 시간이 되자 친구들은 모두 첫날 훈련에 대해 활기차게 이야기를 나누었다. 모두 동시에 자기 이야기를 하면서 상대방 말에 끼어들었고, 규칙에 따라 말을 가로챈 것을 급히 사과해 댔다. 그러다가도 곧 그 사실을 잊어버리고 흥분해서 자신들이 어제 겪은 새로운 경험을 털어놓았다.

조너스는 아이들의 이야기를 조용히 듣고 있었다. 규칙 때문에 훈련 내용을 말할 수도 없었지만, 이야기한들 친구들은 이해 못할 터였다. 조너스는 별채에서 경험한 것을 친구들에게 설명할 방법이 없었다. 언덕과 눈을 보여 주지 않고 어떻게 썰매를 이야기할 수 있겠는가? 높이, 바람 그리고 깃털 같고 마술 같은 차가움을 느껴 보지 못한 아이들에게 어떻게 언덕과 눈을 설명할 수 있겠는가?

지난 십여 년 동안 여기 아이들 모두가 언어의 정확한 사용법을 훈련받았지만 어제 조너스가 경험한 햇볕의 따스함을 전달하기 위해 어떤 단어를 사용할 수 있겠는가?

그러니 조너스로서는 조용히 듣기만 하는 게 더 쉬웠다.

학교 수업이 끝나자 조너스는 피오나와 함께 노인의 집으로 자전거를 달렸다.

피오나가 말했다.

"어제 끝나고 널 찾았어. 함께 집에 가려고. 네 자전거가 아직 거기 있더라. 한참 기다렸는데도 안 나오기에 시간이 늦어서 그냥 집으로 갔어."

"널 기다리게 만든 걸 사과한다."

"네 사과를 받아들인다."

피오나의 입에서 자동으로 말이 튀어나왔다.

"생각했던 것보다 오래 걸렸어."

조너스가 해명했다. 피오나는 말없이 페달을 밟았다. 조너스는 피오나가 이야기를 기다리고 있음을 알았다. 피오나는 조너스가 어제 왜 그렇게 오래 걸렸는지, 훈련은 어땠는지 듣고 싶어 했다. 하지만 그걸 직접 묻는 것은 무례한 일에 속했다.

조너스가 슬며시 화제를 바꾸어 말했다.

"넌 자원봉사 시간을 거의 다 노인들과 함께 보냈잖아. 그러니까 네가 모르는 건 거의 없을 것 같아."

"어머, 아직 배울 게 너무 많아. 행정 업무, 식사 규칙, 체벌 방법 같은 것 말이야. 어린아이들과 마찬가지로 노인들에게도 매를 든다는 걸 아니? 게다가 작업 요법(신체나 정신 장애가 있는 사람에게 가벼운 일을 시킴으로써 신체 운동 기능이나 정신 심리 기능의 개선을 꾀하는 치료법. ─옮긴이)과 오락 활동, 약물 치료 등도 배워야 하고……."

두 사람은 목적지에 도착했고 자전거를 멈추었다. 피오나가 하던 말을 마저 털어놓았다.

"하지만 난 학교 수업 시간보다 훈련 시간을 더 좋아하게 될 거라고 생각해."

"나도 마찬가지야."

조너스가 자전거를 보관소로 끌고 가면서 맞장구쳤다.

피오나는 조너스가 다음 말을 하기를 기다리는 듯 잠시 말을 멈추었다. 그러고 나서는 시계를 보더니 손을 흔들면서 건물 입구를 향해 서둘러 갔다.

순간 조너스는 깜짝 놀라서 자전거 옆에 멈춰 섰다. 그 일이 다시 일어났다. '사물 너머를 보는' 현상 말이다. 이번에는 피오나에게서 그 설명할 수 없는 변화가 일어났다. 조너스가 고개를 들어 문으로 들어가는 피오나를 바라보았을 때였다. 피오나의 머리카락이 변해 있었다. 그 현상을 마음속으로 다시 떠올려 보려고 애쓰면서도 조너스는 그게 피오나의 진짜 머리카락일 수는 없다고 생각했다. 머리카락처럼 보였을 뿐, 눈 깜짝할 순간에 다시 사라졌기 때문이다.

조너스는 이 현상에 대해 다시 생각해 보았다. 요즘에 이 현상이 훨씬 더 자주 일어나는 건 분명했다. 몇 주 전에 사과에서 처음 그런 일이 일어났다. 그리고 겨우 이틀 전에 마을 회관에 모인 사람들 얼굴이 그랬다. 그러더니 오늘은 피오나의 머리카락이 바뀌었다.

얼굴을 찌푸린 채 조너스는 별채로 걸음을 옮겼다. 기억 전달자에게 이 현상에 대해서 물어봐야겠다고 결심했다.

방에 들어서자 노인이 조너스를 올려다보며 미소를 띠었다. 그는 이미 침대 옆에 앉아 있었다. 오늘은 좀 더 기분이 좋고 힘이 넘쳐 보였다. 조너스를 보자 기분이 좋아진 듯했다.

"어서 오너라. 자, 시작하자. 일 분 늦었구나."

"사과드립……."

조너스는 말하려다 말고 멈추었다. 사과하지 말라던 말이 기억나서 당황스러웠다.

조너스는 제복 상의를 벗고 침대로 다가갔다.

"이상한 일이 나타나서 일 분 늦었어요. 전 그 일에 대해 선생님께 여쭤 보고 싶어요, 선생님만 괜찮으시다면 말이에요."

"뭐든지 물어보렴."

조너스는 마음속에서 그 이상한 현상을 가려내 분명하게 설명하려고 애썼다.

"제 생각에는 이 일이 선생님께서 말씀하신 '사물 너머를 보는' 능력에 해당하는 것 같아요."

기억 전달자가 고개를 끄덕이면서 말했다.

"설명해 봐라."

조너스는 먼저 기억 전달자에게 예전에 애셔와 사과를 주고받다가 일어난 일을 이야기했다. 그리고 다음으로 무대 위에서 사람들 얼굴을 내려다볼 때 일어났던 현상을 이야기했다.

"그다음으로 오늘, 바로 조금 전에 바깥에서 제 친구 피오나에게서 그 현상이 일어났어요. 정확히 말하면 피오나는 전혀 변하지 않았어요. 하지만 피오나의 무언가가 순간 변했어요. 머리카락이 다르게 보였는데, 변한 건 형태도, 길이도 아니었어요. 전 잘······."

조너스는 무슨 일이 일어났는지를 정확히 설명할 수 없다는 걸 깨닫고는 당황하면서 말을 멈추었다. 그리고 마침내 솔직하게 말했다.

"하여튼 바뀌긴 바뀌었어요. 어떻게, 또는 무엇 때문인지는 저도 몰라요. 제가 오늘 일 분 늦은 이유는 그 때문이에요."

조너스는 대답이 궁금하다는 듯 기억 전달자를 보았다. 하지만 기억 전달자는 조너스에게 '사물 너머를 보는' 능력과는 무관한 듯한 질문을 했다.

"내가 어제 네게 기억을 주었을 때, 그러니까 처음에 썰매를 탈 때 혹시 주변을 둘러보았니?"

조너스가 고개를 끄덕였다.

"예. 하지만 공중에 떠도는 그 물질, 참, 어제 눈이라고 하셨죠. 어쨌든 그 물질 때문에 아무것도 보이지 않았어요."

"썰매를 봤니?"

조너스는 그때를 생각했다.

"아뇨, 전 단지 썰매가 제 엉덩이 밑에 있다는 걸 느꼈을 뿐이었어요. 간밤에도 썰매 꿈을 꿨어요. 하지만 꿈속에서도 썰매를 본 기억이 없어요. 단지 느꼈을 뿐이죠."

기억 전달자는 잠시 생각에 잠긴 듯이 보였다.

"네가 기억 보유자로 선출되기 전에 너를 관찰했을 때 난 네게 어쩌면 그런 능력이 있을지 모른다는 생각이 들었다. 그런데 지금 네 설명을 들으니 분명하다는 확신이 드는구나. 나한테는 그 현상이 너와 조금 다르게 일어났단다. 내가 꼭 네 나이였을 때, 새로 기억 보유자가 될 무렵에, 나 역시 너랑 비슷한 경험을 하기 시작했지. 너랑은 좀 다른 방식이었지만 말이다. 내게는 그 현상이……. 글쎄, 지금은 그걸 설명할 필요가 없겠지. 어차피 넌 아직 이해할 수 없을 테니 말이다. 하지만 그 현상이 네게 어떤 식으로 일어나는지는 추측할 수 있을 것 같구나. 내 생각이 맞는지 확인하기 위해 가볍게 시험해 보자. 자, 엎드리렴."

조너스는 다시 침대에 엎드려서 두 손을 몸 양옆에 가지런히 놓았다. 이제는 침대가 편안하게 느껴졌다. 조너스는 눈을 감고서 기억 전달자의 손이 등에 닿는 그 친숙한 느낌을 기다렸다.

하지만 기억 전달자는 손을 대는 대신에 이렇게 말했다.

"썰매 탔을 때 기억을 떠올려 보아라. 아직 언덕 밑으로 내려가기 전, 그러니까 언덕 꼭대기에 있을 때를 떠올리는 거다. 떠올렸니? 그러면 썰매를 내려다봐라."

조너스는 당황해서 눈을 뜨고는 공손하게 물었다.

"실례지만 선생님께서 제게 기억을 주셔야 하지 않나요?"

"이제 그 기억은 네 기억이다. 나는 더 이상 그 기억을 경험할 수 없단다. 그 기억을 네게 주었으니까."

"하지만 어떻게 그 기억을 떠올릴 수 있나요?"

"네가 일곱 살이나 다섯 살이었던 때를 기억할 수 있지?"

"물론이죠."

"그것과 매우 비슷해. 마을 사람들은 모두 자기 세대에 겪었던 일만 기억할 수 있지. 하지만 넌 이제 더 먼 기억으로 거슬러 올라갈 수 있어. 한번 해 봐라, 자, 정신을 집중하고."

조너스는 다시 눈을 감았다. 심호흡을 하고 머릿속에서 썰매와 언덕과 눈을 찾기 시작했다. 별로 힘들지 않았다. 조너스는 눈송이들이 소용돌이치는 언덕 꼭대기에 앉아 있었다.

조너스는 기뻐서 히죽 웃었다. 숨결이 뽀얀 김으로 변해 공중으로 퍼져 나가는 것이 보였다. 그다음 조너스는 기억 전달자의 지시대로 아래쪽을 내려다보았다. 눈에 덮인 채 썰매에 달린 끈을 쥐고 있는 두 손이 보였다. 그 아래로 다리가 보였고, 다리를 옆으로 움직이자 그 밑에 있는 썰매가 보였다.

아무 말 없이 조너스는 썰매를 뚫어지게 바라보았다. 이번에는 잠깐 동안 스쳐 지나가는 게 아니었다. 사과에서 그리고 피오나의 머리카락에서 순간적으로 일어났던 것과 같은 신비스러운 현상이 썰매에 나타나 있었다. 조너스는 눈을 한 번 감았다 뜬 후 다시 썰매를 쳐다보았다. 하지만 그 특성은 계속 썰매에 그 상태로 남아 있었다. 썰매는 다시 바뀌지 않았다. 그게 무엇인지는 알 수 없었지만 그 자체로 계속 그렇게 있었다.

눈을 뜨자 조너스는 여전히 침대 위에 있었다. 기억 전달자가 호기심 어린 눈길로 조너스를 바라보고 있었다.

조너스가 천천히 말했다.

"그걸 봤어요. 썰매에서 말이에요."

"한 가지 더 시험해 보자. 저길 보렴. 책장 말이다. 식탁 뒤에 있는 선반 맨 꼭대기에 놓인 책들이 보이니?"

조너스는 눈을 돌려 그 책들을 보았다. 책을 뚫어지게 바라보자 책들이 바뀌었다. 그러나 잠깐뿐이었다. 순식간에 책들은 원래대로 돌아왔다.

조너스가 말했다.

"그런 현상이 일어났어요. 저 책들에서도 그런 현상이 일어났어요. 하지만 다시 원래대로 돌아갔어요."

기억 전달자가 말했다.

"그렇다면 내 생각이 맞았구나. 네 눈에 빨간색이 보이기 시작한 거야."

"뭐라고요?"

기억 전달자가 한숨을 쉬었다.

"뭐라고 설명해야 할까? 일단 기억 속의 시간으로 되돌아가 보자. 모든 사물에는 고유한 형태와 크기가 있다. 지금도 여전히 그렇듯이 말이다. 하지만 옛날에는 거기에 색깔이라고 불리는 특성도 있었단다.

색깔에는 여러 가지가 있는데 그중 하나가 빨강이라는 색이다. 바로 네 눈에 보이기 시작한 색을 말하지. 네 친구 피오나가 바로 빨강 머리를 하고 있다. 실제로 상당히 두드러지는 색이다. 나는 아까 이미 네가 그 색을 볼 수 있게 되었다는 걸 알았단다. 네가 피오나의 머리카락에 대해 이야기했을 때, 네 눈에 어쩌면 빨간색이 보이기 시작했을지 모른다고 생각했지."

"그럼 사람들 얼굴은요? 기념식에서 제가 봤던 사람들 말이에요."

기억 전달자가 고개를 가로저었다.

"아니야, 피부색은 빨간색이 아니란다. 하지만 빨간 색조를 띠고 있지. 나중에 기억을 통해 너도 알게 되겠지만 예전에는 인간의 피부색이 서로 다를 때가 있었다. 우리가 '늘 같음 상태'에 들어가기 전이었지. 오늘날에는 사람들 피부색은 모두 똑같고 네가 본 것처럼 조금은 빨간 색조를 띠고 있다. 사람들 얼굴 색깔을 네가 봤을 때 아마도 사과나 네 친구 머리카락처럼 색깔이 진하거나 생생하진 않았을 거야."

기억 전달자가 갑자기 싱긋 웃었다.

"우리는 결코 '늘 같음 상태'를 완벽하게 정복하지 못했어. 지금도 유전 과학자들은 '다른' 부분들을 없애기 위해 열심히 연구하고 있을 거야. 그 사람들이 피오나의 머리카락 색깔을 알게 되면 아마 흥분해서 미쳐 버릴 게 틀림없어."

조너스는 그 말을 이해하려고 애쓰면서 듣고 있었다.

"그러면 썰매는요? 썰매도 빨간색이었어요. 하지만 그 색깔은 다시 바뀌지 않았어요, 기억 전달자님. 계속해서 그 색깔 그대로였어요."

"색깔이 있었던 시절에 생긴 기억이니까 그런 거야."

"그건 정말……. 아, 제 말이 좀 더 정확하면 좋겠어요! 빨간색은 정말 아름다웠어요!"

기억 전달자가 고개를 끄덕였다.

"네 말이 맞다."

"선생님께는 항상 그게 보이나요?"

"내 눈에는 그 모두가, 모든 색깔이 보인단다."

"저도 그렇게 될까요?"

"물론이지. 기억을 전달받고 나면 네게 사물 너머를 보는 능력이 생길 거야. 그런 후에 너는 색깔과 함께 지혜도 얻을 거야. 그리고 더 많은 것들도……."

조너스는 지혜에는 별 관심이 없었다. 조너스를 매료시킨 것은 바로 색깔들이었다.

"왜 모든 사람이 그것을 볼 수는 없나요? 왜 색깔들이 사라졌나요?"

기억 전달자가 어깨를 한 차례 으쓱해 보였다.

"우리들이 그쪽을 선택했어, '늘 같음 상태'로 가는 길을 택했지. 내가 있기도 전에, 이 시대보다도 전에, 옛날 아주 오랜 옛날에 말이야. 우리가 햇빛을 포기하고 차이를 없앴을 때 색깔 역시 사라져 버렸지."

그가 잠시 생각하더니 말을 이었다.

"그럼으로써 우리는 많은 것을 통제할 수 있었지. 하지만 동시에 많은 것들은 포기해야 했단다."

조너스는 아주 격렬한 어조로 소리쳤다.

"그러지 말았어야 했어요!"

기억 전달자는 조너스가 단호한 반응을 보이자 조금 놀란 듯했다. 하지만 다음 순간 그는 쓴웃음을 지으면서 말했다.

"아주 빨리 그런 결론에 도달했구나. 나는 그런 생각을 하기까지 여러 해가 걸렸는데. 어쩌면 너는 나보다 훨씬 빨리 지혜를 얻을지도 모르겠다."

기억 전달자가 벽시계를 흘깃 보았다.

"이제 엎드려라. 할 일이 너무 많아."

조너스가 침대에 다시 누우며 물었다.

"기억 전달자님, 선생님께서 기억 보유자가 되려 할 때
그 현상은 어떻게 나타났나요? 저와 마찬가지로 사물 너
머를 보는 능력이 선생님께 생겼지만 저랑은 달랐다고
하셨잖아요."

기억 전달자가 손을 조너스의 등에 대었다. 기억 전달
자가 다정하게 말했다.

"다음날에 네게 말해 주마. 다음날에 말이다. 지금은
일을 해야 해. 그리고 난 색깔에 관해 네게 도움이 될 방
법을 하나 생각해 냈단다. 이제 눈을 감고 가만히 있어라.
네게 무지개의 기억을 주마."

13

며칠이, 그리고 몇 주가 흘러갔다. 기억을 받아들이면서 조너스는 색깔들 이름을 배웠다. 비록 잠시 눈에 띄었다가 금세 사라져 버렸지만 이제 평소에도 색깔들이 보이기 시작했다.(물론 조너스는 더 이상 예전처럼 평범하게 살 수 없었고, 다시는 그러지 못하리라는 것을 알았다.) 중앙 광장 주변에 깔린 잔디나 강둑에 핀 수풀에서는 초록색을 잠깐 볼 수 있었다. 마을 바깥에 있는 농업 지대에서 트럭에 실려 온 호박들은 순간적으로 밝은 주황색으로 빛났다가 그 눈부신 색깔을 잃고 다시 밋밋하고 특색 없는 무채색으로 되돌아갔다.

기억 전달자는 조너스가 색깔을 계속 볼 수 있으려면 오랜 시간이 지나야 할 거라고 했다.

조너스가 화를 내며 말했다.

"하지만 전 색깔을 원해요! 모든 게 색깔이 없다는 건 진짜로 잘못된 일이에요!"

기억 전달자가 호기심 어린 눈길로 조너스를 보았다.

"잘못된 일이라고? 무슨 말인지 설명해 보렴."

"글쎄요."

조너스는 말을 그치고 잠시 생각한 후에 다시 입을 열었다.

"모든 게 똑같으니까 선택할 게 아무것도 없잖아요! 아침에 일어나 옷을 입을 때 제가 옷을 고르고 싶어요! 파란 옷을 입을까, 빨간 옷을 입을까 하고 말이에요."

조너스는 아무 색깔도 없는 자기 옷을 내려다보았다.

"하지만 언제나 똑같은 옷만 입어야 하는걸요."

그러고 나서 조너스는 약간 웃으면서 말했다.

"물론 기억 전달자님은 무슨 옷을 입든 중요하지 않을지도 몰라요. 그건 아무 상관없어요. 하지만……."

기억 전달자가 물었다.

"중요한 건 '선택' 그 자체란 말이지?"

조너스가 고개를 끄덕였다.

"제 어린 남동생은……."

거기까지 말하고 나서 조너스는 급히 말을 바꾸었다.

"아니, 이 말은 틀렸어요. 그 아기는 제 진짜 동생이 아니에요. 요즈음 저희 가족이 보살피는 아기인데요, 이름이 가브리엘이에요."

"그래, 나도 가브리엘을 안단다."

"가브리엘은 지금 막 많은 것을 배울 때예요. 우리가 장난감을 눈앞에 들이대면 손을 뻗어 장난감을 잡아요. 아버지가 그러시는데 지금 소근육을 조절하는 법을 배우는 중이래요. 그리고 가브리엘은 정말 귀여워요."

기억 전달자가 고개를 끄덕였다.

"하지만 저도 가끔씩 색깔을 볼 수 있으니까 그런 생각이 들어요. 가브리엘도 색깔을 볼 수 있어서 우리 가족이 빨간색, 노란색 물건을 양손에 들고 가브리엘이 그중 더 마음에 드는 걸 선택할 수 있다면 어떨까 하고요. 똑같은 색깔의 물건 대신 말이에요."

"잘못 선택할 수도 있겠지."

조너스가 잠시 숨을 들이쉬었다가 다시 말했다.

"아, 무슨 말씀인지 알겠어요. 사실 아기 장난감은 별 문제가 아닐지도 몰라요. 하지만 나중에는 아주 큰 문제로 나타나겠죠? 우리 마을에서는 사람들이 어떤 선택도 할 수 없게 되어 있어요."

기억 전달자가 물었다.

"안전하지 않기 때문이 아닐까?"

조너스가 확신에 차서 말했다.

"안전하지 않은 것은 확실해요. 사람들이 배우자를 스스로 선택할 수 있도록 허용하면 어떨까요? 그리고 배우자를 잘못 선택한다면요?"

계속해서 조너스는 마치 자기 말의 어리석음을 비웃듯
이 말했다.

"아니면 이럼 어떨까요? 사람들이 자기 직위를 스스로
선택한다면 말이에요?"

기억 전달자가 말했다.

"끔찍한 일이 벌어지겠지. 그렇다고 생각하지 않니?"

조너스는 낄낄 웃으면서 대답했다.

"굉장히 끔찍한 일이 벌어지겠죠. 상상조차 못 하겠어
요. 사람들이 잘못 선택하지 않도록 우리가 보호해야 해
요."

기억 전달자가 조용히 말했다.

"그게 훨씬 더 안전하지."

조너스가 맞장구쳤다.

"맞아요, 훨씬 안전하죠."

자신도 모르는 사이에 화제가 다른 쪽으로 옮겨가 버
리자 조너스는 굉장히 당황스러운 느낌이 들었다. 하지만
이 감정을 어떻게 이해해야 할지 알 수 없었다.

조너스는 친구들이 아무 활력도 없는 생활에 아주 만
족한다는 사실에 종종 이해할 수 없는 분노를 느꼈다. 그
리고 친구들을 전혀 변화시킬 수 없는 자신에게 무척이
나 화가 났다.

조너스는 노력했다. 기억 전달자의 허락도 받지 않은 채(허락받지 못할 게 뻔했기 때문에, 아니, 어차피 허락받지 못할 걸 알았기 때문에) 친구들에게 자신이 새로 얻은 깨달음을 전달하려고 애썼다.

어느 날 아침, 조너스는 애셔를 만나서 말했다.

"애셔, 꽃들을 주의 깊게 살펴봐."

두 사람은 공개 기록 보관소 부근에 있는 제라늄 꽃밭 옆에 있었다. 조너스는 두 손을 애셔의 어깨에 대고 제라늄 꽃잎에 정신을 집중하며 그 빨간색을 떠올렸다. 그리고 그 색을 마음속에 품는 동시에 애셔에게 전달하려고 애썼다.

"무슨 일이야? 뭐가 잘못됐어?"

애셔는 아주 불편해하면서 조너스의 손길에서 빠져나왔다. 가족 말고 다른 누군가를 만지는 건 굉장히 무례한 일이었다.

"아무 일도 아니야. 꽃이 시들고 있으니까 정원사들에게 물을 주도록 해야겠다고 잠시 생각했어."

조너스는 한숨을 쉬며 눈길을 돌렸다.

어느 날 저녁, 조너스는 새로 알게 된 사실에 커다란 부담을 느끼며 집으로 돌아왔다. 기억 전달자는 그날 무척이나 놀랍고 끔찍한 기억을 전해 주었다. 그의 손길이 등에 닿는 걸 느끼자마자 조너스는 자신이 완전히 낯선 곳에 있음을 깨달았다. 햇빛 쨍쨍한 넓고 푸른 하늘 아래 바람이 휘몰아치는 곳이었다. 풀들이 군데군데 자라고 수풀과 바위가 드문드문 있었다. 멀리 떨어진 곳에 초목이 우거진 지대가 보였다. 수평선을 콕콕 찌르며 낮은 나무들이 아주 넓게 퍼져 있었다. 시끄러운 소리들이 들려왔다. 무기들(조너스는 즉시 '총'이라는 단어를 떠올릴 수 있었다.)에서 탕 하고 나는 소리, 고함 소리, 무언가가 나뭇가지들을 부러뜨리면서 쿵 하고 넘어지는 커다란 소리가 차례로 들렸다.

서로를 부르는 목소리가 들렸다. 수풀 뒤에 숨어서 자세히 살펴보다가 조너스는 사람들의 피부색이 서로 다르던 때가 있었다는 기억 전달자의 말을 떠올렸다. 사람들 중 둘은 피부가 암갈색이었고 나머지 사람들은 흰색이었다. 좀 더 가까이 다가갔다. 넘어진 채 꼼짝하지 않는 '코끼리'로부터 사람들이 상아를 뽑아내어 나르는 게 보였다. 주변은 온통 피범벅이었다. 조너스는 빨강이라는 색깔이 전하는 새로운 느낌에 압도되어 꼼짝달싹할 수 없었다.

곧이어 남자들은 바퀴가 달린 탈것을 타고 자갈을 헤치면서 속도를 높여 지평선 쪽으로 사라졌다. 순간 자갈 하나가 조너스의 이마를 때렸다. 이마가 얼얼하게 아파 왔다. 조너스는 괴로워하면서 기억이 이제 그만 끝나기를 바랐다. 하지만 기억은 계속되었다.

잠시 후 숲속에 숨어 있던 또 다른 코끼리 한 마리가 나타났다. 그러고는 살육당한 코끼리에게 아주 천천히 다가가서 내려다보았다. 코끼리는 구부러진 코로 거대한 사체를 몇 차례 쓰다듬었다. 그러더니 다음 순간 코를 위로 뻗어 잎이 무성하게 달린 나뭇가지들을 부러뜨려 산산이 찢긴 살덩어리를 덮어 주었다.

마지막으로 코끼리는 그 거대한 머리를 치켜들고 코를 뻗어 올리더니 텅 빈 하늘을 향해 울었다. 조너스는 한 번도 그런 소리를 들어 본 적이 없었다. 그것은 격렬한 분노와 비통한 슬픔으로 가득 찬 소리였다. 그 소리는 결코 끝나지 않을 듯이 계속 이어졌다.

조너스는 눈을 떴다. 자신은 침대에 누워 괴로워하고 있음을 확인한 후에도 코끼리의 울음소리가 계속 귓전을 울렸다. 천천히 자전거 페달을 밟아 집으로 돌아올 때에도 그 울부짖음은 계속해서 들렸다.

그날 저녁, 조너스는 코끼리 위안물을 선반에서 내리는 여동생을 보고 물었다.

"릴리, 예전에는 정말 코끼리가 있었다는 걸 아니? 살아 있는 진짜 코끼리 말이야."

릴리는 낡아 빠진 위안물을 흘깃 내려다보며 히죽 웃었다. 그리고 말도 안 되는 소리 말라는 듯 비꼬는 투로 대답했다.

"그럼! 당연히 있었지, 오빠."

조너스는 릴리 곁에 가서 앉았다. 아버지가 릴리의 머리 리본을 풀고 머리를 빗겨 주고 있었다. 조너스는 손을 두 사람 어깨에 댔다. 그리고 온 힘을 들여 두 사람에게 기억 조각들을 전달하려고 애를 썼다. 괴로움에 가득 찬 울부짖음이 아니라 코끼리라는 존재 그 자체를 전하려 했다. 그 엄청나게 크고 거대한 생물과 그 코끼리가 최후를 맞은 친구를 얼마나 세심하게 어루만졌는가를.

하지만 아버지는 계속 릴리의 긴 머리를 빗기고 있을 뿐 별다른 반응이 없었다. 안절부절못하던 릴리는 결국 조너스의 손을 뿌리쳤다.

"오빠, 오빠 손으로 날 괴롭히고 있어."

"널 괴롭힌 걸 사과한다, 릴리."

조너스는 중얼거리며 릴리에게서 손을 뗐다.

"사과를 받아들일게."

릴리는 평소와 다름없이 대꾸하며 생명 없는 코끼리 위안물을 쓰다듬었다.

＊＊＊

두 사람이 그날 할 일을 준비하고 있을 때 조너스가 물었다.

"왜 아내가 없으시죠? 이 직위는 배우자를 신청하는 게 금지되어 있나요?"

무례함을 금하는 규칙은 지키지 않아도 됐지만 이 질문이 대단히 무례하다는 건 조너스도 잘 알았다. 하지만 기억 전달자는 조너스가 뭐든지 물어보도록 용기를 불어넣었다. 가장 사적인 내용을 물어도 당황하거나 기분 나빠하지 않는 듯 보였다.

전달자가 싱긋 웃었다.

"아니야, 그러지 말라는 규칙은 없다. 아내가 있었지. 넌 내 나이가 몇인지 벌써 잊어버린 모양이구나, 조너스. 내 아내는 지금 자식 없는 어른들과 함께 산단다."

"아, 그렇군요."

조너스는 기억 전달자의 정확한 나이를 잊고 있었다. 나이가 들면 마을 사람들은 생활이 완전히 바뀌었다. 더 이상 기초 가족을 이룰 필요가 없었다. 조너스와 릴리가 완전히 성인이 되면 아버지 어머니 역시 자식 없는 어른들과 함께 살 것이었다.

"너도 배우자를 신청할 수 있다, 조너스. 네가 원한다면 말이야. 하지만 남들과는 다르게 살아야 한다는 점을 명심해라. 네 거실의 가구는 다른 기초 가족들의 거실과 아주 다르게 놓일 거다. 왜냐하면 마을 사람들이 책을 접하는 것은 금지되어 있기 때문이다. 책에 접근할 수 있는 건 너와 나뿐이지."

조너스는 책꽂이에 빼꼭히 꽂힌 책들을 놀란 얼굴로 둘러보았다. 때때로 책 색깔이 보였다. 지금도 마찬가지였다. 기억 전달자와 함께 이야기하거나 기억을 전달받으면서 시간을 함께 보냈지만, 조너스는 아직까지 책을 단한 권도 펼쳐 본 적이 없었다. 하지만 여기저기 제목을 읽으면서 조너스는 그 책들에 몇십 세기에 걸친 인류의 지식 전체가 담겨 있음을 알게 됐다. 그리고 언젠가 시간이 흐르면 그 모두가 자기 책이 된다는 것도 알았다.

"만일 제가 아내를 얻고 아이들을 키우게 되면 책을 숨겨야 하나요?"

기억 전달자가 고개를 끄덕였다.

"책을 배우자와 공유하는 건 허용되지 않는다. 그게 옳은 일이란다. 다른 힘든 일도 있지. 새로운 기억 보유자는 자신이 받는 훈련에 관해 이야기할 수 없다는 규칙을 기억하고 있지?"

조너스가 고개를 끄덕였다. 물론이었다. 그 규칙은 조너스가 지켜야 하는 규칙들 중에서 가장 당혹스러웠다.

"훈련이 끝나서 공식 기억 보유자가 되면 완전히 새로운 규칙들이 주어질 것이다. 지금까지 내가 지켜 온 규칙들이다. 새로운 기억 보유자를 제외하고는 그 누구에게도 내 일에 대해 말할 수 없지. 이런 규칙도 지금 너에게는 그리 놀라운 게 아닐 거다. 그 새로운 기억 보유자가 바로 너다.

네 인생 중 어떤 부분도 가족과 함께 나눌 수 없을 거다. 그건 쉬운 일이 아니야, 조너스. 나 역시 마찬가지였다. 이게 바로 내 인생이라는 걸 넌 이해할 수 있겠지? 기억 말이다."

조너스는 고개를 끄덕였지만 여전히 혼란스러웠다. 인생이란 매일 자신이 하는 일들이 쌓여서 이루어지지 않던가? 실제로 다른 인생 따위는 상상해 본 적도 없었다.

"기억 전달자님께서 산책하시는 걸 본 적이 있어요."

기억 전달자가 한숨을 쉬었다.

"늘 산책을 하지. 식사 시간이면 밥을 먹고. 원로 위원회에서 호출을 받으면 거기 가서 상담과 조언을 하지."

"기억 전달자님께서는 원로들에게 조언을 자주 하시나요?"

조너스는 언젠가 자신이 원로들에게 조언을 하는 사람이 된다는 사실에 조금 놀랐다.

하지만 기억 전달자는 그렇지 않다고 말했다.

"그런 일은 드물어. 원로들은 이전에 경험하지 못한 무언가에 직면했을 때에만 내 조언을 원하지. 하지만 무척 드문 일이야. 때때로 원로들이 내 지혜를 더 자주 청했으면 하고 바랄 때도 있어. 난 원로들에게 말해 줄 수 있는 것들이 무척이나 많고, 원로들이 내 말을 듣고 조금은 바뀌었으면 하기 때문이지. 하지만 원로들은 변화를 원하지 않아. 여기 생활은 늘 질서 정연하고 예측이 가능해. 그래서 별로 힘이 들지 않지. 이 삶은 바로 원로들이 선택한 결과야."

"그렇다면 원로들이 기억 보유자를 필요로 하는 이유를 모르겠어요. 만약에 기억 보유자를 부를 필요가 별로 없다면 말이에요."

"원로들은 나를 필요로 해. 그리고 너 역시 필요로 한단다. 그들은 십 년 전에 사실을 깨달았지."

기억 전달자는 그렇게 말해 놓고는 더 자세한 설명은 하지 않았다.

"십 년 전에 무슨 일이 일어났나요? 아, 알겠어요. 기억 전달자님께서 후계자 한 사람을 훈련하려고 하셨는데 그 일이 실패로 돌아갔죠? 왜죠? 왜 그 일이 원로들에게 기억 보유자가 필요하다는 걸 깨닫게 했을까요?"

기억 전달자는 희미하게 웃음 지었다.

"새로운 기억 보유자가 실패했을 때 그녀가 전달받은 기억들이 풀려 나갔다. 그 기억들은 내게 돌아오지 않았어. 그것들은 사라져……."

기억 전달자는 말을 멈추었다. 그 생각을 어찌 말해 주어야 할지 고심하는 듯 보였다.

"정확한 건 나도 몰라. 아마도 그 기억들은 기억 보유자들이 태어나기 전, 기억들이 한때 존재하던 장소로 가버렸어. 저 바깥의 어떤 곳……."

기억 전달자는 팔로 모호한 몸짓을 했다.

"그 당시 사람들은 기억들에 접근할 수 있었지. 아주 오랜 옛날에 그랬던 것처럼 말이야. 모든 사람이 기억을 갖게 된 거야. 그 결과 엄청난 혼란이 찾아왔어. 한동안 사람들은 정말 고통을 겪었지. 사람들의 머릿속에서 기억들을 회수하고 나서야 비로소 혼란이 끝났어. 그 사태가 있고 나서야 원로들은 그 모든 고통과 지식을 품고 있을 기억 보유자가 얼마나 필요한지 깨달았지."

"그렇지만 기억 전달자님께서는 항상 고통을 겪어야 하잖아요."

조너스가 날카롭게 지적했다. 기억 전달자는 고개를 가만히 끄덕였다.

"그건 너 역시 마찬가지야. 이렇게 사는 게 내 인생이야. 네 인생도 마찬가지고."

조너스는 자신의 인생을 생각했다. 앞으로 인생이 어떤 모습으로 나타날까를 생각했다.

"산책하고 밥 먹고……."

조너스는 잠시 말을 멈추고 나서 책으로 가득한 벽을

둘러보았다.

"책 읽고? 그런 건가요?"

기억 전달자가 고개를 저었다.

"그것들은 단지 내가 하는 행위일 뿐이야. 내 인생은 여기에 있다."

"이 방 안에요?"

기억 전달자가 다시 고개를 저었다. 그는 두 손을 얼굴과 가슴에 갖다 댔다.

"아냐, 오직 내 안에. 기억들이 있는 곳에."

조너스는 열변을 토했다.

"과학 기술 선생님들이 제게 뇌가 어떻게 작동하는지 가르쳐 주셨어요. 뇌는 전극으로 가득 차 있대요. 마치 컴퓨터처럼 말이에요. 전극으로 뇌의 한 부분을 자극하면 뇌는……."

조너스는 말을 멈추었다. 기억 전달자의 얼굴에 이상한 표정이 떠올라 있었다.

"그자들은 아무것도 몰라."

기억 전달자가 냉혹하게 말했다.

조너스는 충격을 받았다. 조너스가 여기로 온 첫날부터 두 사람은 무례함에 관한 규칙들을 무시해 왔다. 조너스는 그 사실에 편안함을 느꼈다. 하지만 이번에는 달랐다. 기억 전달자가 방금 한 말은 무례함을 훨씬 넘어서는 말이었다. 이건 끔찍한 죄였다. 누군가가 이 말을 들었다면 어떻게 될까?

조너스는, 언제나 그럴 수 있듯이 원로 위원회에서 들었을지도 모른다는 사실에 공포를 느끼며 벽의 스피커를 재빨리 보았다. 하지만 둘이 함께하는 수업 시간이면 늘 그렇듯이 스위치는 꺼져 있었다.

조너스가 신경질적으로 말했다.

"아무것도 모른다고요? 하지만 선생님들은…….."

기억 전달자는 마치 무시하듯이 손을 휘저었다.

"아, 네 선생님들은 잘 훈련받았지. 과학적 사실들을 잘 알고 있어. 다른 사람들도 모두 자기 일을 잘 처리할 수 있게 훈련되어 있지. 음, 하지만…… 기억 없이는 그 모든 게 다 무의미해. 사람들은 내게 그 짐을 넘겼지. 이전의 기억 보유자에게도 그리고 그 이전의 기억 보유자에게도."

조너스가 언제나 따라오는 구절을 안다는 듯 뒤를 이어서 말했다.

"그리고 옛날 옛날의 기억 보유자에게도요."

기억 전달자가 미소를 지었지만 그 미소는 어딘지 모르게 뒤틀려 있었다.

"그래. 그리고 다음 기억 보유자는 네가 될 거야. 대단한 영예이지."

"맞아요, 기억 전달자님. 사람들이 기념식에서 제게 그렇게 말했어요. 최고의 영예라고요."

***

가끔 어떤 날 오후에는 기억 전달자가 아무 훈련도 시키지 않고 조너스를 집으로 돌려보냈다. 기억 전달자가 꽉 웅크린 채 창백한 얼굴로 몸을 조금씩 앞뒤로 흔드는 날에는 예외가 없었다.

그런 날이면 기억 전달자는 아주 딱딱한 목소리로 이렇게 말하곤 했다.

"집에 돌아가거라. 오늘은 무척 힘들구나. 내일 다시와라."

그런 날이면 조너스는 한편으로 걱정이 되고 한편으로 풀이 죽어서 혼자 강둑을 걷곤 했다. 각종 배달부들과 조경사들만이 바삐 거리를 오갔다. 어린아이들은 학교 수업이 끝나면 모두 어린이의 집에 가 있어야 했다. 그 애들보다 나이가 좀 더 많은 아이들은 자원봉사를 하거나 직무훈련을 받느라고 바빴다.

조너스는 혼자 조용히 기억을 시험했다. 나뭇잎의 고유색이라고 알게 된 초록색을 보려고 관목 숲을 뚫어지게 바라보았다. 반짝하는 느낌과 함께 초록색이 머릿속으로 들어오면 온 정신을 집중하여 그 색깔이 금세 사라지지 않도록 색을 더 진하게 만들려고 애썼다. 그러고는 골치가 아플 때까지 가능한 한 오랫동안 그 색깔을 머릿속에 담았다가 사라지게 했다.

조너스는 다시 눈을 돌려 단조롭게 펼쳐진 무채색 하늘에서 파란색을 느꼈다. 그러다가 마침내 순간이나마 따사로움을 느낄 때까지 햇볕을 떠올렸다.

이제 조너스는 강을 가로지르는 다리 밑에 서 있었다. 마을 주민들은 공적인 일이 있을 때에만 다리를 건널 수 있었다. 조너스 역시 수학여행 때 다리를 건너 다른 마을을 방문한 적이 있었다. 다리 너머에는 균일하고 평탄하며 잘 정리된 농업 지대가 있었다. 다른 마을 역시 이 마을과 아주 비슷했다. 차이가 있다면 단지 집들 모양이 조금 다르고 수업 진행 방식이 약간 다른 정도였다.

조너스는 아직 한 번도 가 보지 못한 아주 먼 곳에는 무엇이 있을까 궁금했다. 땅은 이웃 마을들 너머에서도 끝나지 않았다. 거기에는 언덕이 있을까? 기억 속에서 본 장소처럼 바람이 세차게 부는 지역이 있을까? 코끼리가 죽은 곳이 있을까?

❋❋❋

"기억 전달자님, 왜 그렇게 괴로워하세요?"

수업 없이 되돌아갔던 그다음 날 오후에 조너스가 이렇게 물었다. 기억 전달자가 아무 대답이 없자 조너스가 계속해서 말했다.

"수석 원로님이 처음에 제게 말씀하셨어요. 기억을 전수받는 것은 끔찍한 고통을 가져온다고요. 그리고 지난번 새 기억 보유자가 실패했을 때 마을 사람들에게 고통스러운 기억들이 풀려 버렸다고 설명하셨잖아요."

조너스가 미소를 띠면서 말했다.

"하지만 전 경험하지 못했어요. 기억 전달자님, 정말이지 한 번도 고통스럽지 않았어요. 아, 첫날에 기억 전달자님께서 제게 주신 '햇볕에 탄 기억'이 생각나요. 하지만 그건 별로 끔찍하지 않았어요. 기억 전달자님을 그토록 고통스럽게 하는 게 대체 뭐지요? 만일 그 고통을 조금이라도 제게 주신다면 기억 전달자님의 고통이 덜어질 텐데요."

기억 전달자가 고개를 끄덕였다.

"누워라. 때가 된 것 같구나. 널 영원히 보호해 줄 순 없다. 너도 드디어 그 모두를 맡아야 할 때가 된 거다. 자, 잠시 생각해 보자."

조너스는 침대 위에 누워 조금 두려워하며 기다렸다. 기억 전달자가 잠시 후 말했다.

"좋아, 결정했다. 일단 네가 아는 기억에서 시작해 보자. 다시 한 번 언덕과 썰매로 가 보자."

기억 전달자가 두 손을 조너스의 등에 대었다.

14

지난번 기억과 매우 비슷한 풍경이었다. 언덕이 좀 더
가파르고 눈이 전처럼 많이 내리지 않을 뿐이었다.

날씨는 마찬가지로 추웠다. 썰매를 타려고 기다리면서
언덕 꼭대기에 앉아 있을 때, 조너스는 땅에 두껍고 푹신
하게 눈이 깔린 대신 딱딱하고 푸르스름한 얼음이 덮인
걸 볼 수 있었다.

썰매가 앞으로 움직이자 조너스는 기대와 즐거움에 차
서 히죽 웃었다. 아찔한 느낌과 함께 상쾌한 공기를 가르
면서 썰매를 타길 얼마나 기다려 왔던가.

하지만 썰매 날은 얼어붙은 대지를 가르듯이 달리지
못했다. 지난번 눈 쌓인 언덕에서 타던 것과 완전히 달랐
다. 썰매가 순간 옆쪽으로 미끄러졌고 점점 빨라졌다. 조
너스는 밧줄을 당겨서 썰매를 조종하려고 애썼지만 언덕
이 너무 가파르고 속도가 지나치게 빨라서 아무것도 할

수 없었다. 날아갈 듯 자유로운 느낌을 즐기는 대신에 두려움이 닥쳐왔다. 조너스는 공포에 질린 채 썰매에 자신을 내맡길 수밖에 없었다. 썰매는 얼음 위를 미끄러지면서 가속이 붙어서 점점 더 빨리 아래쪽으로 질주했다.

옆쪽으로 휙 돌더니 썰매가 언덕의 툭 튀어나온 부분에 부딪혔다. 조너스는 엄청난 충격과 함께 줄을 놓치고 세차게 공중으로 떠올랐다. 떨어지면서 다리가 꺾이고 뼈가 부러지는 소리가 들렸다. 얼굴은 들쭉날쭉한 얼음 표면에 닿으면서 세게 긁혔다. 마침내 멈추었을 때 조너스는 커다란 충격을 받아 정신을 차릴 수가 없었다. 공포감 말고는 아무것도 떠오르지 않았다.

그 직후 고통의 물결이 밀려왔다. 조너스는 숨을 헐떡였다. 마치 작은 도끼가 다리에 박혀서 날카로운 날로 신경 하나하나를 모조리 베어 내는 듯했다. 불길이 부러진 뼈와 찢긴 살덩어리들을 핥아 대는 것 같은 극심한 고통 속에서, 조너스는 '불로 지지다'라는 단어를 알게 되었다. 움직이려고 애썼지만 몸이 말을 듣지 않았다. 고통이 점점 커져 왔다.

조너스는 커다랗게 비명을 질렀다. 그러나 아무 대답도 없었다.

흐느껴 울면서 조너스는 고개를 돌려서 얼어붙은 눈 위에 토했다. 피가 얼굴에서부터 토사물 속으로 뚝뚝 떨어졌다.

"그마아아안!"

조너스가 소리쳤다. 그 울부짖음은 텅 빈 풍경 속으로, 바람 속으로 메아리쳐서 사라져 버렸다.

다음 순간, 갑자기 조너스는 별채의 방 안 침대 위에서 몸부림치고 있었다. 얼굴은 이미 눈물범벅이었다.

마침내 움직일 수 있게 되자 조너스는 몸을 앞뒤로 흔들면서 고통스러운 기억을 떨쳐 버리기 위해 크게 심호흡을 했다. 그리고 다리를 바라보았다. 다리는 아무 일도 없었다는 듯이 침대에 똑바로 펴져 있었다. 무시무시했던 고통은 이미 사라졌지만 다리는 여전히 지독하게 아팠다. 얼굴도 온통 일그러져 있었다.

"진통제를 먹어도 될까요?"

조너스가 간청했다. 멍이 들었을 때, 상처가 났을 때, 손가락이 부러졌을 때, 속이 쓰릴 때, 자전거에서 떨어져 무릎이 까졌을 때를 대비해서 늘 약을 갖고 있었다. 보통은 마취 연고를 바르거나 알약을 복용했지만 심한 경우에는 순식간에 고통을 완전히 제거해 주는 주사를 맞았다.

하지만 기억 전달자는 안 된다고 말하며 조너스의 얼굴을 외면했다.

저녁 무렵, 조너스는 절뚝거리면서 자전거를 끌고 집으로 갔다. 이에 비하면 전날 햇볕에 화상을 입어서 아팠던 것은 아주 작은 고통이었다. 게다가 그때는 고통이 길지 않았다. 그러나 이번에는 아직도 온몸이 저릿했다.

물론 언덕에서 겪었던 고통에 비하면 못 견딜 정도는 아니었다. 조너스는 용감해지려고 애썼다. 수석 원로가 자신을 용감하다고 말했던 걸 떠올렸다.

저녁 식사 때 아버지가 물었다.

"어디 아프니, 조너스? 오늘 저녁엔 너무 조용하구나. 기분이 나쁘니? 약을 좀 줄까?"

그러나 조너스는 훈련과 관련된 일에는 어떠한 경우에도 약을 쓸 수 없다는 규칙을 기억하고 있었다. 그리고 자신이 받은 훈련에 대해 다른 사람한테 이야기할 수 없다는 규칙도.

느낌을 나누는 시간이 되자 조너스는 그냥 좀 피곤하다고, 오늘 훈련이 여느 때와는 달리 힘들었다고 말했다.

조너스는 일찍 잠자리에 들었다. 닫힌 문 너머에서 아버지 어머니와 여동생이 가브리엘에게 저녁 목욕을 시키면서 웃는 소리가 들려왔다.

'다들 진짜 고통은 한 번도 느끼지 못했겠지.'

그렇게 생각하자 갑자기 절망적인 외로움이 밀려왔다. 조너스는 욱신거리는 다리를 문지르다가 마침내 잠에 빠졌다. 그리고 적막한 언덕에서 고통과 고독에 시달리는 꿈을 꾸고 또 꾸었다.

✳✳✳

훈련은 매일 계속되었고, 그때마다 조너스는 극심한 고통을 느꼈다. 기억 전달자는 조너스를 과거의 아프고 끔찍한 기억 속으로 데리고 갔다. 고통은 점차 깊어졌고 조너스는 이제 부러진 다리에서 오는 고통 정도는 단지 대수롭지 않은 불쾌감 정도로 느끼기 시작했다. 친절하게 도 기억 전달자는 매일 오후 늦은 시간을 색깔로 가득한 즐거운 기억으로 마무리했다. 배를 타고 청록색 호수를 신나게 달리고, 노란색 야생화가 여기저기 피어난 풀밭에 서 뒹굴고, 산 너머로 주황빛 태양이 지는 광경을 보았다.

하지만 그런 정도로는 이제 조너스가 겪기 시작한 고통을 달래기에 충분치 않았다.

"왜죠?"

굶주림과 멸시에 고통당하는 기억을 전해 받은 후 조너스가 기억 전달자에게 물었다. 배고픔 때문에 위가 텅 빈 채 부풀어 오르자 쓰라린 경련이 일어났다. 조너스는 그 아픔에 시달리면서 침대에 누워 있었다.

"어째서 기억 전달자님과 제가 이 기억들을 품고 있어 야 하나요?"

기억 전달자가 답했다.

"기억은 우리에게 지혜를 주기 때문이다. 지혜가 없었

다면 원로 위원회에서 나를 불렀을 때 아무런 조언도 할 수 없었을 게다."

"그렇지만 굶주림에서 무슨 지혜를 얻어요?"

조너스가 투덜대면서 말했다. 기억을 전달받는 건 이미 끝났는데도 위가 아직 쓰라렸다. 기억 전달자가 말했다.

"몇 년 전 그러니까 네가 태어나기 전에 많은 주민들이 입을 모아 원로 위원회에 청원했단다. 출생률을 늘려 달라는 거였지. 산모 한 사람마다 아기 셋이 아니라 넷을 출산하도록 하려고 했어. 그렇게 인구를 늘려서 더 많은 일꾼들이 생기기를 원했지."

귀 기울여 듣고 나서 조너스는 고개를 끄덕였다.

"일리가 있는 말이네요."

"기초 가족 하나마다 아기 한 명을 더 받아들이자는 생각이었지."

조너스가 고개를 끄덕였다.

"저희 가족도 그랬어요. 올해 가브리엘을 데려왔는데 세 번째 아이가 있는 것도 무척 즐거웠어요."

기억 전달자가 말했다.

"그때 원로 위원회가 내 조언을 구했지. 원로들이 보기에도 일리가 있는 생각이었거든. 하지만 그전에는 단 한 번도 경험해 보지 못했던 새로운 생각이었어. 그래서 원로들은 지혜를 얻으려고 날 찾아왔지."

"기억 전달자님은 지혜를 얻으려고 기억을 이용하셨군요?"

기억 전달자가 고개를 끄덕였다.

"그때 내 머릿속에 떠오른 가장 강한 기억이 굶주림이었지. 그 기억은 몇 세대 전으로부터 내려왔어. 어쩌면 몇 백 년 전에 있었던 일일지도 몰라. 인구가 너무 늘어서 전 세계가 굶주림에 허덕였지. 굶주림에 모두가 시달렸어. 결국 전쟁이 일어났단다."

'전쟁?'

이 단어는 조너스가 알지 못하는 말이었다. 하지만 굶주림은 이제 친숙했다. 조너스는 자신도 모르게 배를 살살 문지르면서, 채워지지 않은 욕구가 빚어낸 고통을 떠올렸다.

"그래서 기억 전달자님은 그 사실을 원로들에게 알려 주셨나요?"

"원로들은 고통에 대해 듣고 싶어 하지 않아. 단지 조언을 구할 뿐이지. 난 단지 그들에게 인구를 늘려서는 안 된다고 충고했을 뿐이야."

"하지만 그 일은 제가 태어나기 전 일이라고 하셨잖아요. 원로들은 기억 전달자님에게 조언을 구하는 일은 좀처럼 없다면서요. 단지 원로들이…… . 전에 뭐라고 하셨죠? 이전에 단 한 번도 접해 보지 못한 문제가 생겼을 때라고 하셨죠? 또 언제 그런 일이 있었나요?"

"비행기가 마을 위를 날아갔던 날을 기억하니?"

"예, 무서웠어요."

"원로들도 마찬가지였단다. 원로들은 그 비행기를 쏘아 떨어뜨리려고 했지. 하지만 그러기 전에 내 조언을 구했다. 난 그들에게 기다리라고 말했지."

"하지만 어떻게 아셨어요? 조종사가 길을 잃었다는 걸 말이에요?"

"나도 몰라. 기억에서 얻은 지혜를 사용했지. 과거 시대, 그러니까 네가 경험했던 끔찍한 시대에는 공포감에 질린 사람들이 다른 사람들을 서둘러 공격하다가 오히려 자신들이 파멸하고 만 경우가 많았어. 난 그걸 이미 알고 있었을 뿐이란다."

순간 조너스는 깨닫고는 천천히 말했다.

"그 말씀은, 기억 전달자님께 그렇게 파멸한 기억이 있다는 말씀이로군요. 그리고 기억 전달자님은 그 기억들을 제게 넘기실 테죠. 제가 그걸 기억하고 지혜를 얻어야 하니까요."

기억 전달자가 고개를 끄덕였다.

"하지만 그건 고통스럽겠죠."

조너스가 말했다. 질문한 게 아니었다.

"끔찍하게 고통스러울 거야."

기억 전달자가 시인했다.

"하지만 모든 사람이 기억을 품을 수는 없나요? 모두 조금씩 기억을 함께 나눈다면 일이 쉬울 거라고 생각해요. 모든 사람이 이 일에 참여한다면 기억 전달자님과 제가 그렇게나 많은 고통을 떠맡을 필요가 없잖아요."

기억 전달자가 한숨을 쉬었다.

"네 말이 맞다. 하지만 그러면 모든 사람이 부담을 느끼고 고통을 당할 거야. 사람들은 그걸 원하지 않아. 그게 바로 기억 보유자가 사람들에게 필요하고 그들에게 존경받는 진짜 이유지. 사람들은 그 짐을 덜기 위해 날 선출한 거야. 너도 마찬가지고."

조너스가 화가 나서 물었다.

"언제 그런 결정을 했나요? 공평하지 않아요. 우리가 그걸 바꿔요!"

"어떤 식으로 얘기를 꺼낼 거냐? 난 여태껏 그런 식으로는 생각하지도 못했다. 여기서 내가 가장 지혜로운 사람인데도 말이야."

조너스는 열의를 다해서 말했다.

"하지만 지금은 이곳에 우리 둘이 있잖아요. 함께 힘을 합하면 무언가를 생각해 낼 수 있을 거예요!"

기억 전달자가 쓴웃음을 지으며 조너스를 바라봤다.

"우리가 규칙을 바꾸자고 할 순 없나요?"

기억 전달자는 웃음을 터뜨렸다. 조너스 역시 마지못해 싱긋 웃었다.

기억 전달자가 말했다.

"그 결정은 우리 시대보다 훨씬 전에 내려졌어. 이전 기억 보유자의 시대 전에, 그리고……."

기억 전달자가 말을 그쳤다.

"더 옛날 옛날에 말이죠."

조너스가 그 친숙한 말을 반복했다. 그 말은 때로는 우습게 들렸고, 때로는 아주 의미 있고 중요한 말로 들렸다.

하지만 그 말이 이제는 무척 불길하게 들렸다. 그건 이제 더 이상 아무것도 바뀌지 않으리라는 사실을 뜻했다.

***

아기 가브리엘은 쑥쑥 자라서, 보육사들이 매달 실시하는 성숙도 테스트도 통과했다. 가브리엘은 이제 혼자서 일어나 앉거나, 손을 내밀어 작은 장난감을 잡을 수도 있었다. 이도 여섯 개나 났다. 아버지는 낮 시간에는 아기가 명랑하고 정상적인 지능을 가진 것처럼 보인다고 보고했다. 하지만 밤만 되면 칭얼대면서 자주 울기 때문에 수시로 돌봐 줘야 했다.

어느 날 저녁, 가브리엘이 목욕을 하고 아기 바구니 대신 작은 아기용 침대에 누워서 하마 위안물을 가만히 안고 있을 때 아버지가 말했다.

"이렇게 공을 더 들이고 나니 가브리엘을 임무 해제하라는 결정이 안 내려졌으면 좋겠구나."

어머니가 말했다.

"어쩌면 임무 해제가 최선일지도 몰라. 당신이 밤마다 아기와 함께 깨어 있는 걸 꺼리지 않는다는 건 알아. 하지만 나는 잠이 부족해서 엄청나게 힘들어."

"만일 가브리엘이 임무 해제된다면 우리 가족이 다른 아기를 손님으로 맞을 수 있을까요?"

릴리가 물었다. 릴리는 아기 침대 옆에 무릎을 꿇은 채 아기에게 우스꽝스러운 표정을 지어 보였다. 아기도 릴리를 보고 웃었다.

어머니가 당황해서 눈이 휘둥그레졌다.

"아니야, 그런 일은 없을 거야."

아버지가 웃으면서 말하고는 릴리의 머리카락을 만졌다.

"가브리엘처럼, 아기의 상태가 어떻다고 말하기 힘든 경우는 매우 드물단다. 아마 아주 오랫동안 이런 일은 다시 일어나지 않을 거야."

아버지는 한숨을 쉬었다.

"어쨌든 한동안은 결정을 내리지 않을 거야. 지금 보육사들은 모두 임무 해제를 준비하고 있어. 곧 그 일이 닥칠

거거든. 다음 달에 쌍둥이를 낳는 산모가 있어."

어머니가 고개를 저으며 말했다.

"어머나, 여보, 만약 일란성 쌍둥이라면 당신이 그 일을 맡지 않았으면 좋겠어……."

"순서상 내 차례야. 기를 아기와 임무 해제할 아기 중 하나를 선택해야 해. 그리 어렵진 않아. 대개 체중에 따라 결정하거든. 둘 중에서 더 가벼운 아이를 임무 해제하지."

아버지의 말을 들으면서 조너스는 갑자기 다리를 떠올렸고, 그 위에 서서 '다른 마을은 어떨까?' 하고 궁금해하던 걸 생각했다. 임무 해제된 조그마한 아기를 받아들일 사람이 혹시 거기에서 기다리지는 않을까? 그러면 아기는 자기와 똑같이 생긴 아이가 이 마을에 산다는 걸 결코 알지 못한 채 다른 곳에서 자라게 될까?

조너스는 매우 어리석은 생각이라는 걸 뻔히 알면서도 잠시나마 작은 희망이 생기는 걸 느꼈다.

'아기를 기다리는 사람이 라리사라면 얼마나 좋을까?'

조너스는 언젠가 자신이 목욕시켜 주었던 라리사를 떠올렸다. 그 반짝이는 눈과 부드러운 목소리 그리고 낮은 웃음소리가 생각났다. 피오나는 라리사가 멋진 기념식과 함께 임무 해제되었다고 말해 주었다.

하지만 노인들은 결코 아이들을 기르도록 허용되지 않았다. 다른 곳에서도 라리사는 다른 노인들과 마찬가지로 조용하고 평온하게 살아갈 것이다. 라리사 역시 때맞춰 먹이고 돌보아야 하며 밤이면 울어 대는 아기를 양육할 책임은 지려고 하지 않을 것이다.

그때 조너스의 머릿속에 멋진 생각이 떠올랐다.

"어머니? 아버지? 오늘밤엔 가브리엘 침대를 제 방에 두는 게 어떨까요? 가브리엘을 어떻게 먹이고 달래야 하는지는 저도 알아요. 오늘 밤만이라도 제가 돌보면 두 분은 편히 주무실 수 있으실 거예요."

아버지가 믿을 수 없다는 표정으로 말했다.

"조너스, 넌 한번 잠들면 업어 가도 모르잖아. 아기가 깨어서 울어도 네가 깨지 않으면 어떡하지?"

릴리가 대신 답했다.

"아무도 돌봐 주지 않으면 가브리엘이 몹시 큰 소리로 울어서 온 가족을 다 깨울 거예요. 오빠가 계속 잔다면 말이에요."

아버지가 웃음을 터뜨렸다.

"네 말이 맞다, 릴리. 좋아, 조너스, 한번 그렇게 해 보자. 오늘 밤만 말이다. 네가 잘해 주면 나도 오늘은 좀 쉴 수 있고 어머니도 좀 잘 수 있을 거야."

***

초저녁에는 가브리엘이 잘 잤다. 조너스는 침대에 누운 채 한동안 잠을 이루지 못했고, 이따금씩 몸을 일으켜 아기 침대를 들여다보았다. 가브리엘은 엎드려서 팔을 머리 옆에 둔 채 눈을 감고 있었다. 편안하고 고른 숨소리였다. 그렇게 아기를 보다가 마침내 조너스도 잠이 들었다.

하지만 한밤중에 아기가 깨어 칭얼대는 소리가 들렸다. 조너스는 잠에서 깼다. 가브리엘은 이불 아래에서 몸을 뒤척이면서 팔을 심하게 흔들고 보채기 시작했다.

조너스는 침대에서 일어나 가브리엘에게 다가갔다. 그러고는 부드럽게 그 등을 두드렸다. 어떤 때는 이렇게 해주기만 해도 가브리엘은 다시 잠들었다. 하지만 오늘 밤은 아니었다. 가브리엘이 여전히 이리저리 뒤치는 게 손바닥에 느껴졌다.

계속 아기 등을 두드리면서 조너스는 얼마 전에 기억전달자가 전해 준 멋진 항해의 기억을 떠올리기 시작했다. 화창하고 바람이 살랑살랑 부는 날이었다. 맑고 푸른 호수 위를 달리는 보트를 타고 있었다. 배가 앞으로 나아감에 따라 기분 좋은 바람을 타고 흰 돛이 부풀었다.

조너스는 자신이 기억을 전하고 있음을 깨닫지 못했다. 그러다 갑자기 기억이 희미해지며 손을 통하여 아기에게 미끄러져 들어가는 걸 느꼈다. 그에 따라 아기가 조금씩 진정되어 갔다. 놀란 조너스는 남은 기억에 정신을 집중하여 기억을 끌어들였다. 그리고 아기의 조그마한 등에서 손을 뗀 다음 아기 침대 옆에 가만히 서 있었다.

조너스는 보트를 탄 기억을 다시 떠올려 보았다. 기억은 머릿속에 여전히 있었지만, 하늘은 덜 푸르렀고 보트의 부드러운 움직임은 느릿했다. 호수의 물결은 더 어둡고 희미했다. 한동안 그 기억을 더 떠올려 보면서 놀란 가슴을 달랜 후 조너스는 기억이 머릿속에서 사라지도록 두고 침대로 돌아갔다.

새벽이 가까워지자 또다시 아기가 깨어 울어 댔다. 조너스는 다시 아기에게 다가갔다. 그리고 조심스럽게 손을 아기 등에 대고, 호수 위에서 보낸 평화로운 날의 나머지 부분을 전해 주었다. 가브리엘이 다시 잠들었다.

하지만 조너스는 잠에서 완전히 깨어 이리저리 뒤척이면서 누워 있었다. 이제 그 기억은 머릿속에 한 조각도 남아 있지 않았다. 조너스는 그 기억이 있던 조그마한 자리가 빈 것을 느꼈다. 기억 전달자에게 다른 항해 기억을 전해 달라고 부탁할 수 있을 것이었다. 어쩌면 다음에 받을 항해 기억은 바다 위를 항해한 기억일 것이다. 조너스에게는 이미 바다에 관한 기억이 있어서 바다가 어떤지 알고 있었다. 조너스가 전해 받아야 할 기억 중에는 범선을 탄 기억도 있을 것이었다.

조너스는 물려받았던 기억을 가브리엘에게 전했다고

기억 전달자에게 고백해야 하는지 혼란스러웠다. 아직 자신은 기억 전달자의 자격이 없었고 가브리엘 역시 기억 보유자로 선출되지 않았다.

자신에게 기억을 전달하는 능력이 있다니 너무도 놀라웠다. 결국 조너스는 이 일에 대해 입을 닫기로 결심했다.

15

방으로 들어가자마자 조너스는 오늘은 그냥 돌아가야 할 날임을 알아차렸다. 기억 전달자는 두 손으로 얼굴을 감싼 채 의자에 앉아 꼼짝도 하지 않았다.

"내일 올게요, 기억 전달자님."

조너스는 재빨리 말했다. 그리고 다음 순간 주저하면서 덧붙였다.

"제가 도와드릴 수 있는 일이 없다면 말이에요."

기억 전달자가 조너스를 쳐다보았다. 그 얼굴은 고통으로 일그러져 있었다. 기억 전달자가 헐떡이면서 말했다.

"제발, 고통을 좀 가져가라."

조너스는 기억 전달자를 부축해서 침대 옆 의자로 가도록 도왔다. 그다음 재빨리 제복 상의를 벗고 엎드려 누웠다. 그렇게 고통에 시달린다면 기억 전달자 역시 도움이 필요할 거란 사실을 깨닫고 조너스가 말했다.

"손을 제게 대세요."

손이 다가왔다. 고통도 함께 찾아왔다. 조너스는 마음을 다잡고 기억 전달자에게 고통을 주는 기억 속으로 들어갔다.

어수선하고 시끄러우며 역겨운 냄새가 나는 장소였다. 새벽, 아니 이른 아침이었다. 공기는 땅 위에 깔린 노란색, 갈색 연기로 가득했다. 들판으로 보이는 넓은 대지 위곳곳에 신음하는 사람들이 누워 있었다. 고삐 풀린 말 한 마리가 눈에 핏발이 선 채 사람들 사이를 미친 듯이 돌아다니다가 머리를 쳐들고 놀라서 울음소리를 냈다. 그러더니 비틀거리다가 쓰러져 일어나지 않았다.

조너스는 옆에서 나는 목소리를 들었다.

"물."

목이 타는 듯 쉰 소리였다.

소리 나는 곳으로 고개를 돌리자 조너스보다 별로 나이가 많아 보이지 않는 소년의 반쯤 감긴 눈이 보였다. 소년의 얼굴과 헝클어진 금빛 머리카락에는 먼지가 뿌옇게 덮여 있었다. 소년은 팔다리를 뻗은 채 대자로 누워 있었고 회색 제복은 축축한 피로 범벅이 되어 있었다.

대학살의 색깔들은 기이할 정도로 선명했다. 더럽고 다 해진 천을 적신 선홍색 피, 군데군데 뜯겨 널린 잔디들의 놀랄 만큼 깨끗한 초록색, 소년의 황금빛 머리카락……

조너스를 바라보면서 소년이 다시 간청했다.

"물!"

소년이 입을 열 때마다 피가 자꾸 쏟아져 가슴과 소매에서 너덜거리는 천을 적셨다.

조너스는 고통 때문에 한 팔을 전혀 움직일 수 없었다. 내려다보니 찢긴 소매 속으로 잘려 나간 살과 부서진 뼛조각 같은 것이 보였다. 또 다른 팔에 힘을 주자 조금씩 움직이는 게 느껴졌다. 천천히 옆으로 팔을 뻗어 거기 있던 금속 물병을 쥐고 뚜껑을 열기 시작했다. 거세게 밀려드는 고통이 가라앉길 기다리며 이따금씩 손을 멈출 수밖에 없었다. 마침내 뚜껑이 열리자 조너스는 피가 흥건한 땅바닥 위로 팔을 조금씩 뻗어 물병을 소년의 입술에 가져갔다. 물은 일부는 소년의 입으로 흘러 들어갔고 일부는 더러운 턱 아래로 흘러내렸다.

소년이 크게 한 번 숨을 쉬었다. 머리는 뒤로 젖혀졌고 아래턱은 무언가에 놀란 것처럼 벌어졌다. 그러고는 서서히 그 눈동자에 비친 풍경이 사라져 갔다. 더 이상 신음소리도 들리지 않았다.

하지만 소음은 사방에서 계속 들려왔다. 상처 입은 사람들이 울부짖는 소리, 물을, 어머니를, 그리고 죽음을 간청하는 소리, 땅에 매인 말들이 머리를 들고 말굽으로 하늘을 마구 가리키면서 히히힝 울어 대는 소리.

먼 곳에서 나는 대포 소리가 조너스의 귓속으로 들려왔다. 고통에 한없이 시달리면서 조너스는 여러 시간 동안 끔찍한 악취 속에 누워 있었고, 사람들과 동물들이 죽어 가는 소리를 들었다. 그리고 마침내 전쟁이 무엇인지를 배웠다.

더 이상 그 무시무시한 고통을 견딜 수 없게 되자 조너스는 눈을 떴다. 몸은 여전히 침대 위에 누워 있었다.

기억 전달자가 슬그머니 눈을 돌렸다. 조너스에게 저지른 일을 견딜 수 없는 듯이 보였다. 기억 전달자가 말했다.

"날 용서해 다오."

16

조너스는 별채 방으로 또 가고 싶지 않았다. 이제 기억도, 명예도, 지혜도, 고통도 원하지 않았다. 행복한 어린 시절과 넘어져 다친 무릎, 재미있는 공놀이가 자신의 삶에 되돌아오기만을 원했다. 조너스는 집에 혼자 앉아 창문을 통해 사람들을 내려다보았다. 바깥에서 노는 아이들, 직장에서 특별한 일 없는 하루를 마치고 자전거로 귀가하는 사람들……. 이전의 다른 기억 보유자들처럼 조너스 자신이 선출되었기 때문에 다른 사람들은 아무런 고통 없이 평범하게 살 수 있었다.

하지만 선택의 여지가 없었다. 조너스는 매일 별채 방으로 기억 전달자를 만나러 갔다.

기억 전달자는 전쟁의 끔찍한 기억을 나누어 준 날 이후 며칠 동안 조너스를 다정스레 대했다.

"좋은 기억들도 많이 있단다."

기억 전달자가 조너스에게 상기시켰다. 그건 사실이었다. 벌써 조너스는 셀 수 없이 많은 행복의 조각들, 이전에는 몰랐던 것들을 경험했다.

조너스는 아이 한 명을 놓고 모든 사람이 축하를 건네는 생일 파티를 보았다. 그리고 그 기억 덕에, 개별적이고 특별하며 유일무이하고 자부심 넘치는 존재가 되는 기쁨을 알게 되었다.

한번은 박물관에 가서 이제 구별할 수도 있고 이름도 아는 색깔들로 가득한 그림들을 잔뜩 보기도 했다.

아주 황홀한 기억도 있었다. 조너스는 갈색으로 빛나는 말을 타고 이슬 젖은 풀 냄새가 나는 들판을 건너 작은 개울가에 내렸다. 그리고 말과 함께 차갑고 깨끗한 물을 마셨다. 그 순간 조너스는 동물에 대해 이해할 수 있었다. 또 말이 개울에서 돌아와 머리로 조너스의 어깨를 다정스럽게 밀었을 때 동물과 사람 사이의 유대감을 깨달았다.

또 어떤 날은 숲속을 계속 걷다가 밤이면 모닥불 곁에 앉는 기억도 있었다. 그 기억을 통해 상실과 외로움의 고통을 배웠지만 조너스는 이제 고독이 주는 즐거움도 이해하게 되었다.

조너스가 기억 전달자에게 물었다.

"가장 좋아하시는 기억이 뭐예요?"

그러고서 재빨리 덧붙여 말했다.

"물론 제게 그걸 전해 주실 필요는 없어요. 그저 뭔지만 말씀해 주세요. 제가 고대할 수 있게요. 기억 전달자님 일이 끝날 때에는 제가 그 기억을 전해 받아야 할 테니까요."

기억 전달자가 웃었다.

"누워라. 네게 그 기억을 줄 수 있어서 행복하구나."

조너스는 기억이 시작되자마자 즐거워졌다. 기억 속 환경에 익숙해지고 거기서 자기 자리를 잡는 데 시간이 걸린 적도 많았다. 하지만 이번에는 즉시 적응할 수 있었고, 그 기억에 가득한 행복감을 느꼈다.

조너스는 사람들로 가득한 방 안에 있었다. 벽난로에 이글대는 불꽃 덕택에 방은 따뜻했다. 창밖 어두운 밤하늘에 눈이 내리는 게 보였다. 이상하게도 방 안에 나무가 서 있었다. 빨강, 초록, 노랑 불빛들이 나무에서 반짝였다. 갖가지 색으로 장식된 전구들이었다. 식탁에는 번쩍거리는 황금 촛대에 꽂힌 촛불들이 부드럽게 깜박거렸다. 음식 냄새가 방 안 가득 풍겼으며 부드러운 웃음소리가 들렸다. 금빛 털이 난 개가 마루 위에 잠들어 있었다.

마루 위에는 밝은 색종이에 싸인 채 번쩍이는 리본으로 묶인 꾸러미들이 있었다. 어린아이 하나가 그 꾸러미들을 들고 방 안에 있는 다른 아이들, 분명히 부모처럼 보이는 어른들, 그리고 소파에 앉아 함께 조용히 미소를 띠고 있는 나이 든 부부에게 나눠 주기 시작했다.

꾸러미를 받아 든 사람들은 한 명씩 리본을 풀고 밝은 색종이를 벗겨서 상자를 연 다음 장난감이며 옷이며 책을 꺼냈다. 그때마다 사람들은 즐거운 함성을 지르면서 서로 끌어안았다.

어린아이가 나이 많은 여인에게 다가가 그 무릎 위에 앉았다. 늙은 여인은 아이의 몸을 꼭 끌어안고 흔들며 뺨을 아이의 뺨에 비볐다.

조너스는 눈을 뜨고 침대에 누워서 만족스러운 표정으로 따뜻하고 편안한 기억을 즐겼다. 그 모두가, 조너스가 소중히 해야 한다고 배운 모든 것이 거기에 있었다.

기억 전달자가 물었다.

"뭘 느꼈니?"

조너스가 대답했다.

"따뜻함이요. 그리고 행복. 그리고……. 좀 생각해 볼게요. 가족이요. 어떤 축하 모임, 휴일이었어요. 그리고 다른 건…… 적당한 말이 생각나지 않아요."

"너도 곧 그런 가족을 갖게 될 거다."

"그런데 그 노인들은 누구예요? 왜 거기 있죠?"

조너스는 방 안에 노인들이 있었다는 사실을 떠올리고는 혼란에 빠졌다. 마을에서 노인들은 절대로 노인의 집을 떠나지 않았다. 그곳은 그들이 존경받으며 훌륭한 보살핌을 받는 곳이었다.

"그 노인들은 '할아버지', '할머니'라고 불렸단다."

"할아버지 할머니라고요?"

"할아버지 할머니. 이 말은 옛날에 아버지 어머니의 아버지 어머니를 뜻하는 데 쓰인 말이다."

조너스가 웃음을 터뜨렸다.

"옛날 옛날 아주 옛날에요? 그러니까 사실은 아버지 어머니의 아버지 어머니의 아버지 어머니의 아버지 어머니가 있을 수 있다는 거죠?"

기억 전달자 역시 웃음을 터뜨렸다.

"맞다. 그건 거울을 들여다보는 너 자신을 보는 거울을 들여다보는 너 자신을 보는 것과 조금 비슷하지."

조너스가 얼굴을 찌푸렸다.

"우리 아버지 어머니도 틀림없이 아버지 어머니가 있었을 거예요! 그런데 전 한 번도 그런 생각을 한 적이 없어요. 누가 우리 아버지 어머니의 아버지 어머니죠? 그분들은 어디 있나요?"

"공개 기록 보관소에 가서 살펴볼 수 있단다. 그분들 이름을 발견할 수 있을 거야. 하지만 생각해 보렴, 애야. 만일 네가 아이를 신청하면 그 아이들의 아버지 어머니의 아버지 어머니는 누가 될까? 누가 그 아이들의 할아버지 할머니가 될까?"

"물론 저의 아버지와 어머니죠."

"그러면 그들은 어디 있게 될까?"

조너스는 곰곰이 생각하고 나서 천천히 말했다.

"아, 제가 훈련을 마치고 완전한 성인이 되면 전 제 집을 얻을 거예요. 그리고 그다음 몇 년 후 릴리까지 훈련을 마치면 걔 역시 자기 집을 갖겠죠. 걔가 신청한다면 어쩌면 배우자와 아이들도요. 그러면 어머니 아버지는……."

"네 생각이 맞다."

"두 분이 여전히 일을 할 수 있고 마을 생활에 기여하는 한 자식 없는 다른 어른들과 함께 살겠죠. 그때쯤 되면 더 이상 제 인생의 일부가 아니게 되겠죠."

조너스가 내친 김에 계속해서 자신의 생각을 입 밖으로 꺼냈다.

"더 시간이 흘러 때가 되면 두 분은 노인의 집으로 갈 테죠. 거기서 존경받으면서 잘 보살핌을 받을 거예요. 그러다 임무 해제 때가 되면 기념식을 열어 축하를 받겠죠."

기억 전달자가 지적했다.

"그 기념식에 넌 참석하지 않을 거고."

"당연히 그렇겠죠. 아마 전 그 사실조차 알지 못할 테니까요. 그때쯤이면 전 제 삶을 사느라 바쁘겠죠. 릴리 역시 마찬가지일 거예요. 아이들이 있더라도 그 애들 역시 자기 아버지 어머니의 아버지 어머니가 누군지 역시 모를 거예요."

거기까지 말하고 나서 조너스가 물었다.

"그런 식으로 꽤 잘 돌아가는 것 같지 않으세요? 우리 마을 말이에요. 다른 방식으로 살 수도 있다는 사실을 몰랐어요. 그 기억을 받아들이기 전까진."

기억 전달자가 조너스의 말에 동감을 표시했다.

"그래, 네 말대로 잘 돌아가고 있지."

조너스가 주저하며 말했다.

"하지만 이 기억은 정말 좋았어요. 왜 이 기억을 기억 전달자님께서 가장 좋아하시는지 알겠어요. 그렇지만 그 기억 전체에서 오는 느낌에 적당한 단어는 알 수 없었어요. 방 안에 아주 강하게 퍼져 있던 느낌 말이에요."

"사랑이야."

기억 전달자가 조너스에게 말했다.

조너스가 따라 했다.

"사랑."

이 말은 조너스가 한 번도 접해 보지 못했던 새로운 단어이자 개념이었다.

두 사람은 잠시 침묵을 지켰다. 그러다 조너스가 말했다.

"기억 전달자님?"

"응?"

"그 말을 들으니까 제가 너무 어리석게 살아왔다는 느낌이 들어요. 너무너무 어리석었어요."

"그렇게 생각할 필요 없어. 이 방 안에서는 아무도 어리석지 않아. 기억과 거기서 네가 느끼는 걸 믿으렴."

마룻바닥을 내려다보면서 조너스가 말했다.

"글쎄요, 기억 전달자님께서는 제게 그 기억을 주셨으니까 더 이상 그런 기억이 없으실 거예요. 그러니까 어쩌면 기억 전달자님께선 이런 느낌을 이해하지 못하실지도 몰라요……."

"이해한다. 내겐 그 기억의 어렴풋한 조각이 남아 있다. 게다가 내겐 가족, 휴일, 행복에 관한 다른 기억들이 많이 있단다. 물론 사랑에 관한 기억도."

조너스는 무심결에 자기 느낌을 말했다.

"전 이렇게 생각했어요……. 음, 저 역시 그렇게 살아가는 게 그다지 실용적이지는 않다는 걸 알겠어요. 노인들이 그 장소에 있다는 건 지금처럼 보살핌을 충분히 받지 못할 수도 있다는 걸 뜻하고, 우리 마을에는 그보다 일을 더 효과적으로 처리하는 방식이 있다는 사실을 말이에요. 하지만 전 이 기억처럼 사는 게 더 멋지다고 생각했어요. 음, 제 말은 그렇게 느꼈다는 뜻이에요. 그리고 우리도 그런 식으로 살 수 있지 않을까, 기억 전달자님이 제 할아버지였으면 얼마나 좋을까 하고 바랐어요. 기억 속의 가족은 좀 더……."

조너스는 적절한 단어를 찾지 못해 머뭇거렸다.

"좀 더 완벽했지."

기억 전달자가 거들었다. 조너스가 고개를 끄덕이면서 털어놓았다.

"저는 사랑이라는 느낌을 좋아하게 되었어요."

조너스는 벽에 있는 스피커를 신경질적으로 훔쳐보면서 아무도 듣지 않는다고 자신을 안심시켰다. 조너스가 나직이 말했다.

"우리에게 아직 사랑이 있었으면 해요."

그러고는 재빨리 덧붙였다.

"물론 그 방식으로는 마을이 잘 돌아가지 않으리라는 건 이해해요. 그리고 지금 우리 마을이 더 잘 조직되어 있다는 것도요. 어쩌면 사랑이란 살아가는 데 위험한 방식일지도 몰라요."

"무슨 뜻이니?"

조너스가 머뭇거렸다. 사실 자기가 무슨 말을 하는지 확실히 알지 못했다. 그렇지만 사랑에는 위험이 따른다는 걸 느낄 수 있었다. 조너스는 마침내 설명할 길을 찾아내고는 급히 말했다.

"말하자면, 그 사람들 방 안에는 불이 있었어요. 벽난로에 불이 타고 있었어요. 또 식탁에는 촛불이 있었어요.

왜 그런 것들이 금지되었는지 확실히 알 수 있어요. 하지
만……."

마치 혼잣말이라도 하듯이 조너스는 천천히 말했다.

"저는 그 사람들이 만든 불빛이 무척 마음에 들었어요.
그리고 그 따뜻함도요."

＊＊＊

"아버지? 어머니? 두 분께 여쭤 볼 말씀이 있어요."

저녁 식사 후에 조너스가 주저하며 물었다.

"뭔데 그러니, 조너스?"

아버지가 되물었다.

조너스는 당황해서 얼굴이 붉어지는 걸 느꼈지만 억지
로 말했다. 별채에서 집으로 돌아오는 길에 마음속으로
연습한 말이었다.

"절 사랑하세요?"

잠시 어색한 침묵이 흘렀다. 아버지가 킬킬 웃으면서
입을 열었다.

"조너스, 너는 모두의 아이야. 제발 말 좀 정확하게 하
렴!"

"무슨 말씀이세요?"

조너스가 물었다. 놀림감이 되는 건 조너스가 기대했

던 반응이 결코 아니었다.

"아버지 말씀은 네가 매우 일반화된 단어를 사용했다는 거야. 그 단어는 너무 낡아빠져 거의 무의미하게 되었지."

어머니가 조심스럽게 설명했다.

조너스는 아버지 어머니를 바라보았다.

'무의미하다고?'

조너스는 오늘 전해 받은 기억만큼 의미 있는 어떤 것을 전에 한 번도 느껴 본 적이 없었다.

어머니가 말했다.

"그리고 너도 알겠지만, 사람들이 정확한 언어를 쓰지 않으면 우리 마을은 원활하게 돌아가지 않는단다. 넌 이렇게 물어야 했어 '어머니 아버지는 저와 즐거우세요?' 그 질문에 대한 대답은 '그래.'란다."

아버지가 거들었다.

"아니면 '어머니 아버지는 제 성과에 자부심을 느끼세요?'라고 물었어야지. 그리고 그 대답은 진심으로 '물론.'이다."

어머니가 물었다.

"'사랑' 같은 단어를 쓰는 게 왜 부적절한지 이해되니?"

조너스는 고개를 끄덕였다.

"네, 고맙습니다. 이해해요."

조너스가 느릿느릿 대답했다. 아버지 어머니한테 한 첫 번째 거짓말이었다.

⁂

"가브리엘?"

그날 밤 조너스는 아기에게 속삭였다. 아기 침대는 다시 조너스의 방에 와 있었다.

나흘 밤 동안 가브리엘이 조너스의 방에서 잘 자자, 아버지 어머니는 실험이 성공적이었으며 조너스가 영웅이라고 말했다. 가브리엘은 부쩍 자랐다. 이제는 방 안을 기어 다니며 깔깔거리고 일어서기도 했다. 덕분에 가브리엘은 아기의 집에서 등급이 한 단계 올라갔다. 아버지는 행복한 표정으로 이제 가브리엘이 잠을 잘 자기 때문에 정식으로 이름을 받고 12월에는 가족을 배정받을 거라고 말했다. 12월이라면 이제 두 달밖에 남지 않았다.

하지만 가브리엘은 아기의 집으로 가자 다시 잠을 자지 않았으며 밤마다 울었다. 그래서 조너스의 침실로 되돌아오게 되었다. 보육사들이 아기에게 좀 더 시간을 주기로 한 것이었다. 조너스의 방에 있는 걸 좋아하는 듯 보였기 때문에 가브리엘은 밤에 좀 더 푹 자는 습관이 들 때까지 밤에 조너스와 있게 되었다. 보육사들은 가브리엘의 앞날에 대해 매우 낙관적이었다.

조너스의 속삭임에 가브리엘은 아무 반응도 보이지 않았다. 가브리엘은 깊은 잠에 빠져 있었다.

"모든 게 바뀔 거야, 가브리엘. 모든 게 달라질 거야. 어떻게 그럴 수 있는지는 나도 몰라. 하지만 모든 게 달라질 수 있는 어떤 방법이 있는 게 틀림없어. 색깔들도 있게 될 거야."

조너스는 어둠을 뚫고 침실 천장을 응시하면서 덧붙였다.

"그리고 할아버지 할머니도 생길 거야. 또 모든 사람이 다 기억을 갖게 될 거야."

조너스가 아기 침대를 향해 몸을 돌리며 속삭였다.

"너도 기억에 대해 알지."

가브리엘의 숨소리는 규칙적이고 깊었다. 아기가 잘 자는 비결에 대해 다소 죄의식을 느꼈지만 조너스는 가브리엘이 자기 방에 있는 게 좋았다. 매일 밤 조너스는 가브리엘에게 조금씩 기억을 주었다. 보트 타기, 맑은 날의 소풍, 유리창에 떨어지는 부드러운 빗소리, 축축한 잔디 위에서 맨발로 춤추기.

"가브리엘?"

아기가 잠든 채 몸을 조금 움직였다. 조너스는 아기를 내려다보았다. 그리고 속삭였다.

"그러면 사랑도 생길 거야."

＊※＊

　다음 날 아침, 처음으로 조너스는 약을 먹지 않았다. 내부에 있는 무언가가, 기억을 통해 자라난 무언가가 조너스에게 약을 치워 버리라고 말했다.

17

"오늘은 예정에 없던 휴일로 선포되었습니다."

조너스, 아버지 어머니, 릴리는 모두 놀라서 방송이 나오는 벽 스피커를 바라보았다. 이런 날은 매우 드물었다. 하지만 일단 휴일이 선포되면 마을 사람들 전체가 혜택을 받았다. 어른들은 그날 일을 면제받았고 아이들은 수업, 훈련, 자원봉사에 참여하지 않아도 되었다. 다른 날 쉬도록 되어 있는 대체 노동자들이 마을 운영에 꼭 필요한 일들을 떠맡았다. 양육, 식품 배달, 노인 돌보기 등등. 마을 사람들은 완전히 자유였다.

조너스는 환호하면서 숙제를 모아 놓은 서류철을 내려놓았다. 그는 막 학교로 가려던 참이었다. 조너스에게 학교는 이제 그리 중요하지 않았다. 머지않아 공식 학교 교육은 끝날 것이었다. 열두 살짜리들은 이미 성인 훈련을 시작했지만, 아직 그들에겐 외워야 할 규칙 목록이 끝없었고 배워야 할 최신 기술도 수없이 많았다.

조너스는 아버지, 어머니, 여동생, 그리고 가브리엘에게 좋은 날이 되기를 축복한 다음, 자전거 도로를 달려 애셔를 찾아 나섰다.

조너스는 지난 사 주 동안 알약을 먹지 않았다. 그러자 성욕이 되돌아왔다. 잘 때 찾아드는 기분 좋은 꿈 때문에 조너스는 가벼운 죄의식과 혼란에 빠졌다. 하지만 아주 오랫동안 살아왔던 아무 느낌 없는 세계로는 결코 돌아갈 수 없었다.

그리고 조너스는 이제 단지 꿈에서만이 아니라 더 많은 것에서 새롭고 고양된 느낌을 얻을 수 있었다. 그중 몇몇은 약을 먹지 않은 덕에 느낀 거지만 기억에서 온 것들도 많았다. 이제 조너스는 예전과는 달리 모든 색깔을 항상 볼 수 있었다. 나무며 풀이며 수풀들은 조너스에게 항상 초록색으로 보였다. 가브리엘의 발그레한 뺨은 심지어 꿈속에서도 계속 분홍색이었다. 사과는 언제나 빨간색이었다.

기억을 통해 조너스는 바다나 호수, 숲을 가로질러 졸졸 흘러가는 개울을 보았다. 그러자 늘 보아 왔던, 길을 따라 흐르는 넓은 강이 전과는 달리 보였다. 그 느린 물결 속에 함께 흐르는 빛과 색깔과 역사가 모두 눈에 들어왔다. 또한 조너스는 강이 다른 곳에서 흘러와서 다른 곳으로 흘러간다는 것도 알았다.

어느 휴일과 마찬가지로 이런 예상치 못한 뜻밖의 휴일은 행복했다. 그러나 오늘은 과거 그 어느 때보다 더 깊은 행복감을 느꼈다. 늘 하던 대로 언어의 정확성에 대해 생각하던 조너스는 이 행복감이 자기가 느껴 본 적이 있는 것들과는 차원이 다른, 전혀 새로운 깊이의 느낌이라는 사실을 깨달았다. 어쨌든 이 느낌은 매일 저녁, 모든 기초 가정에서, 모든 마을 사람들이 한없는 토론을 거쳐서 분석해 내는 느낌들과는 전혀 같지 않았다.

"어떤 애가 놀이터 규칙을 어겨서 화가 났어요."

언젠가 릴리가 분노를 표현하려고 그 작은 손으로 주먹을 쥐면서 이렇게 말했다. 그러면 조너스를 포함한 릴리의 기초 가족은 규칙 위반이 벌어지는 그럴듯한 이유들과 그 행동을 이해하고 참아야 할 필요성을 늘어놓으면서 릴리의 주먹이 느슨해지고 그 화가 풀릴 때까지 이야기했다.

하지만 이제 조너스는 릴리가 화가 난 게 아니라는 걸 깨달았다. 릴리가 느꼈던 것은 단지 성마른 조급함과 짜증일 뿐이었다. 이제 조너스는 화가 정말로 어떤 것인지 확실히 알았다. 기억을 통해 조너스는 온갖 불의와 야만을 겪어야 했고 그때마다 가슴 저 깊은 곳으로부터 격렬하게 솟아오르는 분노를 느끼곤 했다. 그 기분을 저녁밥을 먹으면서 차분하게 이야기한다는 건 생각할 수조차 없었다.

"난 오늘 슬펐어."

어머니는 이렇게 말했고 가족들은 어머니를 위로했다.

하지만 조너스는 진짜 슬픔을 느꼈다. 뼈저린 비통함을 겪었다. 그리고 그런 감정들은 어떤 방법으로도 빨리 사그라지지 않는다는 걸 알았다.

진짜 슬픔은 훨씬 더 심오한 감정이며 말로 표현할 수 없는 법이었다. 그저 느낄 수 있을 뿐.

오늘 조너스는 행복을 느꼈다.

"애셔!"

놀이터 옆 나무에 애셔의 자전거가 기대여 있었다. 주변에 자전거 여러 대가 땅바닥에 널브러져 있었다. 휴일에는 평상시 질서 규칙을 지키지 않아도 되었다.

조너스는 멈춰 서서 자전거를 다른 아이들 자전거 옆에 놓았다.

"애셔!"

조너스는 소리치면서 주위를 둘러보았다. 놀이터에는 아무도 없는 듯했다.

"어디 있니?"

"피요오오오!"

어떤 애 목소리가 근처 수풀 뒤에서 들렸다.

"탕! 탕! 탕!"

태니어라는 열한 살짜리 여자애가 숨어 있던 곳에서 비틀거리며 앞으로 나왔다. 그러더니 연극하듯 배를 움켜쥐고 신음 소리를 내면서 지그재그로 비틀거렸다.

"날 쏘다니!"

태니어는 웃음 섞인 목소리로 소리치면서 땅바닥으로 쓰러졌다.

"탕!"

놀이터 옆에 서 있던 조너스는 그게 애셔의 목소리라는 걸 알아차렸다. 애셔는 손으로 가짜 무기를 들고 전방을 겨눈 채 한 나무에서 다른 나무로 돌진했다.

"탕! 조너스, 넌 우리 복병이다! 조심해!"

조너스는 뒤로 몇 걸음 물러나서 애셔의 자전거 뒤에 무릎을 꿇고 숨었다. 이것은 조너스가 아이들과 자주 하던 놀이인데 '내 편 네 편 놀이'라고 불렀다. 시간을 보내는 데 최고의 놀이로, 아이들 모두가 탈진해서 땅 위에 널브러져야 비로소 끝이 났다.

조너스는 전에는 한 번도 이 놀이를 '전쟁놀이'라고 생각한 적이 없었다.

"공격!"

놀이 도구가 보관된 작은 창고 뒤편에서 고함 소리가 들렸다. 아이들 셋이 앞으로 돌진했다. 아이들이 손에 든 시늉을 한 무기는 이미 발사 준비가 다 되어 있었다.

놀이터 반대편에서 이에 대항하는 외침이 들렸다.

"반격하라!"

아이들 몇몇이 숨은 곳에서 뛰쳐나왔다. 그중에는 피오나도 있었다. 피오나는 몸을 굽힌 자세로 달리면서 놀이터를 향해 총을 쏘았다. 아이들 중 몇 명은 멈춰서 어깨와 가슴을 과장된 동작으로 감싸 쥐고는 총에 맞은 척했다. 잠시 후 그 아이들은 지면 위로 엎어져서 웃음을 참으면서 누워 있었다.

조너스는 가슴속에서 무언가 울컥 솟는 걸 느끼면서 자신도 모르게 놀이터 안으로 걸어 들어갔다.

"너, 총 맞았어. 조너스!"

애셔가 나무 뒤에서 소리쳤다.

"탕! 또 맞았다!"

조너스는 놀이터 한가운데에 혼자 서 있었다. 아이들 몇 명이 고개를 들고 불쾌한 표정으로 바라보았다. 공격군들 동작이 점차 느려지더니 웅크린 자세에서 벗어나 조너스가 무슨 짓을 하려는지 살피기 시작했다.

조너스의 머릿속에 전쟁터에서 죽어 가며 물을 간청하던 소년의 얼굴이 다시 떠올랐다. 숨 쉬기 힘든 것처럼 갑자기 목이 메는 느낌이 들었다.

아이들 가운데 한 명이 가짜 총을 들고 발사하는 소리

를 내며 조너스를 죽이는 시늉을 했다.

"탕!"

다음 순간 아이들은 모두 입을 다물고 어색한 얼굴로 서 있었다. 이제 놀이터에는 조너스가 온몸을 부들부들 떨면서 연신 숨을 내쉬는 소리만이 들렸다. 조너스는 울지 않으려고 애썼다.

시간이 흘러도 아무 일도 일어나지 않고 아무것도 바뀌는 게 없자 아이들은 신경질을 담아 서로 눈짓을 보내더니 하나둘씩 자리를 떠났다. 조너스는 아이들이 자전거를 일으켜 세운 다음 놀이터에서 이어지는 길로 달리는 소리를 들었다.

애셔와 피오나만 남아 있었다. 피오나가 말했다.

"무슨 일이야, 조너스? 단지 놀이일 뿐인데."

애셔가 신경질을 내며 말했다.

"네가 다 망쳐 버렸어."

조너스가 눈물을 글썽이며 말했다.

"다시는 이런 놀이를 하지 말자."

애셔가 화를 내며 지적했다.

"난 오락 지도자 훈련을 받고 있는 사람이야. 놀이는 네 전수 분야가 아니잖아."

"전문 분야겠지."

조너스는 애셔의 말을 기계적으로 교정했다. 그러자

애셔가 조너스를 조심스럽게 바라보면서 말했다.

"어쨌든, 우리가 무슨 놀이를 하든, 심지어 네가 새로운 기억 보유자가 되더라도 그런 말은 함부로 못해."

그러고는 짧게 중얼거리며 덧붙였다.

"조너스, 네가 마땅히 받아야 할 존경을 표하지 않은 것에 사과한다."

이제 조너스는 자신이 하고 싶은 이야기를 조심스럽고 친절하게 전하려고 애썼다.

"애셔, 넌 이 놀이가 무얼 뜻하는지 몰라. 나조차도 최근에야 알았지. 하지만 이건 잔인한 놀이야. 과거에 말이야……."

"사과한다고 말했어, 조너스."

조너스는 크게 한숨을 쉬었다. 아무 소용 없었다. 애셔는 결코 이해하지 못할 것이다. 조너스는 지친 표정으로 말했다.

"네 사과를 받아들인다, 애셔."

"조너스, 자전거로 강둑을 달리지 않을래?"

피오나가 불안한 듯 입술을 깨물며 물었다.

문득 조너스는 피오나를 바라보았다. 정말 사랑스러워 보였다. 한순간 조너스는 여자 친구와 다정하게 웃고 이야기하면서 강둑길을 평화롭게 달리는 것보다 더 좋은 일은 없을지도 모른다고 생각했다. 하지만 이제 그럴 수 있는 시간은 조너스에게서 사라졌다. 조너스는 조용히 고개를 저었다. 잠시 후 애셔와 피오나는 몸을 돌려 자전거 쪽으로 갔다. 조너스는 두 사람이 자전거를 타고 사라지는 걸 바라보았다.

조너스는 창고 옆에 있는 벤치로 터벅터벅 걸어가서 앉았다. 상실감이 가슴속을 온통 뒤흔들었다. 어린 시절, 우정, 언제나 안전하다는 기쁨 등 모든 것이 사라지는 듯했다. 새롭게 솟아오르는 느낌 때문에, 전쟁놀이를 하는 다른 아이들이 웃고 소리칠 때에도 슬픔에 휩싸였다. 기억이 없다면 아이들은 결코 자신을 이해할 수 없을 것이다. 애셔와 피오나에게 크나큰 사랑을 느꼈다. 하지만 두 친구 역시 기억들 없이는 조너스와 같은 것을 느낄 수 없을 것이다. 또 두 사람에게 기억들을 건넬 수도 없을 것이다. 순간 조너스는 자신이 아무것도 바꿀 수 없음을 확실하게 깨달았다.

* * *

그날 저녁, 집에서는 릴리가 친구들과 야외에서 점심을 먹으면서 멋진 휴일을 보냈다고 즐겁게 떠들었다. 그러고 나서 아버지 자전거를 슬쩍 한번 타 보았다고 털어놓았다.

"다음 달에 제 자전거가 생길 때까지 도저히 기다릴 수 없었어요. 그런데 아버지 자전거는 너무 커서 넘어져 버렸어요."

릴리가 거기다 한마디 덧붙였다.

"다행인 건 가브리엘이 어린이 좌석에 타지 않았다는 거예요!"

"그건 그나마 다행이로구나."

끔찍한 생각이 떠올랐는지 얼굴을 찌푸리면서 어머니가 고개를 끄덕였다. 가브리엘은 지난주부터 걷기 시작했다. 아버지는 아기가 걸음마를 떼면 아기의 집에서는 축하하는 동시에 회초리를 쓰기 시작한다고 말했다. 그래서 아버지는 가브리엘이 못되게 굴 경우를 대비해 매일 밤 가느다란 회초리를 집으로 가지고 왔다.

하지만 가브리엘은 여전히 행복하고 태평스러운 아기였다. 가브리엘이 깔깔 웃으면서 뒤뚱뒤뚱 방 안을 누비고 "가브, 가브!" 하고 소리치는 게 보였다. 아마도 자기 이름을 말하는 것 같았다.

조너스의 표정이 한층 밝아졌다. 밝은 분위기로 이야기를 시작했지만 조너스에게 오늘은 무척이나 우울한 날이었다. 하지만 침울한 생각들을 떠올리지 않으려고 애썼다. 릴리에게 자전거 타기를 가르쳐서 곧 다가올 아홉 살 기념식 후에는 자랑스럽게 자전거를 타고 달릴 수 있게 하겠다고 다짐했다. 벌써 12월이 되어 자신이 열두 살이 된 지 일 년이 지났다는 사실이 믿기지 않았다.

조그만 발을 조심스럽게 다른 발 앞에 딛고 나서 아기는 걸음마에 성공한 걸 기뻐하면서 히죽 웃었다. 그 모습을 보면서 조너스는 미소를 지었다.

아버지가 말했다.

"오늘 밤엔 일찍 자야겠다. 내일은 바쁜 날이야. 쌍둥이가 태어날 거야. 미리 알아본 결과 일란성 쌍둥이란다."

릴리가 노래하듯 말했다.

"한 명은 여기에, 한 명은 다른 곳에. 한 명은 여기에, 한 명은 다른……."

조너스가 물었다.

"아버지가 아기를 다른 곳으로 데려가나요?"

"아니야, 난 단지 선택할 뿐이란다. 아기들 체중을 달아서 무거운 아이를 옆에서 기다리는 보육사에게 넘겨준 다음, 가벼운 아이를 안아 씻기고 다독거리지. 그런 다음에 나는 조촐하게 임무 해제 기념식을 하고……."

아버지는 아래를 내려다보며 가브리엘에게 미소를 지었다.

"그다음엔 잘 가라고 손을 흔들지."

아기에게 말할 때 쓰는 아주 달콤한 목소리였다. 거기다 아버지는 친숙한 동작으로 손을 흔들었다.

가브리엘이 재미있다는 듯 깔깔거리며 아버지를 따라 손을 흔들었다.

"그러면 다른 누군가가 그 아기를 데리러 오나요? 다른 곳에서 누군가가?"

"그래, 조너스 보너스, 이 녀석아."

조너스 보너스는 조너스의 별명이었다. 조너스는 아버지가 바보 같은 애칭을 사용했다는 사실에 당황하여 눈이 휘둥그레졌다.

릴리는 다른 생각에 빠져 있었다.

"쌍둥이들에게 똑같은 이름, 그러니까 조너선 같은 이름을 같이 지어 주면 어떨까요? 그러면 두 아이는 똑같은 이름으로 살아갈 거고, 물론 똑같이 생겼을 거고, 그 애들이 여섯 살이 되면 어느 날 여섯 살짜리 모둠이 버스를 타고 다른 마을을 방문할 거고, 그 다른 마을의 여섯 살짜리 모둠에도 조너선과 똑같이 생긴 다른 조너선이 있을 거고, 그때 두 애들이 헷갈려서 다른 마을의 조너선이 우리 마을의 조너선 집으로 가고 아버지 어머니는 알아채지 못해서……."

릴리가 숨을 돌리려고 말을 멈추었다.

그때 어머니가 말했다.

"릴리, 멋진 생각이 떠올랐다. 네가 열두 살이 되면 어쩜 이야기꾼 직위를 받을지도 모르겠다! 오랫동안 마을에 이야기꾼이 없었다는 생각이 드는구나. 하지만 내가 원로 위원회에 있다면 난 확실히 네게 그 직위를 줄 거야!"

릴리가 히죽 웃으면서 말했다.

"더 재미있는 이야기가 있어요. 우리가 정말은 모두 쌍둥이인데 그 사실을 모르고 있어서, 어쩌면 다른 곳에서 다른 릴리랑 다른 조너스랑 다른 아버지랑, 그리고 다른 애셔랑 다른 수석 원로랑 다른……."

아버지가 말을 끊었다.

"릴리, 잘 시간이다."

18

다음 날 오후에 조너스가 물었다.

"기억 전달자님, 임무 해제에 대해 생각해 보신 적 있나요?"

"내 임무 해제 말이니, 아니면 다른 사람들의 임무 해제 말이니?"

"둘 다인 것 같아요. 사과드립…… 아, 제 말은 좀 더 정확한 말을 써야 했다는 거예요. 하지만 제가 무슨 뜻으로 그런 말을 했는지 잘 모르겠어요."

"일어나 앉으렴. 이야기할 땐 누울 필요가 없다."

이미 침대에 엎드려 있던 조너스는 재빨리 일어나 앉았다.

"나도 가끔씩 임무 해제를 생각해 보곤 한단다. 끔찍한 고통에 빠져 있을 때는 더욱 그런 생각이 들지. 때때로 임무 해제를 신청할 수 있었다면 하고 바라기도 해. 하지만 새로운 기억 보유자가 훈련을 마칠 때까지 내 임무 해제는 결코 받아들여지지 않아."

"저도요."

조너스가 풀 죽은 목소리로 말했다. 이제는 훈련을 끝내고 새로운 기억 보유자가 되고 싶지 않았다. 기억 보유자는 영예롭기는 하지만 끔찍하게 힘들고 고독한 삶을 살아가야 했다.

"저도 임무 해제를 신청할 수 없어요. 제 규칙에 그렇게 나와 있어요."

기억 전달자가 쓴웃음을 지었다.

"나도 안다. 십 년 전 한 차례 실패한 후 원로들이 그 규칙을 생각해 냈지."

조너스는 그 실패 이야기를 몇 번이고 들었다. 하지만 십 년 전에 도대체 무슨 일이 있었는지 아직 모르고 있었다.

"기억 전달자님, 그때 무슨 일이 있었는지 말씀해 주세요. 부탁이에요."

기억 전달자가 어깨를 으쓱했다.

"겉으로 보면 아주 단순한 일이었지. 그해 미래의 기억 보유자가 선출되었어. 선출은 아주 순조롭게 진행되었지. 기념식이 열렸고 선출이 있었어. 네게 그랬듯이 군중들은 환호했지. 새로운 기억 보유자는 너와 마찬가지로 당황하고 조금 놀랐지."

"아버지 어머니가 그러는데 여자였다면서요."

기억 전달자가 고개를 끄덕였다.

가장 좋아하는 여자 친구 피오나를 떠올리면서 조너스는 몸을 한 차례 부르르 떨었다. 그 다정한 친구가 자신이 겪은 것과 같은 방식으로 기억들을 떠맡게 되기를 결코 원하지 않았다.

"어떤 사람이었나요?"

그 일을 떠올리자 기억 전달자는 무척 슬픈 듯했다. 그는 고개를 절레절레 젓고는 심호흡을 한 다음 이야기를 시작했다.

"아주 어렸지. 매우 침착하고, 조용하고, 현명하고, 쉽게 배우곤 했지. 너도 알 거다, 조너스. 처음 그 애가 이 방에 들어왔을 때, 훈련을 받으려고 여기 나타났을 때……."

조너스가 끼어들며 말했다.

"이름을 말해 주실 수 있나요? 아버지 어머니가 그러는데 이제 그 이름은 마을 내에서 다신 입에 올리지 않을 거라고 하셨어요. 하지만 제게만 말씀해 주실 수 없나요?"

기억 전달자는 그 이름을 입에 올리는 게 몹시 괴로운 듯 고통스러운 표정으로 주저했다. 그러다가 마침내 조너스에게 말했다.

"그 애 이름은 로즈메리란다. 로즈메리, 좋은 이름이

지."

기억 전달자가 계속해서 말했다.

"처음 내게 왔을 때 그 애는 네가 첫날에 앉았던 바로 그 의자에 앉았지. 열의에 차 있었지만 흥분에 들떠 있기도 하고 조금은 두려워하고도 있었지. 우리는 이야기를 나누었단다. 나는 할 수 있는 한 모든 것을 설명하려고 애썼단다."

"제게 그러셨던 것처럼 말이죠."

기억 전달자가 슬픈 표정으로 미소를 지었다.

"설명하는 일은 무척 어렵다. 그 전부는 한 사람 경험을 넘어서는 일이지. 하지만 난 노력했다. 그 애는 주의 깊게 들었지. 눈이 매우 반짝였다는 기억이 나는구나."

기억 전달자가 갑자기 조너스를 바라보았다.

"조너스, 난 네게 내가 가장 좋아하는 기억을 주었지. 내겐 아직도 그 기억의 단편이 남아 있단다. 가족들과 할아버지 할머니가 있는 방이 기억나니?"

조너스가 고개를 끄덕였다. 물론 기억하고 있었다. 조너스가 말했다.

"기억나요. 아주 놀라운 느낌이 풍기는 기억이었어요. 기억 전달자님께선 그 느낌이 바로 사랑이라고 말씀하셨죠."

기억 전달자가 말했다.

"그렇다면 너도 이해하겠구나. 그게 바로 내가 로즈메리한테 느낀 감정이었다. 난 그 애를 사랑했지."

그러고 나서 그는 한마디 덧붙였다.

"물론 네게도 같은 걸 느꼈단다."

"그 애에게 무슨 일이 일어났나요?"

"곧 훈련이 시작되었지. 그 애도 너처럼 훈련을 잘 받아들였다. 아주 열심이었지. 새로운 것들을 체험하는 걸 매우 즐거워했어. 그 웃음소리가 생각난다……."

기억 전달자는 말을 더듬으며 점점 목소리가 작아졌다.

잠시 후 조너스가 다시 물었다.

"무슨 일이 있었나요? 제발 말씀해 주세요."

기억 전달자가 눈을 감았다.

"그 애에게 고통을 전달하는 일이 내 마음을 아프게 했단다, 조너스. 하지만 그건 내 일이었다. 네게 했던 것과 똑같은 방식으로 나는 그 일을 해야 했단다."

잠시 방 안에 침묵이 흘렀다. 조너스는 기다렸다. 마침내 기억 전달자가 말을 이었다.

"다섯 주였다. 그게 다였지. 난 그 애에게 행복한 기억들을 전달했지. 회전목마 타기, 새끼 고양이와 놀기, 소풍 가기. 그 애를 웃게 만들 기억만을 선택했어. 언제나 조용하기만 하던 이 방에 울리는 웃음소리를 소중하게 생각했단다.

하지만 그 애 역시 조너스 너랑 비슷했어. 모든 것을 경험하고 싶어 했지. 자기 의무가 무엇인지 알았던 거야. 그래서 내게 좀 더 견디기 힘든 기억을 요구하기 시작했어."

조너스가 잠시 숨을 멈췄다.

"설마 기억 전달자님께서 전쟁 기억을 전달하시지는 않으셨겠죠. 겨우 다섯 주밖에 지나지 않았으니까 말이에요."

기억 전달자가 고개를 끄덕이며 한숨을 쉬었다.

"네 말이 맞다. 신체적으로 고통스러운 기억을 전하지는 않았어. 그 대신에 외로움의 기억을 전했지. 또 상실의 기억도. 난 부모에게서 버림받은 아이의 기억을 전했어. 처음으로 준 고통스러운 기억이었어. 그 기억을 전달받자 그 애는 놀라서 할 말을 잊었어."

조너스가 침을 삼켰다. 로즈메리. 그녀의 웃음소리가 진짜로 들리는 듯했다. 조너스는 기억을 주고받는 침대에 누운 채 놀라서 쳐다보는 로즈메리를 떠올렸다.

기억 전달자가 계속해서 말했다.

"그걸 보고 난 한 발 뒤로 물러서서 그 애에게 자그마한 기쁨의 기억들을 더 많이 전달했지. 하지만 일단 그 애가 고통을 알게 되자 모든 게 변했단다. 그 애의 두 눈을 볼 때마다 그걸 알 수 있었어."

조너스가 끼어들었다.

"혹시 그 애가 용감하지 않았나요?"

기억 전달자는 그 질문에 대답하지 않았다.

"그 앤 내게 계속하라고 고집했지. 자기를 힘들게 해도 괜찮다고 했어. 그것이 자기 의무라고 말이야. 물론 그 말이 맞았지.

하지만 난 육체적으로 고통스러운 기억을 그 애에게 전할 수 없었어. 그 대신에 여러 가지 고통의 기억을 전했지. 가난, 굶주림, 공포…….

난 그래야 했어, 조너스. 그건 내 일이었어. 그리고 로즈메리는 선택되었고."

기억 전달자는 애원하는 듯한 표정으로 조너스를 바라보았다. 조너스는 그 손을 꼭 잡고 어루만졌다.

"어느 날 오후, 우리는 그날 일을 마쳤지. 아주 힘든 수업이었어. 네게 그러했듯이 난 행복하고 명랑한 무언가를 전달함으로써 수업을 마무리하려고 애썼지. 하지만 그날 그런 시간은 오지 않았어. 로즈메리는 어떤 결정을 내리려는 것처럼 조용히 얼굴을 찌푸리면서 일어섰지. 그리고 내게로 다가와 두 팔로 날 껴안고는 내 뺨에 입을 맞추었단다."

기억 전달자는 뺨을 만지며 십 년 전 로즈메리의 입술 감촉을 떠올리는 듯했다.

"그날 로즈메리는 이곳을, 이 방을 떠났고 집에도 돌아가지 않았지. 로즈메리는 곧바로 수석 원로에게 가서 임무 해제 신청을 했어. 난 그걸 방송으로 들었지."

"하지만 규칙 위반이에요! 훈련받는 동안 기억 보유자는 임무 해제를 신청할⋯⋯."

"그건 네 규칙에 있지. 로즈메리의 규칙에는 들어 있지 않았단다. 로즈메리는 임무 해제를 요구했고 원로들은 로즈메리를 임무 해제할 수밖에 없었지. 그날 이후 난 다시는 로즈메리를 보지 못했단다."

'그게 실패란 말이구나.'

조너스는 생각했다. 그 일 때문에 기억 전달자는 몹시 상심한 것 같았다. 조너스에겐 로즈메리의 일이 그다지 끔찍하게 느껴지지 않았다. 조너스는 훈련이 아무리 어렵더라도 절대로 그런 일을, 임무 해제 신청 같은 일은 하지 않을 것이다. 기억 전달자에게 후계자가 필요하고, 그 때문에 자신이 선택된 한은 말이다.

문득 조너스에게 어떤 생각이 떠올랐다. 훈련받던 도중 로즈메리는 아주 이른 시기에 임무 해제가 되었다.

'만일 나한테 무슨 일이 생긴다면 어떻게 될까?'

조너스는 로즈메리와는 달리 거의 일 년 동안이나 기억을 전달받아 간직하고 있었다. 조너스가 물었다.

"기억 전달자님, 전 임무 해제 신청을 할 수 없어요. 그 사실은 저도 알아요. 하지만 제게 무슨 일이 일어난다면 어떻게 될까요? 그러니까 어떤 사고가, 네 살짜리 칼렙처럼 강에 빠져서 사라져 버린다면 어떻게 될까요? 글쎄, 제가 수영을 잘하기 때문에 말이 되지 않는 이야기지만 말이에요. 만약 제가 수영을 할 수 없어서 강에 빠져 사라져 버린다면 어떻게 될까요? 물론 새 기억 보유자를 선출할 테지만, 기억 전달자님께서는 이미 중요한 기억들을 상당히 많이 제게 전해 주셨고, 비록 마을에서 새 기억 보유자를 선출하더라도 기억 전달자님께 남아 있는 기억은 단편들뿐이지 않겠어요? 그리고 만약…….."

조너스가 갑자기 웃음을 터뜨렸다.

"그러고 보니 제 여동생 릴리나 할 것 같은 이야기를 지금 제가 하고 있군요."

기억 전달자가 조너스를 근엄하게 바라보았다.

"얘야, 강에 가까이 가지 마라. 마을 사람들은 다섯 주만에 로즈메리를 잃었다. 그 일은 마을 사람들 모두에게 재난이었지. 만약에 마을 사람들이 널 잃어버린다면 어떤 일이 벌어질지 나도 잘 모르겠다."

"왜 그 일이 마을 사람들에게 재난이었죠?"

기억 전달자가 조너스의 기억을 일깨웠다.

"전에 네게 한 번 말했던 기억이 나는구나. 로즈메리가 사라지자 사람들에게 기억이 되돌아왔지. 조너스, 네가 강에서 사라져 버린다고 해서 기억도 너와 함께 사라져 버리는 게 아니란다. 기억은 영원하기 때문이지.

로즈메리는 겨우 다섯 주 동안 받은 기억만을 간직하고 있었어. 게다가 그 기억들 대부분이 행복한 기억이었지. 하지만 로즈메리를 임무 해제로 몰고 간 끔찍한 기억들도 몇 개 있었단다. 한동안 그 기억들이 마을 전체를 휩싸고 돌았지. 그 끔찍한 느낌들! 마을 사람들은 이전에 단 한 차례도 그런 느낌을 경험해 본 적이 없었단다.

게다가 난 로즈메리를 잃은 슬픔과 실패했다는 느낌에 망연자실해서 마을 사람들을 도우려고 하지도 않았단다. 화가 나 있었던 거지."

기억 전달자는 입을 다물었다. 무슨 생각에 잠긴 듯했다. 잠시 침묵이 흐른 후 드디어 기억 전달자가 다시 입을 열었다.

"너도 알 거다, 내 말이 무슨 뜻인지. 너를 잃어버린다면 마을 사람들은 네가 겪었던 그 기억들을 모두 경험하게 될 거다."

조너스는 얼굴을 찌푸렸다.

"마을 사람들은 그걸 싫어할 거예요."

"분명 그렇겠지. 기억들을 어떻게 다뤄야 할지 도저히 알 수 없을 테니까 말이다."

"맞아요. 제가 기억들을 다룰 수 있는 유일한 이유는

기억 전달자님이 저를 도우셨기 때문이죠."

조너스가 한숨을 내쉬면서 대답했다.

기억 전달자가 고개를 끄덕이면서 천천히 말했다.

"내 생각엔…… 난 할 수……."

"뭘 하실 수 있다는 말씀이세요?"

기억 전달자는 여전히 깊은 생각에 잠겨 있었다. 잠시 후 기억 전달자가 말했다.

"만약 네가 강에 빠진다면 네게 도움을 준 것과 마찬가지로 내가 마을 사람을 도울 수 있을 거야. 재미있는 생각이구나. 그 일에 대해 좀 더 생각해 보아야겠다. 그래, 어쩌면 우리는 언젠가 그 일에 대해 다시 이야기할지도 몰라. 하지만 지금은 아니다. 네가 수영을 잘한다니 기쁘다, 조너스. 그렇지만 강가엔 가지 마라."

기억 전달자가 희미하게 웃었다. 하지만 그리 밝아 보이는 웃음은 아니었다. 생각이 이미 다른 곳에 가 있는 듯두 눈동자가 불안에 차서 계속 흔들렸다.

19

조너스는 시계를 흘깃 보았다. 늘 해야 할 일이 많았으므로 방금처럼 기억 전달자와 함께 앉아서 이야기한 적이 거의 없었다.

"쓸데없는 질문 때문에 시간을 보내게 해서 죄송해요. 아버지가 오늘 아기 하나를 임무 해제한다고 해서 갑자기 그 일이 생각났어요. 쌍둥이 아기인데 하나를 선택하고 하나는 임무 해제한대요. 몸무게로 그 운명을 가린대요."

조너스가 시계를 흘깃 보았다.

"이미 끝났을 거예요. 오늘 아침에 끝났겠죠."

기억 전달자의 표정은 심각했다. 그는 가만히 혼잣말하듯이 말했다.

"사람들이 그러지 않았으면 해."

"글쎄요, 사람들은 꼭 닮은 사람이 둘 있는 걸 참을 수 없을 거예요! 그게 얼마나 혼란스러울지 생각해 보세요!"

조너스가 혼자 낄낄거리면서 말했다. 그러다가 문득 생각난 듯 중얼거렸다.

"그 장면을 볼 수 있다면 좋겠어요."

조너스는 아버지가 임무 해제 기념식을 행하고 어린 쌍둥이 아기를 깨끗이 씻기고 다독거리는 장면을 보고 싶었다. 아버지는 정말로 착한 사람이었다.

기억 전달자가 말했다.

"넌 볼 수 있어."

"아니에요. 아이들이 보는 건 절대 금지예요. 그 일은 비밀이에요."

"조너스, 네가 훈련 규칙들을 매우 주의 깊게 읽었다는 사실을 알고 있다. 넌 누구에게나 무엇이든 요구할 수 있다는 게 생각나지 않니?"

조너스가 고개를 끄덕였다.

"맞아요, 하지만……."

"조너스, 너와 내가 함께하는 시간을 마치면 네가 새 기억 보유자가 될 거야. 넌 책을 읽을 수 있고 기억들을 간직하게 되지. 넌 모든 것에 접근할 수 있어. 그건 네 훈련의 일부란다. 임무 해제하는 장면을 보고 싶다면 요구만 하면 돼."

조너스가 어깨를 으쓱했다.

"음, 어쩌면 그럴 테죠. 하지만 오늘은 너무 늦었어요. 벌써 아침에 끝났을 거예요."

그러자 기억 전달자는 조너스가 한 번도 들어 본 적이 없는 이야기를 했다.

"모든 비밀 기념식은 녹화되지. 그러고서 비공개 기록 보관소에 보관된다. 오늘 아침에 있었던 임무 해제 기념식을 보고 싶니?"

조너스는 망설였다. 비밀로 되어 있는 것을 본다면 아버지가 싫어하시지 않을까 걱정스러웠다.

기억 전달자가 확고한 태도로 말했다.

"난 네가 봐야 한다고 생각한다."

"그럼, 좋아요. 어떻게 하면 되는지 말씀해 주세요."

기억 전달자가 자리에서 일어나 벽에 있는 스피커로 가서 스위치를 켰다. 즉시 목소리가 들렸다.

"예, 기억 전달자님. 무엇을 도와드릴까요?"

"오늘 아침에 있었던 쌍둥이들의 임무 해제를 보고 싶소."

"잠시 기다리십시오, 기억 전달자님. 지시해 주셔서 감사합니다."

조너스는 스위치 위에 있는 비디오 화면을 주시했다. 빈 화면이 지그재그 선으로 가득 차 깜박이기 시작했다. 곧이어 숫자 몇 개가 나타났고 날짜와 시간이 뒤를 이었다. 조너스는 자신이 이런 걸 볼 수 있다는 사실에 충격을 받았고 동시에 기뻤다. 한편으로 조너스는 마을 내에 자신이 모르는 일이 있었다는 사실에 놀랐다.

갑자기 자그맣고 창문 없는 방이 보였다. 방에는 침대 하나와 탁자와 서랍장이 있었다. 탁자 위엔 어떤 기구가 있는데 바로 저울이었다. 아기의 집에서 자원봉사를 할 때 조너스는 그와 똑같은 저울을 본 적이 있었다. 마룻바닥 위에는 얇은 카펫이 깔린 게 보였다.

"그냥 보통 방이네요. 어쩌면 마을 회관에서 아기들을 임무 해제할지도 모른다고 생각해 왔어요. 사람들이 모두 올 수 있게 말이에요. 노인들은 모두 임무 해제 기념식에 가요. 하지만 그저 아기라면은 갈 수가……."

"쉿."

기억 전달자가 화면을 보며 말했다.

보육사 옷을 입은 조너스의 아버지가 방 안으로 들어와서 부드러운 담요에 싸인 자그마한 아기를 얼렀다. 같은 옷을 입은 여자 하나가 똑같은 담요에 싸인 두 번째 아기를 안고 따라 들어왔다.

"저분이 우리 아버지예요. 그리고 저 여자 분은 조수예요. 아직 훈련 중이지만 곧 훈련을 끝마치고 정식 보육사가 될 거예요."

조너스는 큰 소리를 내면 아기들이 깨기라도 하듯 작

은 목소리로 말했다. 두 사람은 담요를 펼쳐서 일란성 아기들을 침대 위에 뉘었다. 아기들은 알몸이었다. 둘 다 사내애였다.

조너스는 흥미진진한 눈으로 화면을 주시했다. 아버지는 한 아기를 저울 위에 조심스럽게 올려놓았다가 내린 다음, 다른 한 아기를 올리면서 체중을 쟀다.

아버지가 웃는 소리가 들렸다. 아버지가 조수에게 한 아기를 담요로 다시 감싸서 건네면서 말했다.

"좋아. 녀석들 몸무게가 똑같을지도 모른다고 잠깐 생각했어. 그러면 골치 아프지. 하지만 이 녀석은 정확하게 2.7킬로그램이군. 이 녀석을 깨끗하게 씻겨서 옷을 입히고 아기의 집으로 넘기게."

여자가 아기를 안고 들어왔던 문을 통해서 다시 밖으로 나갔다.

조너스는 아버지가 침대 위에서 꼼지락거리는 아기를 내려다보는 장면을 똑바로 바라보았다.

"너, 이 녀석아, 넌 겨우 2.5킬로그램이야."

조너스가 웃으며 말했다.

"저건 아버지가 가브리엘을 다룰 때 사용하는 특별한 말투예요."

기억 전달자가 말했다.

"잘 보렴."

"이제 아버지는 아기를 깨끗이 씻기고 다독거릴 거예요. 아버지가 그러셨어요."

기억 진달자가 한 번도 들어 본 적이 없는 엄한 목소리로 명령했다.

"조용히 해라, 조너스. 그리고 잘 봐라."

조너스는 그 말을 따라 화면에 신경을 집중하고는 다음에 일어날 일을 기다렸다. 조너스는 평소부터 임무 해제 기념식에 관심이 많았다.

아버지가 몸을 돌려 서랍장을 열고는 주사기와 작은 병을 꺼냈다. 아버지는 매우 조심스럽게 주삿바늘을 병 안에 찔러 넣어 맑은 액체를 주사기 안에 주입하기 시작했다.

조너스는 그걸 보고 몸을 세게 움츠렸다. 아기들도 필요하면 때때로 주사를 맞아야 한다는 사실을 잊어버리고 있었다. 조너스는 주사를 싫어했다.

놀랍게도 아버지는 아주 조심스럽게 주삿바늘을 아기 이마 위로 가져가 연약한 피부 위로 맥이 뛰는 부위를 찔렀다. 아기는 꿈틀대면서 힘없이 울기 시작했다.

"아버지가 왜……?"

"쉿."

기억 전달자가 날카로운 목소리로 말했다.

아버지는 혼잣말을 하고 있었다. 조너스는 물으려 했

던 질문에 대한 답을 듣고 있음을 깨달았다. 아버지는 여전히 속삭이는 듯한 목소리로 이렇게 말했다.

"안다, 알아. 아프지, 이 녀석아. 하지만 난 정맥이 필요해. 하지만 네 팔에 있는 정맥은 아직 너무 가늘어."

아버지는 액체가 완전히 없어질 때까지 아주 천천히 주사기를 눌렀다.

"다 됐다. 이제 그리 아프지 않지, 그렇지?"

아버지가 명랑하게 말하는 소리가 들렸다. 아버지는 옆쪽으로 가서 주사기를 쓰레기 저장소 안으로 떨어뜨렸다.

조너스는 이제 아버지가 아기를 깨끗이 씻기고 다독거릴 거라고 속으로 말했다. 이 작은 임무 해제 기념식이 진행되는 동안 기억 전달자는 한마디도 말하거나 듣고 싶어 하는 것 같지 않았다. 조너스는 화면을 계속 바라보았다. 아기는 더 이상 울지 않고 경련하듯 팔다리를 움직였다. 그다음 순간 아기가 흐느적거렸다. 고개가 옆으로 떨어졌다. 두 눈을 반쯤 뜬 채. 그러고는 모든 게 조용해졌다.

이상한 느낌이 들면서 조너스는 그 동작과 자세를 어디에선가 본 적이 있음을 깨달았다. 무언가 친숙한 느낌이었다. 이전에 분명히 그걸 본 적이 있었다. 하지만 어디에서였는지는 전혀 기억할 수 없었다.

조너스는 화면을 뚫어지게 바라보면서 무슨 일이 일어나기를 기다렸다. 하지만 아무 일도 일어나지 않았다. 아기는 미동도 없이 누워 있었다. 아버지는 담요를 개고 서랍장을 닫으면서 물건들을 치우고 있었다.

마치 놀이터에서 그랬던 것처럼 조너스는 또다시 목이 메는 느낌이 들었다. 생명이 끊긴 병사의 피투성이 얼굴이 보였다. 그 기억이 머릿속에 맴돌았다.

'아기를 죽였어! 아버지가 아기를 죽였어!'

조너스는 자신이 알아 버린 진실에 굉장한 충격을 받았다. 꼼짝도 하지 못한 채 조너스는 화면을 계속 바라보았다.

아버지는 방 안을 정돈했다. 그런 다음 바닥에 놓아두었던 작은 골판지 상자를 집어 들고 침대에 올려놓았다. 아버지는 아기의 가냘픈 몸뚱이를 넣고는 뚜껑을 꼭 덮었다.

아버지는 상자를 들고 방 반대쪽으로 갔다. 아버지가 벽에 있는 작은 문을 열자 뒤편의 어둠이 눈에 들어왔다. 학교에서 쓰레기를 집어넣는 자동 운반 장치와 비슷한 종류의 장치인 듯했다.

아버지는 아기가 담긴 상자를 자동 운반 장치 속에 넣고 밀었다.

"잘 가라, 이 녀석아."

조너스는 아버지가 방을 나가면서 말하는 걸 들었다. 다음 순간 화면이 꺼졌다.

237

기억 전달자가 몸을 돌리고는 아주 침착하게 말했다.

"아나운서를 통해 로즈메리가 임무 해제 신청을 했음을 알았을 때 나는 테이프를 틀어 그 과정을 보았지. 화면 속에서 로즈메리는 늘 보아 왔던 아름다운 모습 그대로 기다리고 있었지. 그들은 주사기를 가지고 와서 로즈메리에게 소매를 걷으라고 요구했어.

조너스 넌 어쩌면 로즈메리가 그다지 용감하지 않았을지도 모른다고 했지? 사실 난 용감함에 대해 아무것도 모른다. 그게 뭔지, 무슨 뜻인지. 그저 알 수 있었던 것은 내가 공포에 질려 아무 말도 못하고 여기에 앉아 있었다는 것뿐이었어. 한없는 무기력함에 비참해져서. 그리고 난 로즈메리가 그들에게 자기가 직접 주사하겠다고 말하는 걸 들었어. 그리고 로즈메리는 실제로 그렇게 했어. 나는 그 장면을 보지 못했어. 다른 곳으로 눈을 돌렸어."

기억 전달자가 고통스러운 목소리로 덧붙였다.

"그래, 이것이 임무 해제란다. 넌 임무 해제에 대해 궁금해했지."

조너스는 마음속에서 맹렬하게 솟아오르는 어떤 감정을 느꼈다. 끔찍하게 고통스러운 느낌이 울부짖음을 타고 밖으로 터져 나오려고 했다.

20

"안 갈래요! 집에 안 갈 거예요! 기억 전달자님도 저한 테 가라고 하실 수 없어요!"

조너스는 흐느끼고 소리치면서 두 주먹으로 침대를 마구 내리쳤다.

"똑바로 앉아라, 조너스."

기억 전달자가 엄한 목소리로 조너스에게 말했다.

조너스는 그 말을 따를 수밖에 없었다. 울먹이고 벌벌 떨면서 침대 가장자리에 앉았다. 하지만 조너스는 기억 전달자의 얼굴을 보려고 하지 않았다.

"오늘 밤에는 여기 있어도 된다. 너한테 이야기를 하고 싶구나. 하지만 내가 네 기초 가족에게 알릴 동안 조용히 있으렴. 네가 우는 소리를 어느 누구도 들으면 안 돼."

조너스는 화난 표정으로 기억 전달자를 쳐다보았다.

"아무도 그 어린 쌍둥이 아기들이 우는 소리를 듣지 못했어요! 우리 아버지 외엔 말이에요!"

조너스는 다시 울음을 터뜨렸다.

기억 전달자는 아무 말도 하지 않고 기다렸다. 마침내 조너스는 어느 정도 진정이 된 듯 몸을 움츠린 채 어깨를 들먹이며 앉았다.

기억 전달자는 스피커로 다가가서 스위치를 켰다.

"기억 전달자님, 무엇을 도와드릴까요?"

"새 기억 보유자의 기초 가족에게 추가 훈련을 위해 그가 오늘 밤 나와 함께 있을 거라고 알리시오."

"그렇게 하겠습니다, 기억 전달자님. 지시해 주셔서 감사합니다."

목소리가 말했다. 그러자 조너스가 잔인하고 빈정대는 목소리로 그 흉내를 냈다.

"그렇게 하겠습니다, 기억 전달자님. 그렇게 하겠습니다, 기억 전달자님. 원하시는 일이라면 뭐든 하겠습니다, 기억 전달자님. 사람들을 죽이겠습니다, 기억 전달자님. 노인들을요? 어린 아기들을요? 그들을 죽인다면 행복하겠습니다, 기억 전달자님. 지시해 주셔서 감사합니다, 기억 전달자님. 무엇을 도와드릴……."

조너스는 멈출 수 없는 듯 보였다. 기억 전달자가 조너스의 양어깨를 꼭 붙잡았다. 그러자 조너스는 아무 말 않고 고개를 들어 기억 전달자를 쳐다보았다.

"내 말 잘 들어라, 조너스. 마을 사람들은 그렇게 할 수밖에 없어. 사람들은 아무것도 몰라."

"전에 언젠가 그렇게 말씀하신 적이 있어요."

"사실이니까 그런 말을 했다. 그게 마을 사람들이 살아가는 방식이야. 그게 마을 사람들을 위해 만들어진 삶이다. 만일 네가 내 후계자로 선출되지 않았더라면 너 역시 그렇게 살아야 했을 거다."

"하지만 아버지는 제게 거짓말을 했어요!"

조너스가 울음을 터뜨렸다.

"그렇게 하도록 지시받았기 때문이야. 네 아버지는 지시 말고 다른 건 아무것도 모른단다."

"기억 전달자님은 어떠세요? 기억 전달자님도 제게 거짓말을 하시나요?"

조너스가 내뱉듯이 물었다.

"내게는 거짓말을 할 권리가 있다. 하지만 난 너에게 결코 거짓말을 한 적이 없어."

조너스는 기억 전달자를 똑바로 쳐다보았다.

"임무 해제는 언제나 그런가요? 세 번 규칙을 어긴 사람들에게? 노인들에게? 그들은 노인들도 죽이나요?"

"그래, 사실이다."

"그럼, 피오나는 어때요? 피오나는 노인들을 사랑해요! 그래서 노인을 돌보는 훈련을 받고 있어요. 피오나도 이미 아나요? 이 사실을 알면 피오나는 어떻게 할까요? 어떤 느낌이 들까요?"

조너스가 손등으로 눈물을 훔치면서 말했다.

"피오나는 이미 임무 해제 기술을 섬세하게 훈련받고 있다. 네 빨강 머리 친구는 매우 유능해. 하지만 피오나가 배운 삶에는 느낌이란 게 없어."

조너스가 팔짱을 껴서 자기 몸을 감싸고는 몸 전체를 앞뒤로 흔들었다.

"전 어떻게 해야 하나요? 이제 전 집에 돌아갈 수 없어요! 그럴 수 없단 말이에요!"

기억 전달자가 자리에서 일어섰다.

"일단 저녁을 주문하자. 그러고 나서 식사를 하자."

조너스는 자신도 모르게 다시 심술궂고 빈정대는 목소리로 말했다.

"그런 다음엔 느낌을 교환할 거고요?"

기억 전달자는 슬프고 고통스러우며 공허한 듯한 웃음을 지었다.

"조너스, 너와 내가 진짜 느낌을 갖고 있는 유일한 사람들이란다. 우린 이제 거의 일 년 동안이나 느낌을 교환해 왔잖니."

조너스가 풀 죽은 목소리로 말했다.

"죄송해요, 기억 전달자님께 화낼 생각은 전혀 없었어

요."

기억 전달자가 조너스의 웅크린 어깨를 쓰다듬으며 말했다.

"밥을 먹고 나서는…… 계획을 세우자."

조너스가 당황하여 쳐다보았다.

"무슨 계획 말인가요? 아무것도 없어요. 저희가 할 수 있는 일은 하나도 없어요. 언제나 이런 식이었어요. 제가 태어나기 전에도, 기억 전달자님이 있기 전에도, 그보다 전에도…… 옛날, 옛날, 아주 옛날부터요."

조너스의 입에서 이미 익숙해진 말들이 저절로 튀어나왔다.

잠시 후 기억 전달자가 말했다.

"아주 오랫동안 그랬다는 건 사실이다. 하지만 기억은 언제나 그랬던 건 아니라는 걸 알려 주지. 사람들 역시 한때 모든 것을 느낀 적이 있었다. 너나 나처럼 말이다. 사람들은 한때 긍지, 슬픔, 그리고……."

"그리고 사랑."

조너스는 말을 이으면서 자신에게 아주 큰 영향을 주었던 그 가족 풍경을 떠올렸다.

"그리고 고통."

조너스는 다시 병사를 떠올렸다.

"기억을 품는 게 힘든 가장 큰 이유는 고통이 아니라

외로움이다. 그러니까 기억은 함께 나눌 필요가 있어."

"전 기억 전달자님과 기억을 함께 나누기 시작했어요."

조너스가 활기를 찾으려고 애쓰며 말했다.

"네 말이 맞다. 지난 일 년 동안 너와 함께함으로써 나는 이제는 모든 게 변해야 한다고 깨달았지. 지난 여러 해 동안도 그래야 한다고 느껴 왔지만 너무 가망 없는 듯 보였단다."

기억 전달자가 천천히 덧붙였다.

"그렇지만 이제 처음으로 어떤 방법이 있을지도 모른다고 생각하게 되었다. 두 시간 전에 네가 나에게 그걸 다시 깨닫게 했지."

기억 전달자를 바라보며 조너스는 그의 말을 새겨들었다.

※

밤이 늦었다. 두 사람은 이야기에 이야기를 거듭했다. 조너스는 원로들만 입는, 기억 전달자의 긴 외투를 걸친 채 앉아 있었다.

두 사람이 계획한 일은 충분히 실현 가능한 일이었다. 물론 실패로 끝난다면 살해당할 수도 있었다.

'하지만 그게 무슨 문제란 말인가? 이 마을에 계속 머

물러야 한다면 내 인생은 더 이상 아무 의미도 없을 거야.'

조너스는 기억 전달자에게 말했다.

"좋아요. 말씀대로 하겠어요. 충분히 가능하다고 생각해요. 어쨌든 해 볼 거예요. 하지만 전 기억 전달자님도 함께 가시면 좋겠어요."

기억 전달자가 고개를 저었다.

"조너스, 몇 세대에 걸쳐, 그러니까 옛날, 옛날, 아주 옛날부터 이 마을에는 기억 보유자가 있어서 마을 사람들을 위해 기억을 품고 있었단다. 지난 일 년 동안 난 그 기억들 가운데 많은 것을 네게 전달했다. 그리고 난 그 기억들을 되돌려 받을 수가 없을뿐더러 그 방법도 알지 못한다. 그러니까 만일 네가 탈출한다면, 네가 사라지면……. 조너스, 넌 절대 돌아올 수 없다는 걸 알고 있겠지……?"

조너스가 진지한 표정으로 고개를 끄덕였다. 그게 가장 두려운 부분이었다.

"네, 저도 알아요. 하지만 기억 전달자님께서 저와 함께 가신다면……."

기억 전달자가 고개를 저으며 손짓으로 조용히 하라고 하고는 계속해서 말했다.

"만일 네가 달아난다면, 저편에 도착한다면, 다른 세계로 간다면, 네가 간직했던 기억들을 마을 사람들 스스로 간직해야 해. 물론 사람들에게는 그럴 만한 능력이 있어. 그로 인하여 지혜도 약간 얻겠지. 하지만 그 일은 사람들에게 몹시 힘든 일일 거야. 십 년 전 로즈메리를 잃었을 때에도 그런 일이 일어났다. 로즈메리가 간직했던 기억들이 사람들에게 돌아왔고 마을에 엄청난 혼란이 일어났지. 그 기억들은 지금 네 기억에 비하면 아주 적은 숫자였단다. 네 기억이 사람들에게 돌아온다면 틀림없이 사람들은 도움을 필요로 할 거야. 처음에 내가 어떻게 널 도왔는지 기억해 보렴. 기억을 받아들이는 게 아직 낯설었을 때 말이야."

조너스가 고개를 끄덕였다.

"처음엔 아주 무서웠어요. 그리고 많이 아팠어요."

"넌 그때 내가 필요했지. 마찬가지로 네가 사라지면 사람들에게 내가 필요할 거다."

"별 상관없을 거예요. 사람들은 저를 대신할 누군가를 발견할 거예요. 새로운 기억 보유자를 선출할 거예요."

"훈련받을 준비가 된 아이가 없단다. 지금 당장은 말이야. 아, 사람들은 물론 선출을 서두르겠지. 하지만 적당한 자질이 있는 아이가 생각나지 않는구나."

"색깔 옅은 눈을 한 여자애가 하나 있어요. 하지만 그 애는 겨우 여섯 살이에요."

"그래, 네 말이 맞다. 나도 그 아이를 알고 있다. 이름이 아마 캐서린이지. 하지만 그 앤 너무 어려. 그러니까 사람들은 기억들을 억지로 떠맡을 수밖에 없겠지."

조너스는 계속해서 간청했다.

"저와 같이 가 주세요, 기억 전달자님."

그러나 기억 전달자는 확고한 태도로 말했다.

"안 돼, 난 여기 있어야 해. 나도 너와 같이 가고 싶다, 조너스. 하지만 나마저 너와 함께 간다면 사람들을 기억으로부터 보호하는 방법을 모두 빼앗는 거야. 조너스, 마을은 아무도 도울 사람 없이 방치될 거야. 그러면 엄청난 혼란이 찾아올 거다. 아마도 사람들은 스스로를 파괴할거야. 난 갈 수 없어."

조너스가 다시 한 번 말했다.

"기억 전달자님, 우리 두 사람은 더 이상 마을 사람들을 돌볼 필요가 없어요."

기억 전달자가 의아한 듯이 웃음을 지으며 조너스를 바라보았다. 조너스는 고개를 숙였다. 물론 누군가 사람들을 돌봐야 했다. 그게 가장 중요한 일이었다.

기억 전달자가 한숨을 쉬었다.

"조너스, 어떤 경우든 난 제대로 해낼 수 없을 거다. 지금 난 너무 쇠약해 있어. 내가 더 이상 색깔을 볼 수 없다는 걸 아니?"

그 말에 조너스는 상심했다. 조너스는 기억 전달자의

손을 잡았다. 기억 전달자가 다시 말했다.

"네겐 색깔들이 있다. 그리고 용기가 있지. 네가 강해
지도록 도와주마."

조너스가 기억 전달자에게 상기시켰다.

"일 년 전, 제가 막 열두 살이 되었을 때, 그러니까 제가
처음으로 색깔을 보기 시작했을 때, 기억 전달자님께선
저와는 다른 방식으로 사물 너머를 보는 현상이 일어났
다고 말씀하셨잖아요. 하지만 전 이해할 수 없었어요."

기억 전달자의 표정이 밝아졌다.

"내 말은 사실이다. 네 모든 지식과 기억, 그리고 네가
배운 모든 것에도 불구하고 여전히 넌 내 말을 이해하지
못할 거라는 것도 아니? 그건 내가 이기적이었기 때문이
다. 난 그에 관련한 기억들을 네게 조금도 넘겨주지 않았
다. 난 마지막까지 그걸 혼자서 간직하고 싶었지."

"뭘 간직해요?"

"내가 너보다 어렸을 때 내게 그 현상이 시작되었지.
하지만 내게 그건 사물 너머를 보는 능력이 아니었어. 좀
달랐지. 내게 그 일은 사물 너머를 듣는 능력으로 나타났
어."

조너스는 얼굴을 찌푸리며 그 말을 이해하려고 애썼다.

"무슨 소릴 들으셨는데요?"

기억 전달자가 웃으며 말했다.

"음악이야. 난 정말 놀라운 무언가를 듣기 시작했어. 음악이라는 거야. 내가 죽기 전에 네게 조금 전해 주마."

조너스가 단호한 태도로 고개를 저었나.

"아니에요. 전 기억 전달자님께서 그 기억을 간직하시길 바라요. 제가 떠난 후에도 계속 간직하세요."

***

다음 날 아침 집으로 와서 부모님께 명랑한 목소리로 인사를 한 후, 조너스는 자신이 얼마나 바쁘면서도 즐겁게 밤을 보냈는지를 능청스럽게 말했다.

아버지 역시 웃으면서 전날 얼마나 바쁘고 즐거운 하루를 보냈는지를 입에 침도 바르지 않고 거짓말을 했다.

수업 시간 내내 조너스는 머릿속으로 계획을 검토했다. 놀랄 만큼 간단한 계획이었다. 조너스와 기억 전달자는 어제 밤늦도록 그 계획을 검토하고 또 검토했다.

앞으로 두 주일 동안, 12월 기념식이 열릴 때까지, 기억 전달자는 용기나 힘에 관련된 기억을 조너스에게 모두 전할 것이다. 그 기억들은 조너스가 다른 세계를 발견하는 데 도움을 줄 것이었다. 두 사람은 다른 세계가 반드시 존재할 거라고 믿었다. 조너스가 가야 할 길은 매우 힘들고 고된 길이 될 것이었다.

기념식 전날 밤에 조너스는 몰래 집을 떠날 것이다. 어쩌면 전체 계획 중에서 이 부분이 실패 확률이 가장 높을 수도 있었다. 공적인 사무가 없는 경우, 밤에 집에서 나가는 것은 중대한 규칙 위반이기 때문이었다.

조너스가 말했다.

"한밤중에 떠날 거예요. 그때쯤이면 음식물 수거원들도 저녁 식사 시간에 남은 것들을 다 모아 갈 거고, 도로 청소부들도 그렇게 일찍 일을 시작하진 않을 거예요. 그러니까 아주 급한 일이 있는 사람이 아니라면 절 볼 사람은 아무도 없을 거예요."

"만약에 사람들 눈에 띄면 어떻게 해야 할지는 나도 모른다, 조너스. 물론 난 탈출 관련 기억들을 모두 간직하고 있다. 끔찍한 장소로부터 달아난 사람들에 관한 역사적 기억 전체를 말이다. 하지만 상황은 그때마다 달라. 이번 경우와 같은 기억은 없다."

"조심할 거예요. 그러니까 아무도 절 보지 못할 거예요."

"기억 보유자로 훈련받고 있기 때문에 넌 이미 높은 존경을 받고 있어. 그러니 아주 강하게 의심받지는 않을 거라 본다."

"그런 상황이 되면 전 기억 전달자님을 위해 중요한 심부름을 하는 중이라고 할 거예요. 제가 그 시간에 바깥에

250

있게 된 건 모두 기억 전달자님 탓이라고 할 거예요."

조너스가 기억 전달자를 놀렸다.

그 말에 두 사람은 함께 조금 신경질적으로 웃었다. 하지만 조너스는 여벌의 옷을 가지고 사람들 눈에 띄지 않게 마을에서 사라질 수 있다고 자신했다. 조용히 자전거를 강둑에 가지고 가서 수풀에 감추고 그 옆에 옷을 놔둘 것이다. 그런 다음 어둠 속을 걸어서 별채로 향할 것이다.

기억 전달자가 설명했다.

"야간 안내원은 없을 거다. 문을 열어 놓으마. 넌 방 안으로 살짝 들어오기만 하면 돼. 널 기다리마."

아침이 되면 아버지 어머니가 일어나서 조너스가 사라졌다는 것을 알 것이다. 두 사람은 조너스의 침대에서 편지 한 통을 발견할 것이다. 조너스가 아침 일찍 강을 따라 자전거를 타러 갔고, 기념식에 참석하기 전에 돌아올 거라는 내용의 편지를 말이다.

아버지 어머니는 초조하겠지만 그다지 놀라지는 않을 것이다. 다만 조너스가 경솔하게 행동한다고 생각하고 나중에 그를 꾸짖으려고 마음먹을 것이다.

아버지 어머니는 화가 나서 조너스를 기다릴 것이다. 하지만 조너스가 끝내 돌아오지 않으면 마침내 그들은 조너스 없이 릴리와 기념식에 갈 수밖에 없을 것이다.

조너스가 자신감 있게 말했다.

"그래도 아버지 어머니는 누구에게도 아무 말도 하지 않을 거예요. 이 일이 두 분의 부모 역할에 영향을 끼칠 것이기 때문에 제 무례함에는 신경 쓸 겨를이 없겠죠. 게다가 모든 사람이 기념식에 골몰해서 제가 사라졌다는 사실을 알아채지 못할 거예요. 전 열두 살이고 훈련 중이니까요. 전 더 이상 또래 모둠과 함께 앉을 필요가 없어요. 애셔는 제가 아버지 어머니나 기억 전달자님과 함께 있을 거라고 생각할 거예요……."

"네 아버지 어머니는 네가 애셔나 나와 함께 있을 거라고 추측하고……."

조너스가 어깨를 으쓱했다.

"제가 거기 없다는 사실이 알려지기까진 시간이 좀 걸릴 거예요."

"그리고 너와 난 그때쯤이면 멀리 가 있을 거고."

아침마다 기억 전달자는 스피커를 통하여 자동차와 운전사를 부르곤 했다. 기억 전달자는 종종 주변 지역 마을을 찾아가 거기 원로들을 만났다. 기억 전달자가 책임져야 하는 곳은 주변 모든 지역에 걸쳐 있었다. 따라서 그건 그다지 이상한 일이 아니었다.

보통 기억 전달자는 12월 기념식에 참석하지 않았다. 작년에는 자신과 관련되어 있는 조너스가 선출되었기 때문에 특별히 참석한 것이다. 기억 전달자의 생활은 마을 사람들과 크게 달랐다. 아무도 기억 전달자가 참석하지 않거나 마을 바깥으로 나가기로 결정한 사실을 입에 올리지 않을 것이다.

운전사와 자동차가 도착하면 기억 전달자는 운전사에게 간단한 심부름을 시킬 것이다. 운전사가 없는 사이에 기억 전달자는 조너스가 자동차의 화물칸에 숨도록 도울 것이다. 조너스는 두 주일 동안 배급받은 식사에서 조금씩 떼어서 보관해 두었던 음식물을 가져갈 것이다.

기념식이 시작될 것이고 마을 사람이 모두 참석할 것이다. 아마도 그때쯤이면 조너스와 기억 전달자는 멀리 떠나 있을 것이다.

점심 무렵이면 조너스가 사라졌다는 사실이 분명해질 것이다. 그제야 사람들은 그 일을 심각하게 걱정할 것이다. 물론 기념식은 결코 중단되지 않을 것이다. 하지만 곧 수색자들이 마을에서 파견될 것이다.

조너스의 자전거와 옷이 발견될 때쯤에는 기억 전달자가 마을로 돌아올 것이고 조너스는 이미 다른 곳에 가 있을 것이다.

마을로 돌아온 기억 전달자는 사람들이 혼란과 공황 상태에 있는 걸 발견할 것이다. 이전에는 단 한 번도 경험하지 못한 상황을 맞이했지만 위안이나 지혜를 발견할 수 있는 기억이 하나도 없기 때문에 사람들은 기억 전달자에게 조언을 구할 것이다.

기억 전달자는 사람들이 그때까지 모여 있을 마을 회관으로 갈 것이다. 그리고 무대 위로 올라가서 사람들 주의를 집중시킬 것이다.

그 직후 기억 전달자는 조너스가 강에 빠졌다고 엄숙하게 선언할 것이다. 그리고 즉시 상실 기념식을 시작할 것이다.

"조너스, 조너스."

마을 사람들은 언젠가 칼렙에게 그랬던 것처럼 커다란 소리로 조너스의 이름을 외칠 것이다. 기억 전달자가 그 외침을 이끌 것이다. 사람들은 일제히 함께 조너스의 이름을 더 천천히, 점점 부드럽게 부르다가 마침내 조너스가 단지 죽음을 애도하는 중얼거림에 지나지 않을 때가 되면, 마을 사람들의 삶에서 조너스의 존재는 서서히 사라질 것이다. 그 기나긴 날이 끝날 무렵에 그 이름은 영원히 사라져서 다시는 언급되지 않을 것이었다.

그때쯤이면 마을 사람들은 조너스 한 사람의 운명보다는 기억들을 직접 품어야 하는 엄청난 사태에 관심을 돌릴 것이다. 그때 기억 전달자가 사람들을 도울 것이다.

***

기나긴 논의와 계획이 끝날 무렵 조너스가 말했다.

"네, 마을 사람들에게 기억 전달자님이 필요할 거라는 사실을 이해해요. 하지만 제게도 기억 전달자님이 필요할 거예요. 제발 저와 함께 가세요."

마지막으로 간청했지만 조너스는 이미 어떤 대답을 들을지 알았다.

기억 전달자가 부드러운 목소리로 말했다.

"내 일은 그걸로 끝날 거야. 마을 사람들이 변화하고 기억을 나눌 수 있도록 도움을 준 다음엔 말이다. 네게 감사한다, 조너스. 네가 없었다면 난 결코 마을 사람들을 바꿀 수 있는 방법을 생각하지 못했을 테니 말이다. 하지만 네 역할은 탈출하는 것이고 내 역할은 여기에 머무르는 거야."

조너스가 슬픈 목소리로 물었다.

"하지만 저와 함께하고 싶지 않으세요, 기억 전달자님?"

기억 전달자가 그를 끌어안았다.

"널 사랑한다, 조너스. 하지만 난 다른 곳으로 가야 해. 여기서 할 일이 끝나면 난 내 딸과 함께하고 싶다."

풀이 죽은 채 멍하니 방바닥을 바라보던 조너스가 매우 놀란 표정으로 기억 전달자를 쳐다보았다.

"기억 전달자님께 딸이 있었다는 사실은 몰랐어요! 배

우자가 있었단 말씀은 예전에 하셨지만. 하지만 전 기억 전달자님 딸에 대해선 몰랐어요."

기억 전달자가 웃으며 고개를 끄덕였다. 두 사람이 함께했던 지난 몇 달 만에 처음으로, 조너스는 기억 전달자의 얼굴에 진정 행복한 표정이 떠올라 있는 걸 알았다. 기억 전달자가 말했다.

"그 애 이름은 로즈메리였단다."

21

"할 수 있어. 반드시 해낼 수 있어."

조너스는 그날 내내 반복해서 자기 자신에게 말했다.

하지만 그날 저녁 갑자기 모든 것이 변했다. 모든 것이, 그토록 신중하게 생각했던 것이 모조리 산산조각 나 버렸다.

＊＊＊

그날 밤, 조너스는 달아날 수밖에 없게 되었다. 하늘이 어두워지고 마을이 조용히 잠에 빠진 후 조너스는 집을 떠났다. 몇몇 작업자들이 아직 돌아다닐 시간이기에 상당히 위험했다. 하지만 소리 내지 않고 살그머니 움직여 아무 눈에도 띄지 않고, 불 꺼진 집과 아무도 없는 마을 중앙 광장을 지나 강 쪽으로 갔다. 광장 뒤편으로 노인의 집과 그 별채가 밤하늘에 우뚝 솟은 모습이 보였다. 하지만 조금도 지체하지 않았다. 시간이 없었다. 일분일초가 소중했다. 조금이라도 더 마을에서 멀리 떨어져야 했다. 다리 위에 이르러서도 조너스는 자전거 위에 몸을 굽히고 쉬지 않고 페달을 밟았다. 다리 아래에서 검게 출렁이는 물결이 보였다.

놀랍게도, 마을을 뒤로했지만 아무런 두려움이나 후회도 느껴지지 않았다. 다만 친한 친구들을 두고 오는 게 매우 슬펐을 뿐이다. 갑작스러운 탈출에 따른 위험 때문에 아무 말도 하지 않았지만, 기억 전달자에게는 사물 너머를 볼 수 있는 능력이 있으니까 자신이 작별 인사를 하고 떠났음을 알아채기를 조너스는 간절히 바랐다.

***

사건은 저녁 식사 시간에 일어났다. 늘 그렇듯이 조너스의 기초 가족은 모두 모여 식사를 하고 있었다. 릴리는 수다를 떨었고, 어머니와 아버지는 그날 있었던 일에 대한 일상적인 말(거짓말인 줄 조너스가 이미 다 알아 버린 이야기들)을 했으며, 가브리엘은 마루 위에서 행복하게 놀면서 옹알이를 했다. 가브리엘은 이따금씩 조너스 쪽을 즐거운 듯 바라보았다. 아마도 조너스가 집 밖에서 하룻

밤을 지낸 후 다시 돌아온 사실이 기쁜 듯했다.

아버지가 아기 쪽을 힐긋 보면서 말했다.

"재미있게 보내라, 이 녀석. 네가 이 집 손님으로 오는 건 오늘이 마지막이다."

조너스가 물었다.

"무슨 말씀이세요?"

아버지가 실망한 표정으로 한숨을 쉬었다.

"글쎄 말이야, 어젯밤 가브리엘이 밤새 아기의 집에 머물렀거든. 오늘 아침에 네가 집으로 돌아왔을 때 가브리엘이 없었던 건 그 때문이야. 나는 네가 집에 없을 때 한 번 시도해 볼 만하다고 생각했어. 사실 이 녀석이 그동안 아주 잘 잤잖니."

어머니가 걱정하면서 물었다.

"그런데 무슨 문제가 생겼어?"

아버지가 슬픈 미소를 지었다.

"무슨 문제 정도가 아냐. 엄청났어. 가브리엘이 밤새도록 울어 댔지 뭐야. 야간 근무자들이 손쓸 수조차 없었지. 내가 도착할 즈음에 모두 완전히 지쳐 있었어."

마루에서 방글방글 웃고 있는 아기를 꾸짖듯이 혀를 차며 릴리가 말했다.

"가브리엘, 이 나쁜 녀석."

아버지가 계속해서 말했다.

"그래서 우린 이제 결정해야 했단다. 오늘 오후 회의를 했을 때 나조차도 가브리엘을 임무 해제하는 데 표를 던졌다."

조너스가 포크를 내려놓고 아버지를 똑바로 바라보면서 말했다.

"임무 해제라고요?"

아버지가 고개를 끄덕였다.

"우리로서는 할 수 있는 건 다했어. 그렇게 생각하지 않니?"

"당신 말이 맞아."

어머니가 단호한 몸짓으로 맞장구쳤다. 릴리도 그렇다는 듯이 고개를 끄덕였다.

조너스는 목소리를 침착하게 유지하려고 안간힘을 썼다.

"언제예요? 가브리엘을 언제 임무 해제하는데요?"

"내일 아침에 첫째로 할 일이지. 우리는 곧 이름 받기 기념식 준비를 시작하기 때문에 이 녀석 문제를 당장 해결해야겠다고 생각했어."

그리고 아버지는 달콤하고 노래하는 듯한 목소리로 말했다.

"안녕, 가브리엘, 아침엔 안녕."

＊＊＊

조너스는 강 반대편으로 가서 잠시 멈춰 서서 뒤돌아보았다. 지금까지 살아온 마을이 잠에 빠진 채 펼쳐져 있었다. 조너스 자신이 없어도, 새벽이 오면 늘 그래 왔듯이 질서 정연하고 조직적인 삶이 계속될 것이다. 아무것도 예상 밖의 일을 겪거나 불편한 일을 맞거나 이상한 사건이 벌어지지 않는 삶. 색깔도, 고통도, 과거도 없는 삶이 영원히 계속될 것이다.

조너스는 발로 페달을 다시 힘차게 밟으며 길을 따라 계속 달렸다. 뒤돌아보는 데 시간을 쓰는 건 아주 위험한 일이었다. 지금까지 어긴 규칙들만으로도 잡히면 처벌받기에 충분했다.

첫째, 밤에 집을 떠났다. 이 일은 중대한 위반이었다.

둘째, 음식을 훔쳤다. 수거원이 가져가기 쉽도록 집 계단에 놓아 둔 음식물 찌꺼기에 지나지 않았지만 역시 매우 심각한 범죄였다.

셋째, 아버지 자전거를 훔쳤다. 아버지 물건은 하나도 손대고 싶지 않았고, 또 평소에 타던 자전거보다 훨씬 더 큰 자전거를 탈 수 있을까 하고 고민이 되었다. 그래서 어둠에 잠긴 자전거 보관소 옆에서 잠시 망설이기는 했다. 하지만 아버지 자전거에는 뒤쪽에 따로 어린이 좌석이 있기 때문에 그게 꼭 필요했다.

그리고 마지막으로 가브리엘까지 데리고 나왔다.

✳✳✳

　조너스는 자그마한 머리가 등에 부딪히며 부드럽게 흔들리는 걸 느꼈다. 가브리엘은 깊이 잠든 채 뒷좌석에 몸이 고정되어 있었다. 집을 떠나기 전에 조너스는 가브리엘의 등에 두 손을 꼭 갖다 대고, 마음을 가능한 한 편하게 해 주는 기억을 전달했다. 저녁 무렵 어떤 섬의 야자나무 아래에서 천천히 움직이는 해먹, 백사장에 밀려오는, 사람을 나른하고 졸리게 만드는 규칙적인 바닷물 소리. 기억이 퍼져 나감에 따라 가브리엘이 편안하고 깊이 잠드는 걸 느낄 수 있었다. 조너스가 아기 침대에서 들어 올려 자전거 좌석에 놓을 때까지 가브리엘은 조금도 말썽을 부리지 않았다.

　마을 사람들은 밤이 지나 새벽이 되어서야 탈출을 알아차릴 것이었다. 그때까지는 시간이 좀 있었다. 그래서 조너스는 열심히 자전거를 달려 몇 분이 지나고 몇 킬로미터가 지나도 지치지 않도록 자신을 채찍질했다. 자신과 기억 전달자가 계획했던 대로 힘과 용기의 기억을 받아들일 시간이 없었다. 그래서 조너스는 이미 갖고 있는 기억에 의존하면서 그걸로 충분하기를 바랄 수밖에 없었다.

　조너스는 외딴 마을의 불 꺼진 집들을 피해서 달렸다. 점차 마을들 사이의 거리가 넓어졌다. 인적 없는 도로가

길게 뻗어 있었다. 처음에는 다리가 아파 왔지만 시간이
지남에 따라 무감각해졌다.

새벽이 되자 가브리엘이 보채기 시작했다. 두 사람은
외진 장소에 있었다. 도로 양쪽 들판에는 여기저기 잡목
숲이 있었다. 멀리 개울물이 눈에 들어왔다. 조너스는 앞
으로 나아가 바퀴 자국이 울퉁불퉁하게 난 풀밭을 가로
질렀다. 가브리엘은 완전히 잠에서 깨어 자전거 리듬에
맞추어 깔깔 웃었다.

조너스는 가브리엘을 고정한 끈을 풀고 자전거에서 내
렸다. 가브리엘은 풀밭을 이리저리 만지면서 즐거워했다.
조너스는 자전거를 무성한 수풀 사이에 조심스레 숨겼다.

"아침 먹자, 가브리엘!"

조너스는 음식 꾸러미를 풀어 헤치고 가브리엘과 같이
아침을 먹었다. 식사가 끝나자 조너스는 가지고 온 컵에
개울물을 담아 가브리엘에게 마시게 했다. 물에 입을 대
고 갈증을 푼 조너스는 개울가에 앉아 아기가 노는 모습
을 지켜보았다. 몸이 상당히 피곤했다. 조너스는 몸 이곳
저곳을 주물러 근육을 풀었다. 자전거를 타고 앞으로 더
오랫동안 여행을 하기 위해서는 잠을 자야만 했다. 낮에
움직이는 것은 위험했다.

사람들이 곧 둘을 찾아 나설 것이었다.

조너스는 나무들 사이로 가지에 가려진 장소를 발견하

고, 아기를 데리고 와서 누운 채 두 팔로 안았다. 가브리엘은 레슬링 놀이를 하듯이 활발하게 몸을 움직였고, 집에서처럼 조너스를 간질이며 웃었다.

"미안해, 가브리엘. 아침이란 걸 나도 알아. 그리고 네가 지금 막 잠에서 깬 것도 이해해. 하지만 우린 지금 자야 해."

조너스는 그 작은 몸뚱이를 꼭 껴안고 자그마한 등을 문지르면서 달래듯이 중얼거렸다. 다음 순간 조너스는 두 손을 꼭 누르며 기분 좋고 노곤한 느낌을 아기에게 전달했다. 가브리엘의 고개가 꾸벅거리다가 잠시 후 조너스의 가슴을 향해 떨어졌다.

두 도망자는 위험한 첫날 낮 동안 내내 잠을 잤다.

* * *

가장 무서운 것은 비행기였다. 최소한 며칠은 지났지만 조너스는 얼마나 많은 시간이 지났는지 정확히 알지 못했다. 여정은 기계적으로 반복되었다. 낮이면 수풀이나 숲에 숨어 잠을 자고, 물을 만나면 음식을 아껴 가면서 조금씩 나눠 먹었다. 음식은 들에서 발견한 것들로 조금씩 보충했다. 그리고 밤이면 자전거를 타고 끝없이 달렸다.

조너스의 다리 근육은 이제 단단해져 있었다. 잘 때면

땅기고 아팠다. 하지만 점점 더 강해지고 있었고, 쉬기 위해 달리기를 멈추는 시간이 점차 뜸해졌다. 때때로 자전거를 세우고 가브리엘에게 간단한 운동을 시키려고 함께 어둠 속에서 비탈 아래나 들판을 달렸다. 하지만 곧 되돌아와서는 칭얼거리기를 멈춘 아기를 다시 좌석에 묶고 자전거에 올라 길을 갔다.

조너스에게는 충분한 힘이 있었다. 따라서 시간이 있었다면 기억 전달자가 전해 주었을 힘의 기억은 필요없었다.

하지만 비행기가 가까이 다가올 때마다 조너스는 용기를 더 전해 받았더라면 얼마나 좋았을까 하고 바랐다.

조너스는 한눈에 수색 비행기임을 알았다. 비행기들이 너무 낮게 날아서 엔진 소리에 잠을 이룰 수가 없었다. 가끔은 비행사 얼굴이 보일 정도로 가까웠기 때문에 조너스는 은신처에서 공포에 질리기도 했다.

물론 비행사들은 색깔을 볼 수 없으므로, 가브리엘의 연한 금빛 곱슬머리와 피부색이 색깔 없는 수풀에 찍힌 작은 회색 얼룩으로밖에 보이지 않을 것이었다. 하지만 조너스는 학교 과학 기술 수업 때 수색 비행기가 체열을 식별하여 수풀에 숨은 사람들을 알아챌 수 있는 열 감지 장치를 사용한다고 배운 사실이 기억났다.

그래서 비행기 소리가 들릴 때마다 조너스는 가브리엘

에게 다가가서 차가운 눈의 기억을 전하고 자신도 그 기억을 조금 간직했다. 그러면 두 사람 몸이 함께 차가워졌다. 비행기가 사라지면 그들은 서로 꼭 껴안고 다시 잠이 올 때까지 추위에 떨곤 했다.

가브리엘에게 기억을 급히 전할 때, 조너스는 때때로 기억들이 처음보다 덜 구체적이고 희미해졌음을 느낄 수 있었다. 이는 조너스가 바라던 일이었으며, 기억 전달자와 함께 계획한 일이기도 했다. 마을에서 멀어질수록 조너스의 기억들은 사람들에게 되돌아갈 것이다. 하지만 조너스는 비행기가 가까이 올 때마다 추위에 대한 기억이 필요했다. 그래서 살아남기 위해 희미하게나마 아직 남은, 추위에 대한 기억을 이용하려고 애썼다.

비행기는 보통 두 사람이 숨어 있는 낮 시간에 주로 나타났다. 하지만 조너스는 길을 가는 밤중에도 비행기 엔진 소리가 들리는지 긴장하면서 주의를 기울였다. 비행기 소리를 듣고 가브리엘은 "비행기! 비행기!"하고 외치곤 했다. 가끔은 조너스가 그 무서운 소리를 듣기도 전에 외쳤다. 두 사람이 움직이는 밤에도 이따금씩 비행기 수색대가 나타났다. 그때마다 조너스는 가까운 나무나 수풀로 달려가서 땅에 바짝 엎드린 채 자신과 가브리엘을 차갑게 만들었다. 하지만 때로는 비행기가 굉장히 낮게 날면서 그들을 공포에 떨게 했다.

266

그래서 밤중에 주변이든 앞쪽이든 아무런 마을도 사람의 흔적도 보이지 않는 외진 곳을 달릴 때에도 조너스는 엔진 소리가 들리면 숨을 수 있는 가장 가까운 은신처를 챙겨 가면서 계속 경계할 수밖에 없었다.

하지만 비행기가 나타나는 경우는 점차 줄어들었다. 설사 나타났을 때조차도 가까이로 오는 일은 거의 없었고 아주 빠른 속도로 지나쳐 버리곤 했다. 수색이 무계획적이고 형식적으로 변한 듯했다. 그러다가 마침내 비행기는 하루 종일 전혀 나타나지 않았다.

22

이제 주변 풍경은 완전히 변했다. 처음에는 자세히 보지 않으면 알아채기 힘들 정도로 미세한 변화였다. 길은 점점 더 좁아졌고 울퉁불퉁해졌다. 도로 관리자들 손길이 여기까지는 미치지 않는 것 같았다. 조너스는 자전거 위에서 균형을 잡기가 더 어려워졌다. 자갈과 울퉁불퉁 파인 길 때문에 앞바퀴가 자주 비틀거렸다.

어느 날 밤, 자전거가 바위에 부딪혀 갑자기 멈추며 흔들렸을 때 조너스는 자전거에서 떨어졌다. 떨어지면서 본능적으로 가브리엘을 붙잡았다. 뒷좌석에 단단히 묶인 아기는 다행히 아무 데도 다치지 않았다. 단지 자전거가 옆으로 넘어지자 놀랐을 뿐이었다. 그러나 조너스는 발목을 삐었고, 무릎 살갗이 벗어져 찢어진 바지 위로 피가 스며나왔다. 아주 아팠지만 우선 몸을 똑바로 하고, 가브리엘을 안심시켰다.

그날 이후 조너스는 시험 삼아 낮에도 자전거를 달리기 시작했다. 수색자들에 대한 두려움은 완전히 잊어버렸다. 수색자들은 마치 과거 속으로 사라진 듯했다. 하지만 그 대신에 새로운 두려움이 일어났다. 낯선 풍경 속에는 알 수 없는 위험이 숨어 있는 것 같았다.

나무가 점점 더 많아졌다. 신비를 품고 있는 길옆의 숲은 어둡고 무성했다. 개울도 더 자주 보였다. 두 사람은 가끔씩 멈춰 물을 마셨다. 조너스는 상처 난 무릎을 씻고, 벗어진 살갗을 손으로 문지르면서 얼굴을 찌푸렸다. 부어오른 발목이 계속 아팠지만 길옆 도랑을 흐르는 차가운 물에 이따금씩 담그자 훨씬 고통이 줄어들었다.

가브리엘의 안전은 전적으로 자기가 계속 힘을 내느냐 아니냐에 있었다. 조너스는 그 사실을 잘 알았다.

그들은 처음으로 폭포와 야생 동물들을 보았다.

"비행기! 비행기!"

가브리엘이 소리쳤다. 이제는 낮에도 비행기가 보이지 않고 엔진 소리도 들리지 않았지만 조너스는 재빨리 숲속으로 들어갔다. 자전거를 관목 숲에 세우고 가브리엘을 안으려고 몸을 돌리자 가브리엘의 작고 포동포동한 팔이 하늘을 가리키는 게 보였다.

조너스는 공포에 질려서 그쪽을 쳐다보았다. 하지만 비행기가 아니었다. 한 번도 실제로 보지 못했지만, 조너스는 기억 전달자가 전해 주었고 이제는 희미하게 사라져 가는 기억들을 통해 그게 새라는 것을 알 수 있었다.

잠시 후 두 사람은 머리 위를 날아다니면서 지저귀는 많은 새들을 보았다. 사슴도 눈에 띄었다. 한번은 길옆에서 호기심 가득한 눈으로 두려움 없이 두 사람을 쳐다보는 자그마한 동물도 보였다. 꼬리가 굵고 몸 전체가 작고 적갈색이었다. 그러나 조너스는 그 동물의 이름을 알지 못했다. 천천히 자전거를 달리자 같은 동물 또 한 마리가 순식간에 숲속으로 달려 들어가는 게 보였다.

모든 것이 새로웠다. '늘 같음 상태'와 예측 생활에서 벗어난 후, 조너스는 길모퉁이를 돌 때마다 나타나는 신기한 풍경에 놀라움을 느꼈다. 조너스는 자전거 속도를 늦추었다. 야생의 꽃들을 경이감을 품고 바라보고, 근처에서 낯선 새가 지저귀는 소리에 귀를 기울였다. 바람이 나뭇잎들을 흔드는 것도 즐겼다. 지난 열두 해 동안 마을에서 살면서 조너스는 한순간도 이렇게 소박하고 아름다운 행복감을 느껴 본 적이 없었다.

하지만 마음 한쪽에서는 동시에 절망스러운 감정도 생겼다. 그중 가장 무서운 것은 굶어 죽을지도 모른다는 공포였다. 경작지가 끝났기 때문에 먹을 것을 발견하기가 아주 힘들었다. 마지막 경작 지대에서 모은 감자나 당근 같은 형편없는 먹을거리들조차 이미 바닥난 지 오래였다.

이제 두 사람은 늘 굶주렸다.

조너스는 개울가에 무릎을 꿇고 두 손으로 물고기를 잡으려 했지만 헛일이었다. 물고기를 잡으려고 물속에 돌을 던졌지만 이 방법 역시 별 소용이 없을 것은 이미 잘 알았다. 결국 절망에 사로잡힌 채 임시변통으로 그물을 만들었다. 가브리엘의 담요에 달린 술을 구부러진 막대기에 묶은 것이었다.

수없는 시도 끝에, 그물에 퍼덕이는 은빛 물고기 두 마리가 걸렸다. 조너스는 날카로운 돌로 물고기를 잘라 그 살을 가브리엘과 함께 나눠 먹었다. 두 사람은 산딸기 열매도 먹었다. 여러 가지 방법으로 새를 잡으려고 했지만 실패했다.

밤이 되자 가브리엘이 조너스 곁에서 잠들었다. 그러나 조너스는 배고픔 때문에 잠들지 못했다. 머릿속에는 매일 집집마다 먹을 게 배달되던 마을 생활이 스쳐 지나갔다.

조너스는 약해져 가는 기억력을 이용하여 먹을 것을 떠올리려고 애썼다. 짧막하고 헛된 기억의 조각들을 말이다. 커다란 고기 요리가 널린 진수성찬, 두껍게 얼린 케이크가 있는 생일 파티, 나무에서 딴, 햇볕에 완전히 익어 즙이 흐르는 싱싱한 과일들…….

하지만 기억이 흘러서 사라지고 나면 괴롭고 고통스러

운 공허감만이 남았다. 갑자기 조너스의 머릿속에 단어를 잘못 사용해서 꾸지람을 들었던 어린 시절이 희미하게 떠올랐다. '굶어 죽다'라는 단어였다. 그때 조너스는 한 번도 굶어 죽어 간 적이 없다고 야단을 맞았다. 또 결코 굶어 죽지 않을 거라는 말도 들었다.

그런데 지금 조너스는 굶어 죽어 가고 있었다. 계속 마을에 머물렀다면 아마도 굶어 죽지는 않았을 것이다. 그 것은 너무나 간단명료한 사실이었다. 한때 조너스는 선택을 갈망했다. 그러나 그 선택은 잘못이었다. 떠나기를 선택한 것 말이다. 그 결과 지금 자신은 굶어 죽으려 하고 있었다.

'하지만 계속 그곳에 머물렀다면……'

조너스는 계속 생각했다.

만약 계속 마을에 머물렀다면 다른 것에 굶주렸을 것이다. 감정, 색깔, 사랑 등에 굶주리면서 평생 살았을 것이다. 게다가 가브리엘은? 가브리엘은 마을에서는 절대로 생명을 보장받지 못했을 것이다. 그러니까 사실 선택의 여지가 없었던 셈이다.

조너스는 배가 고파 점점 힘이 빠졌다. 게다가 오랫동안 그가 보고 싶어 해 왔던 '언덕'과 마주치자 점차 자전거를 타는 게 힘들어졌다. 하지만 접질린 발목이 계속 쑤셔 오는데도 조너스는 혼신의 힘을 다해 페달을 밟았다.

날씨도 변하고 있었다. 이틀 동안 비가 내렸다. 조너스는 한 번도 비를 본 적이 없었다. 기억 속에서 종종 경험했을 뿐이었다. 그때는 비가 좋았고 그 새로운 느낌을 즐겼지만 지금은 전혀 아니었다. 조너스와 가브리엘은 비에 흠뻑 젖어 추위에 떨었다. 가끔씩 햇볕이 났지만 몸을 말리기가 쉽지 않았다.

가브리엘은 길고 무서운 여행 내내 한 번도 울지 않았지만 이제 울어 대기 시작했다. 배가 고프고 엄청나게 몸이 약해졌기 때문이었다. 조너스 역시 같은 이유로, 또 가끔은 다른 이유로 울었다. 이제 조너스는 자신이 어쩌면 가브리엘을 구할 수 없을지도 모른다는 두려움에 사로잡혀 울었다. 더 이상 자신을 걱정할 수조차 없었다.

23

그날 밤 무렵에 조너스는 목적지에 거의 이르렀다는 확신이 더 강하게 들었다. 물론 조너스의 감각 가운데 어느 것도 그 확신을 증명해 주진 못했다. 앞에는 굽이치며 좁게 펼쳐지는 끝없는 길 외에는 아무것도 보이지 않았다. 또 아무 소리도 들리지 않았다.

그래도 조너스는 다른 곳이 멀지 않았다고 느꼈다. 하지만 거기에 도착할 수 있으리라는 희망은 거의 품을 수 없었다. 살을 에는 듯한 차가운 공기가, 하늘에서 내리면서 휘몰아치는 하얀 물질들로 희미하게 흐려지기 시작하면서 희망 역시 점점 사라져 갔다.

가브리엘은 이제는 별로 제구실을 못하는 담요에 싸인 채 몸을 웅크려 떨면서 작은 좌석에 조용히 앉아 있었다. 기진맥진해진 조너스는 자전거를 세우고 아기를 들어 내렸다. 가브리엘의 몸이 얼마나 차갑고 쇠약해졌는지를 깨

274

닫자 가슴이 아팠다.

조너스는 이미 무감각해진 발 주위로 하얀 물질이 쌓여 얼어붙은 언덕에 섰다. 그러고서 상의를 풀어 헤쳐 가브리엘을 자신의 맨 가슴에 껴안고, 찢어지고 더러운 담요로 몸 전체를 감쌌다. 가브리엘이 힘없이 조너스를 밀어내며 바동거렸다. 두 사람을 둘러싼 정적 속으로 잠시 흐느낌이 흘렀다.

하늘에서 내리는 하얀 물질만큼이나 흐릿하고 거의 잊을 뻔한 기억으로부터 조너스는 이 하얀 것이 무엇인지를 생각해 냈다. 조너스가 속삭였다.

"이건 눈이라는 거야, 가브리엘. 눈송이는 하늘에서 쏟아져 내려. 매우 아름답지."

한때는 호기심 많고 총명했던 가브리엘은 아무 반응도 보이지 않았다. 조너스는 어슴푸레한 달빛 속으로 자기 가슴에 놓인 작은 머리를 내려다보았다. 곱슬머리는 헝클어지고 더러웠으며, 창백한 뺨에는 검은 눈물 자국이 남아 있었다. 두 눈은 감겨 있었다. 조너스가 가만히 바라보니, 눈송이 하나가 자그맣게 떨리는 속눈썹 위에 내려앉아 순간 빛을 발했다.

조너스는 지쳤지만 다시 자전거에 올라탔다. 가파른 언덕이 조너스 앞에 희미하게 모습을 드러냈다. 날씨가 좋을 때도 언덕을 올라가는 것은 힘들었다. 그런데 지금은 갑자기 굵어진 눈 때문에 가뜩이나 좁은 길이 더욱더 흐릿하게 보였다. 이럴 때 언덕을 올라가는 것은 거의 불가능했다. 조너스가 무감각하고 지친 다리로 페달을 밟자 자전거 앞바퀴가 아주 조금씩 앞으로 움직였다. 하지만 곧 자전거는 멈춰 버렸고 전혀 움직이지 않았다.

조너스는 자전거에서 내렸다. 그리고 자전거를 옆으로 밀어 넘어뜨렸다. 순간 이런 생각이 들었다. 그 자전거 옆에 몸을 던진다면, 가브리엘과 함께 부드러운 눈 속으로, 어두운 밤 속으로, 잠의 따뜻한 위안 속으로 미끄러진다면 얼마나 좋을까!

'하지만 지금 나는 여기까지 왔어. 계속 앞으로 가야 해.'

이제 기억들은 점차 조너스에게서 벗어나 마을 사람들에게 돌아가고 있었다.

'기억이 얼마나 남았을까? 따뜻함을 품은 기억에 마지막으로 한 번 더 의지할 수 있을까? 아직 기억을 전달할 힘이 있을까? 가브리엘은 여전히 기억을 받아들일 수 있을까?'

조너스는 손을 가브리엘 등에 대고 힘을 주면서 햇볕을 기억해 내려고 애썼다. 잠시 동안 어떤 기억도 떠오르지 않았다. 능력이 완전히 사라져 버린 듯했다. 하지만 다음 순간 갑자기 어떤 느낌이 왔다. 불길처럼 작은 열기가 솟아 얼어붙은 발과 다리로 스며드는 걸 느꼈다. 얼굴이 발그레하게 달아오르는 동시에 차갑게 굳은 손이 서서히 풀려 가기 시작했다. 아주 잠깐 동안, 조너스는 무엇에도 그리고 누구에게도 구애받지 않고, 오직 자신만을 위해 그 느낌을 유지하면서 일광욕을 하고 싶었다.

하지만 그 순간이 지나가자 지금 품에 있는 사랑스러운 존재와 따스함을 같이 나누어야 한다는 생각이 뒤를 이었다. 잠시 갈등 때문에 고통받으면서, 조너스는 팔에 안긴 채 추위에 떠는 가녀린 몸뚱이에 따뜻함의 기억을 전달하려고 애썼다. 다시 가브리엘이 움직이기 시작했다. 앞이 보이지 않는 눈 속에서 두 사람은 잠시 동안 따스함을 즐기면서 힘이 솟을 때까지 서로를 안은 채 서 있었다.

다음 순간 조너스는 언덕을 걸어 올라가기 시작했다.

기억은 괴로울 정도로 짧았다. 밤 속으로 불과 몇 미터도 걸어가지 않았는데 기억은 송두리째 사라져 버렸다. 두 사람 몸이 다시 차가워지기 시작했다.

하지만 조너스는 이미 정신이 바짝 들어 있었다. 짧은 순간이지만 따스한 기운을 느끼자 무기력과 체념은 가라앉고 기어이 살아남겠다는 의지가 되살아났다. 조너스는 더 이상 감각이 느껴지지 않는 발로 더 빨리 걷기 시작했다.

하지만 언덕은 몸을 똑바로 세울 수 없을 정도로 가팔랐고, 눈이 오는 데다 기운이 빠져서 앞으로 가기가 쉽지 않았다. 얼마 못 가 조너스는 비틀거리다가 무릎을 꿇으면서 앞으로 넘어졌다.

조너스는 다시 일어나려고 필사적으로 애썼다. 머릿속을 뒤져 또 다른 따뜻함의 기억을 끄집어낸 후, 그 기억을 유지하고 확대하여 어떻게든 가브리엘에게 전달하려고 안간힘을 다했다. 순간 온기가 밀려왔고 희미해져 가던 정신이 번쩍 들면서 몸에도 기운이 돌기 시작했다. 조너스는 다시 일어섰다. 가브리엘 역시 꿈틀하고 반응을 전했다. 조너스는 다시 언덕을 오르기 시작했다.

하지만 기억은 곧 사라져 버렸고 전보다 더 추워졌다.

'탈출하기 전에 기억 전달자님께 더 많은 따스한 기억을 받을 시간만 있었더라면!'

그랬다면 이런 상황에서 쓸 더 많은 기억이 있을지도 몰랐다. 하지만 그런 가정은 아무 소용이 없었다. 이제 조너스는 온 신경을, 발을 움직이고 가브리엘과 자신을 따뜻하게 하며 앞으로 나아가는 데 쏟아야 했다.

조너스는 언덕을 오르다가 멈춰 서서 마지막으로 남은 작은 기억으로 다시 온몸을 따뜻하게 했다.

언덕 꼭대기는 너무나 멀어 보였고 조너스는 그 너머에 무엇이 있는지 몰랐다. 하지만 할 일이라곤 계속 앞으로 나아가는 것뿐이었다. 조너스는 앞으로 터벅터벅 걸어갔다.

하지만 언덕 꼭대기에 가까이 가자 어떤 일이 일어나기 시작했다. 더 따뜻해진 게 아니라 더 무감각하고 차가워진 느낌이었다. 지친 상태가 사라지기는커녕 발걸음에서 점차 힘이 빠져 갔다. 이제 조너스는 얼어붙고 지친 다리를 거의 움직일 수 없었다.

하지만 갑자기 행복감이 느껴지기 시작했다. 행복했던 시절이 차례로 떠올랐다. 머릿속으로 아버지, 어머니, 여동생 릴리가 떠올랐다. 친구인 애셔와 피오나가 떠올랐다. 그리고 기억 전달자가 떠올랐다.

갑자기 기쁨이 조너스에게 밀려왔다.

조너스는 언덕 꼭대기에 도달했다. 눈으로 덮인 지면이 평평해진 걸 느낄 수 있었다. 이제 더 이상 오르막이 아니었다.

"거의 다 왔어, 가브리엘."

조너스는 가브리엘의 귀에 대고 속삭였다. 이유는 알 수 없었지만 한 번쯤 와 본 것 같은 아주 확실한 느낌이 들었다.

"여기가 어딘지 생각나."

이 말은 사실이었다. 이제 떠올리기조차 어려운 희미한 기억을 억지로 끄집어낸 것이 아니었다. 그런 것과는 아주 달랐다. 이번에는 조너스가 간직할 수 있는 기억, 바로 자신의 기억이었다.

조너스는 가브리엘을 꼭 껴안은 후 세게 주물러 몸을 따뜻하게 해 주었다. 바람이 몹시 차가웠다. 눈보라가 휘몰아쳤고 시야가 흐려졌다. 하지만 뿌연 눈보라 저쪽 어딘가에 따스하고 밝은 곳이 있다는 확신이 들었다.

젖 먹던 힘을 다하여 그리고 기억 속 어딘가에 감추어진 지식을 이용하여 조너스는 언덕 꼭대기에서 두 사람을 기다리던 썰매를 찾아냈다. 그러고는 손으로 썰매에 달린 끈을 더듬어 쥐었다.

썰매에 앉아 가브리엘을 꼭 안았다. 언덕은 가팔랐지만 눈은 가루같이 부드러웠다. 이번에는 얼음도, 떨어짐도, 고통도 없을 것이었다. 얼어붙어 가는 몸속에서 심장이 희망으로 두근거렸다.

썰매가 언덕 밑으로 내려가기 시작했다.

조너스는 의식이 희미해지는 걸 느꼈다. 하지만 썰매위에 앉아 가브리엘을 꼭 껴안고 보호하겠다고 자신도모르게 다짐했다. 비탈길을 똑바로 내려감에 따라 썰매날이 눈 속을 가르듯 달렸고 날카로운 바람이 채찍처럼얼굴을 때렸다. 그 끝에는 최후의 목적지, 조너스를 기다리고 있다고 느껴 왔던 그 장소, 미래와 과거를 품은 다른곳이 있는 것처럼 보였다.

썰매는 아래로, 아래로, 미끄러져 내려갔다. 조너스는억지로 눈을 떴다. 갑자기 빛 더미가 눈에 들어왔다. 이제 그 빛이 무엇인지 확실히 알 수 있었다. 빛은 창문 너머에서 번져 나왔다. 가족들이 함께 기억을 만들고 간직하며 사랑을 축복하는 장소에서 나무에 매달려 반짝거리는 빨강, 노랑, 파랑 빛이었다.

아래로, 아래로, 빨리, 더 빨리.

갑자기 조너스는 확신과 기쁨에 차서 가족들이 저 앞에서 자신을 기다리고 있음을 깨달았다. 물론 아기도 말이다. 난생처음으로 조너스는 음악이라는 것을 들었다. 사람들이 노래하는 소리였다.

뒤쪽에서도, 엄청나게 큰 시공간을 가로질러, 조너스가 떠나온 곳으로부터도 음악 소리가 들려온다고 생각했다. 하지만 아마 그 소리는 단지 메아리일 터였다.

뉴베리상 수락 연설

"어디에서 이야기를 시작해야 할지 어떻게 아세요?"

언젠가 학교 교실에서 글쓰기를 이야기하는 도중, 한 여학생이 제게 물었습니다. 어깨를 으쓱하고 미소를 지으면서 저는 그 아이에게 옳다는 느낌이 오면 어디서든 시작한다고 말했습니다.

오늘 저녁엔『기억 전달자』의 한 구절을 인용하는 데서 시작하는 게 옳다고 느껴집니다. 조너스가 매우 피상적이었던 자신의 삶을 더 깊이 들여다보기 시작하는 장면, 자기 과거가 자신이 알던 것보다 더 멀리까지 거슬러 올라간다는 사실, 그가 생각했던 것보다 더 큰 의미가 있다는 것을 깨닫기 시작하는 장면이죠.

······그러자 늘 보아 왔던, 길을 따라 흐르는 넓은 강이 전과는 달리 보였다. 그 느린 물결 속에 함께 흐르는 빛과 색깔과 역사가 모두 눈에 들어왔다. 또한 조너스는 강이 다른 곳에서 흘러와서 다른 곳으로 흘러간다는 것도 알았다.

작가들은 모두 '어떻게 이런 이야기를 떠올릴 수 있었나요?'라는 질문을 반복해서 받습니다. 가장 두려워하는 질문이죠. 다른 독자들도 손을 들고 있고, 다른 아이들도 기다리기에 별생각 없이 빠르게 답하곤 합니다.

오늘 밤, 저는 평소의 경박함과 경솔함을 버리고, 이 작품의 기원에 관해서 이야기해 보려고 합니다. 이는 마치 강을 내려다보면서 조너스가 그 강물에 다른 곳에서 온 모든 것이 담겨 있음을 깨닫는 일과 비슷하죠. 그 강물은 아마도 처음엔 땅에서 솟아나는 샘물이었을 것이고, 거기에 빙하에서 흘러내리는 물줄기들, 더 멀리에서부터 흘러오는 계곡물들이 섞여 시내를 이루었겠죠. 그러니 그 시냇물에는 과거로부터, 먼 곳으로부터, 무수히 많은 다른 곳에서부터 흘러 들어온 온갖 것이 물살에 섞여 움직이고 있는 거예요.

제게 그 작은 물줄기들은 기억들입니다. 저는 그중 몇 가지를 골라서 이 작품에 담았죠. 시간순으로 말씀드릴게요. 아주 오래전으로 거슬러 올라가야 하죠. 마흔여섯 해 전입니다.

※※※

1948년, 저는 열한 살입니다. 아버지와 함께 살기 위해 어머니, 여동생, 오빠와 함께 일본 도쿄로 갔어요. 아버지는 이미 두 해 동안 그곳에 사셨고, 그 후로도 몇 년 더 계실 예정이었죠.

우리 가족은 일본의 대도시 한가운데, 워싱턴하이츠란 미국식 이름이 붙은 작디작은 미국인 마을에 살았습니다. 우리는 미국식 주택에서 미국인 이웃과 함께 살았고, 마을에는 미국 영화를 상영하는 영화관, 작은 교회, 작은 도서관, 초등학교가 있었어요. 여러 면에서 미국 마을의 이상야릇한 복제품 같았죠.

(나중에 어른이 된 후 저는 어머니에게 왜 우리가 일본에 살면서 다른 삶의 방식을 배우고 경험할 기회를 잡지 않고 그 마을에서 살았는지 물었습니다. 어머니는 제 질문에 깜짝 놀라셨어요. 그러고는 편해서 그곳에 살았다고 하셨죠. 익숙했어요. 안전했고요.)

열한 살인 저는 특별히 모험심이 많은 아이도 아니고, 반항적인 아이도 아닙니다. 하지만 항상 호기심이 넘쳤어요.

저한테는 자전거가 한 대 있습니다. 부모님 몰래 숱하게, 편안하고 친숙하며 안전한 미국인 마을을 둘러싼 울타리 뒷문 밖으로 자전거를 타고 나갑니다. 호기심 때문이죠. 자전거로 언덕을 내려가면 생동감 넘치는 도쿄와 만날 수 있어요. 낯설고, 약간은 불편하고, 어쩌면 안전하지 않을 수 있는 지역으로 들어갑니다.

시부야라는 곳이에요. 상점들, 사람들, 극장들, 노점상
들…… 일본인들의 떠들썩한 일상을 엿볼 수 있는 곳이죠.

오랜 세월이 흘렀지만, 지금도 저는 생선 냄새, 비료 냄
새, 숯 냄새 등을 기억합니다. 소리들도 생각나죠. 음악
소리, 외침 소리, 나막신과 나무 막대기와 나무 바퀴가 딸
깍대는 소리……. 그리고 색깔들도 기억납니다. 연분홍
색, 주황색, 빨간색 옷을 입은 아기들과 어린아이들이 가
장 선연히 떠오르지만, 제 또래쯤 되는 낯선 학생들의 감
색 교복도 기억에 생생해요.

저는 열한 살 때도, 열두 살 때도, 열세 살 때도 매일 시
부야를 돌아다녔습니다. 그 느낌, 그 활기, 그 화려한 조
명, 그 떠들썩함 등 모든 것이 제 삶과는 대조적이어서 정
말 좋았어요. 하지만 저는 아무에게도 말을 걸지 못했어
요. 저와 너무 다른 사람들이 무섭지는 않았지만, 수줍음
탓이었죠. 학교 주변에서 소리 지르며 노는 아이들은 제
또래들이었고, 그들 역시 저를 지켜보았지만, 서로 말을
걸진 못했어요.

어느 날 오후, 길모퉁이에 서 있는데, 옆에 있던 한 여
성이 손을 뻗어 제 머리를 만지며 무어라고 말했어요. 저
는 일본어를 잘 몰라서 그 말을 제대로 알아듣지 못하고
깜짝 놀라 뒤로 물러섰어요. 내가 싫다는 뜻으로 '키라이

데스'라고 말한 듯했죠. 당황스럽고 혼란스러워서 내가 무엇을 잘못했는지, 무슨 폐를 끼쳤는지 궁금해했어요.

그러다 잠시 후 제 실수를 깨달았습니다. 그녀는 사실 '키레이데스'라고 한 거예요. 예쁘다는 뜻이었어요. 그제야 저는 군중 속에서 그녀를 찾았습니다. 적어도 미소라도 지으려고요. 제가 말할 수 있을 정도로 수줍음을 이겨낼 수 있다면, 고맙다고 말하려 했죠. 하지만 그녀는 그사이 사라져 버렸습니다.

저는 그 순간, 즉 소통이 어긋났던 순간을 몇 년 동안 곱씹었어요. 아마도 이 작품을 향한 제 기억의 강은 여기에서 시작된 것 같습니다.

✳✳✳

1954년과 1955년, 저는 대학교 신입생입니다. 개인 주택을 개조한 아주 작은 기숙사에서 여자 친구들 열네 명과 함께 지내고 있지요. 우리는 매우 비슷해요. 캐시미어 스웨터에 체크무늬 양털 치마를 걸치고, 무릎 양말에 굽 낮은 신발을 신었어요. 말보로 담배를 피우고 남자 친구를 위해 주로 마름모무늬 양말을 뜨개질하고, 브리지 게임을 하곤 하죠. 때때로 우리는 공부도 해요. 미국 전역의 고등학교에서 온 우등생들, 졸업생 대표들, 학급 회장들이 모였기에 성적도 좋았죠.

그런데 기숙사에 있던 여학생 중 한 사람은 좀 다릅니다. 그녀는 우리와 다르게 입어요. 치마 대신에 청바지를 입고, 머리를 곱슬곱슬하게 말거나 뜨개질하거나 브리지 게임을 하지 않아요. 데이트도 안 하고, 사교 파티나 댄스 파티에도 안 가죠.

그녀는 똑똑하고, 좋은 학생이고, 매우 유쾌했어요. 하지만 우리와 다르고, 또 이질적이어서, 우리를 불편하게 만들었습니다. 우리는 무심한 잔인함으로 그녀를 대했죠. 우리는 그녀를 놀리거나 괴롭히진 않았지만, 그보다 더 나쁜 짓을 했어요. 그녀를 무시했습니다. 그녀가 없는 듯이 여긴 거죠. 열네 명밖에 안 되는 작은 집에서 한 명을 보이지 않게 만들었어요.

어떻게든 그녀를 멀리함으로써 자신이 편안하고 친숙하고 안전하다고 느끼려 한 것입니다.

세월이 흐르면서 저는 가끔 그녀를 생각하곤 합니다. 잠깐이지만 깊은 후회를 담은 그 생각도 강물에 담겨 흐르고 있습니다.

＊＊＊

1979년 여름, 저는 일하던 잡지사로부터 메인주 연안의

한 섬에서 혼자 사는 화가 이야기를 쓰라고 요청받습니다. 섬에서 긴 시간을 함께 보내며, 그 화가와 색채에 대해서 많은 이야기를 나눴죠. 저는 어떤 사물이나 풍경의 형태, 구도, 색채를 보고 즐기는 매우 시각적인 사람이었지만, 그 남자의 색채 보는 능력은 저를 훨씬 뛰어넘었어요.

섬에 있는 동안 저는 그의 사진을 여러 장 찍었고, 몇 장은 저를 위해 간직해 두었죠. 그 얼굴, 특히 그 눈동자에서 제 마음에 걸리는 무언가가 있었기 때문입니다. 나중에 저는 그가 실명했다는 소식을 들었습니다.

저는 때때로 그 사람(이름이 칼 넬슨이었죠.)에 대해서 생각하곤 합니다. 지금도 그의 사진이 제 책상 위에 걸려 있어요. 그토록 열정을 쏟았던 색깔을 잃는다는 게 어떤 느낌일지 궁금해합니다. 가끔씩 그와 똑같이 내게도 마법처럼 볼 수 있는 능력이 있었으면 좋겠다는 기발한 생각을 하곤 합니다.

작은 물방울이 생겨나고, 살짝 땅 위로 솟구쳐서 강으로 흘러 들어갑니다.

❋ ❋ ❋

1989년, 저는 아들 결혼식에 참석하려고 독일의 한 작은 마을로 갑니다. 제 아들이 고대 교회에서 제가 못 알아

듣는 언어로 진행되는 예식을 통해 마그레트와 결혼해요.

예식의 한 부분은 다행히 영어로 진행됩니다. 한 여인이 돌로 만든 오래된 교회의 발코니에서 성경 구절을 노래합니다. "어머님 가시는 곳으로 저도 가겠으며, 어머님 머무시는 곳에 저도 머물겠습니다."

교회에 앉아 아들과 며느리가 행복하길 바라는 많은 사람을 둘러보면서 세상이 얼마나 작아졌는지 생각했습니다. 내가 내 언어로 행복을 바라는 것처럼, 그들 역시 자기 언어로 행복하기를 바라고 있었어요. 그 순간, 이제 우리는 모두 서로의 사람들이라는 생각이 들었습니다.

여러분도 이 기억이 이제 강으로 흘러가는 시냇물이라는 느낌이 드시나요?

***

또 다른 기억도 있습니다. 요양원에 계시는 아흔 살 가까운 아버지입니다. 오빠와 나는 아버지가 지내는 방 벽에 가족사진을 걸어 두었어요. 아버지를 찾으면 오빠와 나는 사진 속 사람들 이야기를 하죠. 첫째인 언니는 암으로 일찍 세상을 떠났습니다.

아버지는 언니 사진을 보면서 미소 지어요. "저게 네 언니야." 하고 아버지는 행복한 목소리로 말을 건넵니다.

"헬렌이지." 그 말 다음 아버지는 약간 당황하지만, 전혀 슬프지 않은 표정으로 이어서 말해요. "정확히 무슨 일이 있었는지 기억이 안 나네."

우리는 고통을 잊을 수 있다고 생각합니다. 그리고 그렇게 하는 것이 평온함을 가져다주죠. 하지만 때때로 궁금해지기도 합니다. 그렇게 잊어버려도 정말 괜찮을까요?

그 불확실성이 생각의 강으로 쏟아지고, 이 책으로 흘러갑니다.

✼✼✼

1991년, 저는 어느 강당에 있습니다. 1990년 뉴베리상을 수상한 제 책 『별을 헤아리며』에 대해 길게 이야기하는 중이에요.

그때 한 여성이 손을 듭니다. 질문 차례가 되자 그녀는 매우 크게 한숨을 쉬며 이야기합니다. "왜 우리가 홀로코스트 이야기를 이토록 자주 반복해야 할까요? 이 일이 정말 필요한 일인가요?"

저는 최선을 다해 답했고, 독일인 며느리가 제게 "홀로코스트 이야기를 거듭해서 해야 한다는 것을 우리 독일인보다 더 잘 아는 사람은 없다."라고 이야기한 것도 전해 주었습니다.

그러나 저는 그 질문과 대답에 대해서 오랫동안 생각했습니다. 만약에 제가 악마의 변호인 역할을 한다면, 홀로코스트를 잊을 수 있는 더욱더 편안한 세상이 되지 않을까요? 부모님이 바깥세상으로부터 저를 격리함으로써 제 어린 시절을 얼마나 편안하고, 익숙하고, 안전하게 만들어 주셨는지 새삼 떠올렸습니다. 하지만 그때 저는 슬하게 문을 열고 바깥으로 나가곤 했죠. 어린 시절부터 제 본능은 벽 너머에 무엇이 있는지 직접 보려고 시도했던 것에 가까웠던 거죠.

이런 생각도『기억 전달자』를 탄생시킬 강으로 흘러 들어가는 또 다른 시내입니다.

＊

다른 기억도 있습니다. 저는 딸과 함께 보스턴 비컨힐에 있는 작은 식당에 앉아 있습니다. 둘이서 자주 점심을 먹는 곳이죠. 항상 그렇듯, 바 뒤편에는 텔레비전이 켜져 있습니다. 수다를 떠들던 도중, 갑자기 제가 "쉿!"하고 말하면서 딸에게 손짓합니다. 언뜻 흘려들은 뉴스에 놀라고 불안해서 나머지 내용을 듣고 싶어서였죠. 누군가 자동소총을 들고 패스트 푸드 가게에 들어와 무작정 사람들을 쏘아서 죽였다는 뉴스였습니다.

딸은 말을 멈추고 제가 나머지 뉴스를 듣는 동안 기다렸습니다. 저는 곧 긴장을 풀고는 안도하는 목소리로 딸에게 말했죠. "괜찮아. 오클라호마에서 벌어진 일이야." (어쩌면 앨라배마나 인디애나였을지도 모릅니다.)

딸은 제가 그런 끔찍한 말을 했다는 사실에 놀라서 쳐다보았습니다. 돌봄의 영역을 익숙한 이웃으로 축소함으로써 저는 잠시나마 편안함을 느낀 겁니다. 도대체 얼마나 안전하기에 저는 그런 느낌에 속았던 걸까요.

이런저런 생각을 떠올리다 보면, 기억들, 생각들, 아이디어들이 얽히고 뒤엉키기 시작하면서 강 물결이 막혀서 여울지고 거세게 요동칩니다. 그러다 넘칠 곳을 찾기 시작하죠.

기억 전달자를 처음 만나 자기 앞에 놓인 상황을 이해하려고 할 때, 조너스는 혼란스러워하며 말합니다. "전 단지 우리만 있다고, 현재만 있다고 생각했어요."

다른 작품들을 쓸 때와 마찬가지로, 『기억 전달자』를 쓰면서 저는 오직 상상 속에만 존재하는 세계, 즉 "우리만 있고, 현재만 있는" 세계를 창조했습니다. 조너스가 속한 세계가 친숙하고 안정적이고 안전해 보이게 하려고, 독자들이 그 세계에 매혹을 느끼게 하려고 노력했습니다. 그 과정에서 저 자신이 그 세계에 빠져들도록 애썼죠. 그 세계는 기분 좋은 세계였습니다. 제가 두려워하고 싫어하는 모든 것, 그러니까 폭력, 편견, 가난, 불의가 사라지고, 예의범절이 삶의 모든 영역에 파고들어 있죠. 저는 이런 세계가 너무나 마음에 들었습니다. 한 어린이는 편지를 보내서 조너스가 사는 마을 사람들은 설거지조차 할 필요가 없다고 부러워하기도 했죠. 이 세계를 그대로 내버려 두고 싶다는 유혹에 저는 시달렸습니다.

그러나 저는 동화를 쓰려고 한 적이 없습니다. 그리고 기억의 강을 통해 제가 배운 게 있다면, 우리는 벽으로 둘러싸인 세상, 즉 우리 모두 '늘 같음' 상태로 안전하다고 느끼는 '오직 우리, 오직 지금'이라는 세상에서 살 수 없다는 겁니다.

그러려면 너무나 많은 걸 희생해야 합니다. 풍요롭고 다채로운 색깔이 사라질 거예요. 다른 사람에 대한 감정도 더 이상 필요하지 않겠죠. 선택도 쓸모가 없어질 것이고요. 게다가, 저는 어렸을 때 울타리 바깥 다른 곳에서 자전거를 탄 적이 있었습니다. 저는 거기서 자전거 타는 걸 좋아했지만, 누구에게도 그걸 말할 용기가 없었습니다. 그러다 이제 때가 되었습니다.

***

『있잖아, 꼭 말을 해야 돼?』라는 제 책을 읽고 한 독자가 보낸 편지를 아주 오랫동안 간직하고 있습니다. 켄터키주 루이빌에 사는 폴라라는 소녀가 보낸 편지죠.

"아나스타샤와 그 가족에 관해 쓴 책은 읽을 때마다 웃음을 자아내 정말 마음에 들었어요. 특히 그 애가 동생이 집에 없었으면 한다고 말하는 게 마음에 들었어요. 왜냐하면 엄마 아빠가 집에 없을 때 매번 동생 뒤를 쫓아다니면서 청소하고, 기저귀도 갈아 줘야 하고, 엄마가 일하러가면 매일 밤 동생을 목욕시키고 보살피다 재우는 것이 싫기 때문에……."

흥미로운 건 아이가 말하는 내용 중 실제로 책에 나오는 건 하나도 없다는 점입니다. 우리 모두와 똑같이, 아이는 자기 삶을 책으로 데려왔습니다. 책 안에서 자신의 상처와 느낌을 공유할 수 있는 장소를 찾은 거예요.

그리고 제가 바랐던 대로 『기억 전달자』에도 같은 일이 일어나고 있습니다.

오늘 밤 제가 이 자리에서 이 작품의 '진정한' 결말이나, 그 결말에 대한 '올바른' 해석을 알려 주기를 바랐던 분들은 실망하실 것입니다. 그런 건 없습니다. 작품의 결말은 각자 자신의 신념과 희망에 따라 달라집니다.

저에게 편지를 보내온 수많은 어린이 중 몇 명에게 '올바른' 결말이 될 만한 몇 가지를 말씀드리려 합니다.

초등학교 6학년 학생의 글입니다. "마을을 떠나 여행할 때 조너스와 가브리엘이 원을 그리며 움직였다고 생각해요. 아이들이 '다른 곳'에 왔을 때, 그곳은 옛날에 그들이 살던 마을이었고, 그래서 그들은 추억과 그에 따른 모든 감정을 받아들일 수 있었어요…….”

다른 학생 글입니다. “……조너스는 마을의 다른 사람들이 고통을 겪지 않도록 자기가 고통을 감수했다는 점에서 예수님과 비슷해요. 그리고 소설 맨 마지막 장면에서 조너스와 가브리엘이 '다른 곳'으로 알려진 장소에 도착했을 때, 작가님은 '다른 곳'을 마치 천국처럼 묘사하셨어요.”

하나 더 읽겠습니다. “제가 아는 많은 사람이 그 결말을 싫어하겠지만 저는 그렇지 않아요. 전 마음에 들었어요. 주로 제가 책을 행복하게 만들 수 있기 때문이에요. 저는 두 사람이 성공했다고 생각했어요. 그들은 과거로 돌아갔어요. 과거는 우리의 세계이고, 미래는 그들의 세계라고 생각했습니다. 평행 세계였어요.”

마지막으로 한 중학생이 남긴 글입니다. “마지막에 그냥 죽어서 정말 놀랐습니다. 정말 아쉬웠어요. 살릴 수도 있었을 텐데…….”

***

295

아쉬운 점은 거의 없습니다. 저에게 편지를 보내온 어린 독자들 대부분은 순환 여행의 마법을 깨달았습니다. 어딘가 나갔다가 돌아오면 돌아오는 곳이 달라지고, 우리도 달라진다는 진리를 말이죠. 어쩌면 저도 순환 여행 중인지도 모릅니다. 모든 것이 모여서 완성되는 것이죠.

이것이 제가 돌아온 이유입니다. "우리만 있고, 현재만 있는"이라는 생각에 사로잡혀 오클라호마, 앨라배마, 인디애나에서 일어난 일은 중요하지 않다고 생각하는 저를 공포에 질린 눈으로 바라보던 딸이 『기억 전달자』의 원고를 가장 먼저 읽은 사람입니다.

그 '다른' 대학 동창은 미국 뉴저지에서 그녀와 인생을 함께하는 다른 여성과 매우 행복하게 산다고 마지막으로 소식을 들었습니다. 그녀가 지금보다 더 겁이 많은 데다 인생을 잘 알지 못했던 젊은 날의 우리를 용서했기를 바랄 뿐입니다.

아들과 독일인 아내 마그레트(고통스럽지만 우리 이야기를 거듭 들려주는 것이 얼마나 중요한지 일깨운 사람)에게는 이제 모든 기억을 이어받을 어린 딸이 생겼습니다. 두 사람의 딸은 생후 6개월이 되기 전에 대서양을 세 번이나 건넜어요. 아마도 제 손녀는 다른 곳을 두려워하지 않겠죠.

색은 잃었지만, 색에 대한 기억은 잃지 않은 칼 넬슨은

이 책의 표지(초판본)에 나오는 인물입니다. 1989년에 세상을 떠났지만, 그는 생생한 그림을 유산으로 남겼습니다. 우리 집에도 그의 그림 한 점이 걸려 있습니다.

특히 오늘 이 수상식장에 그림책 작가인 앨런 세이와 함께 서게 되어 기쁩니다. 제 여정이 완전히 마무리되는 순간이기 때문입니다. 앨런과 저는 동갑이에요. 그는 시부야에서 살았습니다. 열두 살 때 제가 자전거를 타고 갔던 낯선 '다른 곳'이죠. 그는 머나먼 타자, 완전 다른 사람, 즉 감색 교복을 입고 검은 눈을 한 아이 중 하나였습니다. 당시에 저는 너무 소심해서 학교 운동장 가장자리에 서서 수줍게 웃으면서 그들의 삶이 어떤지 궁금해하는 게 고작이었죠.

이제 앨런에게 그때 하고 싶었던 말을 할 수 있게 됐습니다. "와타시노도모다치데스." 안녕, 내 친구여.

뉴베리상을 받으면 책임이 커진다는 점에서 묘한 부담감을 느끼지 않느냐고 질문받은 적이 있습니다. 이 상이 상징하는 기준에 부응하지 못할까 봐 두려운 마음이 들지 않느냐고요.

다행히 저는 그 반대입니다. 1990년에 받은 뉴베리상 덕분에 실패 위험을 감수할 수 있었다고 생각합니다. 물론 저와 함께 위험을 감수한 사람들도 있었습니다. 제 편집자 월터 로레인은 제가 알기로는 한 번도 모험을 두려

위한 적이 없는 사람입니다. 월터는 책을 인형, 달력, 영화 등으로 만들 수 있는지보다 책에 어떤 내용이 담겨야 하는지에 더 관심이 많았습니다.

뉴베리 위원회도 용감했습니다. 더 안전한 책이 있었을 겁니다. 더 편안한 책, 더 친숙한 책 말이에요. 그들은 이 책을 통해 '늘 같음' 상태를 뛰어넘는 여행을 떠났고, 저는 그들을 매우 자랑스러워해야 한다고 생각합니다. 그리고 여러분도 마찬가지입니다. 위험한 일을 하는 여러분께 한 말씀 드리고 싶습니다.

제가 '기억 전달자'라고 이름 붙인 그 사람은 어린 소년에게 지식, 역사, 기억, 색깔, 고통, 웃음, 사랑, 진실을 물려주었습니다. 아이 손에 책을 쥐어 줄 때마다 여러분은 똑같은 일을 하는 셈입니다.

매우 위험하죠.

그러나 아이들은 책을 펼칠 때마다 자신이 있는 곳을 떠나 다른 곳으로 향하는 문을 열게 됩니다. 책은 아이에게 선택권을 줍니다. 책은 아이에게 자유를 줍니다.

무척이나 멋지지만, 놀랍도록 안전하지 않은 것들입니다.

저는 두 번이나 이 상을 받았습니다. 그에 대한 감사는 말로 다 표현할 수 없습니다. 보답할 유일한 방법은 보스턴으로, 제 일터로, 제 사무실로, 제 책상으로 돌아가서 글을 쓰는 일이겠죠. 제가 앞으로 무슨 책을 쓰든, 이 상이 상징하는 저에 대한 믿음이 배신당하지 않도록 애쓰겠습니다.

다른 강이 흐르고 있습니다.

로이스 로리
1994년 6월

옮긴이의 말
또 하나의 걸작 미래 소설

제가 이 아름다운 작품과 처음 만난 것은 십여 년 전입니다. 외국의 한 인터넷 서점에서 열심히 파도타기를 하다가 우연히 로이스 로리의 『기억 전달자』를 보았습니다. 까마귀 털처럼 새까만 배경에 세상 모든 지혜를 한 몸에 담은 듯한 흰 수염 할아버지가 근심이 서린 듯 약간 찡그린 얼굴로 앞을 내다보고 있는 표지가 무척 인상적이었습니다. 작가 로이스 로리는 미국에서 가장 권위 있는 아동·청소년 문학상인 뉴베리상을 두 번이나 탔는데, 그중 한 번은 이 작품으로 수상했습니다. 『기억 전달자』는 그 외에도 수많은 상을 받았습니다. 뉴베리상, 칼데콧 상 등과 나란히 어린이 문학상을 대표하는 보스턴 글로브 혼북 명예상, 미국 도서관 협회에서 주는 올해의 최고 청소년 문학상, 가톨릭 도서관 협회에서 주는 문학상인 리자이너 메달(the Regina Medal)도 받았습니다. 미국 학교 도서관 협회에서는 올해 최고의 책으로 선정하기도 했습니다. 또한 미국에서만 350만 부나 팔려 나간 슈퍼 베스트셀러인 데다 미들타운, 블루밍턴, 로체스터, 몽고메리 등

미국의 수많은 도시들과 학교들에서 청소년 필독서로 선정되어 읽히고 있습니다. 이 정도 되면 이 작품이 처음 출판되었던 1993년은 아마 '『기억 전달자』의 해'라고 불려도 되지 않을까요? 그렇다면 도대체 어떤 작품이기에 이토록 많은 사람들이 주목하고 사랑하는 작품이 된 것일까요?

이 책을 옮기기 전에 천천히 읽어 가면서 금세 그 이유를 알게 되었습니다. 자로 잰 듯이 정확하고 군더더기 하나 없는 아름다운 문장들, 흥미를 조금도 떨어뜨리지 않는 가운데 깊고 섬세하게 배치된 주제들, 일단 손에 쥐면 빠져나오기 어려울 정도로 생생하게 다가오는 사건들을 통하여 작가 로이스 로리는 미래의 어떤 마을과 거기에 사는 열두 살 소년 조너스의 마음을 그야말로 굉장한 솜씨로 그려낸 것입니다.

『기억 전달자』는 주인공 조너스가 열두 살이 되어 앞으로 자기가 어떤 일을 하게 될까 궁금해하면서 가슴을 조이는 장면에서 시작합니다. 중학생이 될 때쯤이면 누구나 한 번쯤은 이런 고민을 진지하게 해 보곤 하지 않습니까. 그런 면에서 보면 조너스는 세계 어디에서나 볼 수 있는 평범한 청소년이라고 할 수 있습니다. 그런데 조너스가 사는 마을은 결코 평범한 곳이 아닙니다.

이 마을은 사랑이나 우정과 같은 인간적인 감정에 따

르는 어떠한 종류의 고통도 없는 완벽한 행복에 이르기 위하여, 개인의 선택에 따르는 어떠한 종류의 잘못도 있을 수 없는 완전한 사회를 이루기 위하여, 피부색이나 언어와 같은 차이에 따르는 어떠한 종류의 차별도 없는 평등한 세상을 만들기 위하여 분란의 소지를 모두 제거해 버린 곳입니다.

마을 사람들은 하루 종일 마을에서 정해 준 대로 살아야 하며, 저녁 자리에서는 그날 살면서 느꼈던 감정들을 숨김없이 이야기하여 순화해야 하고 아침에는 간밤에 꾸었던 꿈을 이야기하여 혼란에 빠지지 않도록 교정을 받아야 합니다. 물론 직업도 마을 원로들이 열두 살 생일날에 정해 주고, 그대로 평생 살아야 합니다. 물론 배우자를 얻을 때에도 신청을 하면 심사해서 적절한 사람을 골라 줍니다. 아이들도 사랑의 결과로 생겨나는 것이 아니라 신청하면 산모가 낳은 아이들 중에서 배급해 줍니다. 또한 스피커를 통하여 마을 사람들은 끊임없이 감시당하며, 명령을 따르지 않고 세 번 이상 중대한 잘못을 저지르면 '임무 해제' 당하여 마을에서 사라져 버립니다.

이렇게 극단적으로 통제당하는 대신에 마을 사람들은 어떠한 모험도, 위험도 없는 편안하고 즐거운 삶(작가는 이를 '늘 같음 상태(Sameness)'로 표현하고 있습니다.)을 보장받습니다. 작가는 뉴베리상 수상 연설에서 이 마을을

"친숙하고, 편안하고, 안전한 세계" 그러니까 "폭력도, 가난도, 편견도, 불의도 없는 세계"라고 한 바 있습니다. 이쯤 되면 누구나 한 번쯤 살아 보고 싶은 세상이 아닐까요?

가슴 두근거리는 수많은 밤이 지난 후 열두 살 기념식에서 조너스가 받은 직위는 '기억 보유자(Receiver)'라는 낯선 일이었습니다. 이 직위는 마을에서 가장 영예로운 직위로, '늘 같음 상태' 이전의 기억(인류 역사 전체)을 머릿속에 품고 있다가, '늘 같음 상태'가 깨지는 돌발적인 상황이 벌어지면 그 기억들로부터 얻은 지혜를 통하여 마을 원로들에게 해결책을 제시해 주는 게 일입니다. 노인들의 집 근처에 있는 작은 오두막에서 조너스는 '기억 전달자(Giver)'로부터 하나씩 기억을 전해 받습니다. 사랑, 고통, 즐거움, 공포, 굶주림 등과 같이 마을 사람들은 전혀 느끼지 못하는 온갖 감정들이 기억을 통하여 조너스에게 밀물처럼 밀려듭니다. 그러자 조너스의 마음속에서 마을 생활에 대한 견딜 수 없는 회의가 생겨나 마침내 그는 마을을 떠나기로 합니다.

『멋진 신세계』, 『동물 농장』, 『1984』, 『시녀 이야기』와 같은 위대한 미래 소설들과 마찬가지로, 『기억 전달자』역시 미래의 어느 곳에서 있을 법한 이야기를 들려주고 있지만 지금 우리 주변에서 일어나는 온갖 문제들을 갈피갈피에 다루고 있습니다. 조금 과장해서 말한다면, 이전에 나왔던 많은 미래 소설들이 그려냈던 온갖 문제들을 한데 그러모아서 새로운 경지에서 보여 준 미래 소설의 종합판이라고도 할 만합니다. 몇 가지 예를 들어 볼까요?

조너스가 사는 곳에서는 장애인이 있을 수 없습니다. 장애를 안고 태어난 아기들은 태어나자마자 '임무 해제' 당하여 '다른 세계'로 갑니다. 또 쌍둥이 역시 있을 수 없습니다. 쌍둥이 중에서 몸무게가 낮은 아기는 '임무 해제' 당하여 '다른 세계'로 가기 때문입니다. '노인'들도 마찬가지입니다. 나이가 들어 병들거나 기력이 쇠하면 기념식을 치른 후 '임무 해제'당합니다. 눈치 빠른 독자들은 소설 속의 이런 장면들이 각각 장애인 문제, 신체 조건에 따른 차별 문제, 안락사 문제 등을 다루고 있다는 것을 이미 알아챘을 겁니다.

요즈음 우리나라에서는 인구가 점점 줄어들고 있어서 심각한 사회 문제가 되고 있습니다. 의학의 발달 등으로 수명은 점차 늘어나는데 새로 태어나는 사람들이 줄면 장기적으로 일할 사람이 부족해지고 사회가 고령화되어 경제의 활력이 떨어지므로 사회 발전이 둔화됩니다. 그런데 제가 어릴 때만 해도 정반대였습니다. 인구가 지나치게 늘어나서 미래에 식량 부족 등을 야기할 뿐만 아니라 개인적으로도 가난을 대물림하게 될 거라고 배웠습니다. 정부에서도 인구 증가율을 낮추기 위해 온갖 노력을 다했습니다. "둘만 낳아 잘 기르자."라는 표어를 동네 여기 저기에서 볼 수 있었으니까요. 이렇게 태어나는 아이의 수를 줄여 인구의 수를 조절하는 것을 '산아 제한'이라고 합니다.

『기억 전달자』에서 조너스가 살고 있는 마을은 완벽한 산아 제한 사회입니다. 한 해에 쉰 명씩 새로 태어나는 아이의 수를 철저하게 제한하고 있습니다. 이를 위하여 심지어 불필요한 성적 욕망이 생겨나지 않도록 마을 사람들은 모두 약을 먹기까지 합니다. 이는 우리에게 인구 문제에 대하여 깊이 생각해 볼 계기를 제공합니다. 맬서스라는 유명한 경제학자도 『인구론』이라는 책에서 이와 비슷한 고민을 한 적이 있습니다. 가령, 사람들이 무분별하게 사랑을 하고 그 결과 새로 태어나는 아이들의 수를 조절할 수 없다면 조너스가 사는 마을은 한순간에 파괴될 겁니다. 그러면 이 마을이 이미 해결해 버린 '굶어 죽는' 문제 등이 다시 등장해 골치를 썩일 것입니다. 하지만 인구수를 완벽하게 조절하고자 하면 다른 사람을 사랑하는 마음 등 사람이 본래 타고나는 천성을 포기해야 합니다. 어느 쪽이 더 우리를 행복하게 할 것인가는 쉽게 단정할 수 없습니다.

또 아이들이 자라서 열두 살이 되면 마을 원로들이 모인 위원회에서 앞으로 그들이 평생 할 일을 정해 줍니다.

어디에서 살지도, 그 집을 어떻게 꾸밀지도, 함께 가족을 이룰 배우자나 아이가 누구일지도 자유롭게 선택할 수 없습니다. 모두가 위원회에서 정해 주는 대로 살아야 합니다. 이는 우리에게 자유와 선택의 문제를 제기합니다. 누구나 자유가 좋은 것이라고 생각하기 쉽지만 조너스와 기억 전달자가 나눈 대화에서 보이듯이 결론이 그렇게 단순하지만은 않습니다. 인생에는 순간적이고 우발적인 선택으로 인하여 나중에 후회한다든지, 잘못된 선택 때문에 돌이킬 수 없이 큰 고통을 받는다든지 하는 일들이 비일비재하니까 말입니다. 그런 잘못을 저지를 바에야 차라리 결정을 다른 사람이 다 내려 주면 좋겠다고 생각한 적이 여러분도 있지 않습니까?

이처럼 『기억 전달자』에는 수많은 이야깃거리들이 숨어 있습니다. 유토피아와 디스토피아, 자연과 인공, 전쟁과 평화, 정신노동과 육체노동 등의 문제도 한 번쯤 곱씹어 볼 만한 가치가 있습니다.

하지만 이런 묵직한 주제 의식 말고도 이 작품을 즐기려는 분들께 정말로 권하고 싶은 것이 있습니다. 단어 하나하나를 극도로 세심하게 선택하여 쓴 작가의 문체입니다. 조너스가 사는 마을에서는 말을 정확하게 쓰는 것이 아주 중요하게 여겨집니다. 작품 속에 나오는 아주 많은 대화들이 이 부분에 할애되어 있습니다. 옮기면서 가장 고심했던 것이 바로 이 문체를 살리는 것이었습니다. 말의 결을 세밀하게 맞추고 단어 하나하나를 애써 골라 가능한 한 독자 여러분이 원문의 섬세한 표현들을 즐길 수 있도록 애썼습니다. 첫 번째 문장만 하더라도 'frighten'이라는 단어의 느낌을 우리 독자들도 느낄 수 있도록 수십 번 이리저리 고친 끝에 간신히 고른 것입니다. 독자 여러분께서 혹여 부족하다고 느끼신다면 오직 짧은 어학 실력으로 이 대작을 건드려서 훼손한 제 탓이니 많이 질정하여 주십시오.

2007년 5월

장은수

* * *

2007년 우리나라에서 『기억 전달자』가 출간된 후, 많은 일이 있었습니다. 2014년에는 필립 노이스 감독이 영화로 만들어서 세계적으로 화제를 불렀습니다. 특히, 소설과 달리, 피오나와 애셔가 조너스를 도와 마을의 '늘 같음 상태'를 무너뜨리는 데 큰 역할을 하는 게 인상적이었습니다. 우정이 깃든 마음은 모든 폭력과 억압도 이겨 낸다는 걸 영화는 우리에게 가르쳐 줍니다.

2020년에는 『기억 전달자』가 그래픽 노블로 출간되었습니다. 만화가 P. 크레이그 러셀은 작가 로이스 로리의 섬세한 문체를 그림으로 옮기는 데 뛰어난 솜씨를 보여 주었습니다. 적절한 장 분할로 소설에 나오는 중요한 장면들, 대화들을 빠짐없이 그림에 담아낸 데다가, 조너스의 내적 각성에 따라 색깔 없던 흑백의 세계가 점차 다채로운 색깔을 찾아가는 흐름은 정녕 그래픽 노블에서만 맛볼 수 있는 감동을 주었습니다. 이 작품에서 우리는 언어와 그림이 만나서 새로운 예술적 가능성이 열리는 장면을 만끽할 수 있었습니다.

그동안 『기억 전달자』는 한국에서 많은 독자의 사랑을 받았습니다. 수많은 도서관, 학교, 지방자치단체 등에서 이 작품을 필독서로 추천했고, 청소년 독서 동아리에서 가장 자주 함께 읽는 도서로 자리 잡았습니다. 이 작품을 읽고 남긴 독자 서평도 인터넷에 수천 편에 이릅니다.

때때로 독자들은 저한테 묻곤 합니다. "그래서 조너스는 어떻게 되었어요?" 물론, 저도 알 수 없습니다. 결말이 열려 있는 작품에서는 누구에게나 상상할 자유가 주어지죠. 하지만 작가인 로이스 로리가 쓴 후속작을 읽어 보는 것도 좋겠습니다.

『기억 전달자』는 『파랑 채집가』, 『메신저』, 『태양의 아들』 등 4부작으로 이루어져 있습니다. 『파랑 채집가』에는

308

다른 마을에 사는 십 대 소년이 나오는데, 눈 색깔이 파란색입니다.(누군지 아시겠죠?) 『메신저』에는 스무 살 청년이 나오는데, 자기가 사는 마을을 잘 이끌고 있습니다. 가브리엘도 슬쩍 얼굴을 비추죠. 방과 후 수업을 받는 여덟 살 아이를 찾아보세요. 『태양의 아들』에서는 가브리엘이 주인공입니다. 십 대 소년으로 자란 그는 이제 또 다른 조너스가 되어 있네요.

출간 십칠 년 만에 작품의 표지를 다시 입혀 개정판을 내기로 했습니다. 이 기회에 작가가 뉴베리상을 받았을 때의 수상 소감을 새로 추가했습니다. 이 글은 작가의 숱한 체험이 쌓이고 흘러서 어떻게 작품의 강물에 녹아드는지를 감동적으로 보여 줍니다. 글쓰기를 지망하는 학생들에게 좋은 지침이 될 것 같습니다.

마지막으로, 작가의 문체를 살리고, 우리말 문장을 매끄럽게 다듬는 쪽으로 일부 번역도 손보았음을 알려드립니다. 그동안 『기억 전달자』를 읽고 사랑해 주신 독자 여러분께 감사드립니다.

2024년 2월

불암산 아래에서, 장은수

블루픽션 20

기억 전달자

1판 1쇄 펴냄—2007년 5월 18일

1판 67쇄 펴냄—2023년 8월 24일

2판 1쇄 펴냄—2024년 3월 25일

2판 2쇄 펴냄—2024년 6월 28일

지은이/ 로이스 로리

옮긴이/ 장은수

펴낸이/ 박상희

편집주간/ 박지은

편집/ 장은혜

디자인/ 소요 이경란

펴낸곳/ ㈜비룡소 출판등록/ 1994. 3. 17. (제16-849호)

주소/ 06027 서울시 강남구 도산대로1길 62 강남출판문화센터 4층

전화/ 02)515-2000 팩스/ 02)515-2007 홈페이지/ www.bir.co.kr

제품명 어린이용 반양장 도서 제조자명 ㈜비룡소 제조국명 대한민국 사용연령 3세 이상

ISBN 978-89-491-2355-4 44800

ISBN 978-89-491-2053-9 (세트)

| 블루픽션 시리즈

1. 스켈리그 데이비드 알몬드 글/ 김연수 옮김

안데르센 상, 엘리너 파전 문학상, 카네기 상, 휘트브레드 상, 마이클 L.프린츠 상,
어린이도서연구회 권장 도서, 책교실 권장 도서, 중앙독서교육 추천 도서

2. 운하의 소녀 티에리 르냉 글/ 조현실 옮김

소로시에르 상, 어린이도서연구회 권장 도서

5. 희망의 섬 78번지 우리 오를레브 글/ 유혜경 옮김

안데르센 상 수상 작가, 밀드레드 L. 배첼더 상, 머더카이 상, 아침햇살 선정 좋은 어린이 책,
중앙독서교육 추천 도서, 책교실 권장 도서, 책따세 추천 도서

6. 뢱스 극장의 연인 쟈닌 테송 글/ 조현실 옮김

프랑스 '올해의 청소년 책', 소로시에르 상, 어린이도서연구회 권장 도서, 열린 어린이가 뽑은 좋은 책

7. 시인 X 엘리자베스 아체베도 글/ 황유원 옮김

카네기상, 내셔널 북 어워드, 마이클 L. 프린츠 상, 보스턴 글로브 혼 북 상, 골든 카이트 어워드,
아침독서 추천 도서

9. 이매지너리 프렌드 매튜 딕스 글/ 정회성 옮김

10. 초콜릿 전쟁 로버트 코마이어 글/ 안인희 옮김

미국 도서관 협회 선정 도서, 뉴욕타임스 선정 도서, 어린이도서연구회 권장 도서

11. 전갈의 아이 낸시 파머 글/ 백영미 옮김

뉴베리 상, 국제 도서 협회 선정 도서, 마이클 L. 프린츠 상, 책교실 권장 도서, 어린이도서연구회 권장 도서

13. 나의 산에서 진 C. 조지 글/ 김원구 옮김

뉴베리 상, 미국 도서관 협회 선정 도서, 어린이도서연구회 권장 도서,
열린 어린이가 뽑은 좋은 책, 책교실 권장 도서

15. 우리 형은 제시카 존 보인 글/ 정회성 옮김

줏대있는 어린이 추천 도서

18. 킬리만자로에서, 안녕 이옥수 글

학교도서관저널 추천 도서

20. 기억 전달자 로이스 로리 글/ 장은수 옮김

뉴베리 상, 보스턴 글로브 혼 북 명예상, 어린이도서연구회 권장 도서,
열린 어린이가 뽑은 좋은 책, 교보문고 추천 도서

22. 내 인생의 스프링캠프 정유정 글

세계청소년문학상, 문화관광부 교양 도서, 어린이도서연구회 권장 도서,
교보문고 추천 도서, 학도넷 추천 도서

23. 줄무늬 파자마를 입은 소년 존 보인 글/ 정회성 옮김

아일랜드 '오늘의 책', 행복한 아침독서 추천 도서, 교보문고 추천 도서

25. 파랑 채집가 로이스 로리 글/ 김옥수 옮김

어린이도서연구회 권장 도서

26. 하이킹 걸즈 김혜정 글
블루픽션상, 한국문화예술위원회 우수문학도서, 책따세 추천 도서, 학도넷 추천 도서

27. 지구 아이 최현주 글
제11회 블루픽션상 수상작

28. 나는 브라질로 간다 한정기 글
황금도깨비상 수상 작가, 소년조선일보 추천 도서, 중앙일보 추천 도서

29. 키싱 마이 라이프 이옥수 글
한국문화예술위원회 우수문학도서, 어린이도서연구회 권장 도서, 교보문고 추천 도서,
전국독서새물결모임 추천 도서, 학교도서관저널 추천 도서

30. 꼴찌들이 떴다! 양호문 글
블루픽션상, 행복한 아침독서 추천 도서, 교보문고 추천 도서, 책따세 추천 도서,
경기도학교도서관사서협의회 추천 도서, 중앙일보 북클럽 추천 도서

31. 우연한 빵집 김혜연 글
문학나눔 선정 도서, 학교도서관저널 추천 도서, 책따세 추천 도서, 아침독서 추천 도서,
어린이도서연구회 추천 도서

32. 생쥐와 인간 존 스타인벡 글 / 정영목 옮김
미국 도서관 협회 선정 도서, 국립어린이청소년도서관 추천 도서

33. 두 개의 달 위를 걷다 샤론 크리치 글 / 김영진 옮김
뉴베리 상, 미국 어린이 도서상, 스마티즈 북 상, 영국독서협회 상 수상작,
경기도학교도서관사서협의회 추천 도서, 학도넷 추천 도서

36. 서쪽 마녀가 죽었다 나시키 가오 글 / 김미란 옮김
소학관 문학상, 일본 아동문학가협회 신인상, 한국간행물윤리위원회 청소년 권장 도서,
어린이도서연구회 권장 도서, 아침독서 추천 도서, 책따세 추천 도서

37. 닌자걸스 김혜정 글
전국학교도서관담당교사모임 추천 도서, 아침독서 추천 도서

38. 첫사랑의 이름 아모스 오즈 글 / 정회성 옮김
안데르센 상, 제브 상

39. 하니와 코코 최상희 글
블루픽션상, 사계절문학상 수상 작가, 학교도서관저널 추천 도서

40. 파랑 치타가 달려간다 박선희 글
제3회 블루픽션상 수상작, 학교도서관저널 추천 도서, 아침독서 추천 도서,
어린이도서연구회 권장 도서, 책따세 추천 도서, 문화체육관광부 우수교양도서

41. 나는, K다 이옥수 글
학교도서관저널 추천 도서

42. 어쩌자고 우린 열일곱 이옥수 글
한국도서관협회 우수문학도서, 학교도서관저널 추천 도서

43. 앉아 있는 악마 김민경 글

73. 마법의 꽃 정연철 글

　　푸른문학상 수상 작가, 세종도서 문학나눔 선정 도서, 학교도서관저널 추천 도서

74. 파라나 이옥수 글

　　학교도서관저널 추천 도서, 사계절문학상 수상 작가, 책따세 추천 도서, 국립어린이청소년도서관
　　추천 도서, 세종도서 문학나눔 선정 도서, 아침독서 추천 도서

75. 그 여름, 트라이앵글 오채 글

　　마해송 문학상 수상 작가, 국립어린이청소년도서관 추천 도서, 아침독서 추천 도서

76. 밀레니얼 칠드런 장은선 글

　　제8회 블루픽션상 수상작, 학교도서관저널 추천 도서, 아침독서 추천 도서

77. 아르주만드 뷰티 살롱 이진 글

　　블루픽션상 수상작가, 한국출판문화진흥원 우수 콘텐츠 제작 지원 당선작

78. 굿바이 조선 김소연 글

80. 당첨되셨습니다 – SF 앤솔러지 길상효 오정연 전혜진 정재은 홍준영 곽유진 홍지운
　　이지은 이루카 이하루 글

81. 순례 주택 유은실 글

　　2021 중구민 한 책 선정, 2022 광주시 동구 올해의 책, 2022 미추홀구의 책,
　　2022 양주시 올해의 책, 2022 원 북 원 부산 올해의 책, 2022 원 북 원 포항 올해의 책,
　　2022 원주시 한 도시 한 책 읽기 선정 도서, 2022 익산시 올해의 책,
　　2022 전남도립도서관 올해의 책, 2022 전주시 올해의 책, 2022 평택시 올해의 책,
　　국립어린이청소년도서관 추천 도서, 문학나눔 우수문학 도서,
　　서울시 교육청 어린이도서관 추천 도서, 아침독서 추천 도서, 2022 대구 올해의 책,
　　2023 청주, 구미, 금산군 올해의 책

82. 녀석의 깃털 윤해연 글

　　학교도서관저널 추천 도서, 문학나눔 우수문학 도서

83. 모두의 연수 김려령 글

　　2023년 올해의 청소년 교양 도서, 문학나눔 우수문학 도서, 학교도서관저널 추천 도서,
　　아침독서 추천 도서

　　⊙ 계속 출간됩니다.